I0584106

LE FLÉAU DE L'ALPHA

RENEE ROSE

LEE SAVINO

Traduction par
MARINE HAVEN

Midnight
ROMANCE

Copyright © 2018 e 2021 Le Fléau de l'Alpha par Renee Rose et Lee Savino

Tous droits réservés. Cet exemplaire est destiné EXCLUSIVEMENT à l'acheteur d'origine de ce livre électronique. Aucune partie de ce livre électronique ne peut être reproduite, scannée ou distribuée sous quelque forme imprimée ou électronique que ce soit sans l'autorisation écrite préalable des auteures. Veuillez ne pas participer ni encourager le piratage de documents protégés par droits d'auteur en violation des droits des auteures. N'achetez que des éditions autorisées.

Publié aux États-Unis d'Amérique

Renee Rose Romance et Silverwood Press et Midnight Romance LLC et Midnight Romance LLC

Ce livre électronique est une œuvre de fiction. Bien que certaines références puissent être faites à des évènements historiques réels ou à des lieux existants, les noms, personnages, lieux et évènements sont le fruit de l'imagination des auteures ou sont utilisés de manière fictive, et toute ressemblance avec des personnes réelles, vivantes ou décédées, des établissements commerciaux, des évènements ou des lieux est purement fortuite.

Ce livre contient des descriptions de nombreuses pratiques sexuelles et BDSM, mais il s'agit d'une œuvre de fiction et elle ne devrait en aucun cas être utilisée comme un guide. Les auteures et l'éditeur ne sauraient être tenus pour responsables en cas de perte, dommage, blessure ou décès résultant de l'utilisation des informations contenues dans ce livre. En d'autres termes, ne faites pas ça chez vous, les amis !

❀ Réalisé avec Vellum

LIVRE GRATUIT DE RENEE ROSE

Abonnez-vous à la newsletter de Renee

Abonnez-vous à la newsletter de Renee pour recevoir livre gratuit, des scènes bonus gratuites et pour être averti·e de ses nouvelles parutions !

https://BookHip.com/QQAPBW

1

Seize ans plus tôt

Sheridan

LE BRUIT sourd d'un os frappant de la chair me noue le ventre. Je prends la main de Ruby, ma petite sœur, et la tire en arrière, à l'écart. Le svelte adolescent presque gracile émet un grognement inhumain en attaquant mon cousin Garrett Green, qui fait deux fois sa taille. Il faut être dingue pour affronter le fils de notre alpha.

Mais Trey cherche probablement à mourir.

Son alcoolique de père a été arrêté par la police aujourd'hui. Pour *meurtre*. Celui d'un humain.

Et si tous les jeunes sont rassemblés dans ce champ derrière le clubhouse, c'est parce que notre alpha a organisé une réunion de la meute. Il paraît qu'ils discutent pour décider s'ils laisseront Trey et sa mère rester parmi nous.

La meute n'aime pas les ennuis avec les humains, encore moins avec la police. N'importe quel loup qui nous met en danger risque le bannissement.

Donc, ouais, Trey doit ressentir une colère et une peur terribles en ce moment. Se faire démolir le portrait par Garrett sera peut-être une distraction bienvenue.

Mon cousin n'a presque pas fait saigner Trey pour le moment, ce qui est tout à son honneur. Il conserve l'avantage, mais il laisse le combat se poursuivre. Il laisse Trey se défouler, donner des coups de poing et de pied, se jeter sur lui encore et encore. Trey a commencé les hostilités dès le début de la réunion, et tous les jeunes se sont agglutinés pour regarder le combat.

Ils ne sont pas amis. Personne n'est devenu ami avec Trey depuis que sa famille a emménagé ici l'année dernière. Il garde le silence la plupart du temps et ouvre à peine la bouche en classe, bien qu'il semble intelligent. Je ne l'avais pas vu interagir autant avec quelqu'un au cours de toute l'année.

Ce n'est pas aussi moche que ça en a l'air. Il y a une beauté à ce combat : les deux garçons se déplacent avec grâce et légèreté, comme s'ils étaient des boxeurs entraînés et non des lycéens. Mon grand frère les séparerait s'il était là, mais il vient d'avoir dix-huit ans et il peut désormais assister aux réunions.

Trey se jette sur Garrett de tout son poids pour le faire tomber. Ils roulent dans la poussière. Garrett le plaque au sol, mais Trey se dérobe et le frappe à la tempe, lui tirant un grognement surpris.

Sedona, la sœur de Garrett, âgée de quatre ans, arrive en courant. Elle est en larmes. Je me précipite pour la tirer du passage. Au même moment, Garrett pousse Trey en arrière, et le mouvement de recul de ce dernier me fait tomber avec Sedona.

Mon cousin et le groupe de jeunes qui observent la scène poussent un grondement collectif. Je redoute que Garrett règle son compte à Trey, que son instinct alpha lui dicte de protéger les femelles et prenne le dessus sur la retenue dont il faisait preuve.

Mon amie Pam serre Sedona dans ses bras pour la réconforter.

« *Sheridan.* » Sans faire attention à Garrett, Trey passe en un clin d'œil d'un adolescent furieux et incontrôlable à… un *gentleman.* Le loup s'efface dans ses yeux, ses iris argentés deviennent bleu pâle.

Je ne pensais pas qu'il savait comment je m'appelle, mais pourquoi ignorerait-il mon prénom ? Je connais assurément le sien.

Il m'aide à me relever avant de faire de même. Ses mains sont couvertes de bleus et de sang, mais il me touche avec douceur, l'inquiétude creusant une ride entre ses yeux. « Je suis désolé. Tu es blessée ? » Il s'est ouvert la lèvre et du sang coule sur son menton, mais sa propre douleur ne semble pas l'affecter.

Nos regards se rencontrent et quelque chose se contracte dans le creux de mon ventre. Une intense prise de conscience que je suis une femelle et lui un mâle.

Je ne parviens pas à détourner les yeux. Garrett est juste derrière lui, mais Trey ne me lâche pas.

Malgré ma stupeur, je réussis enfin à remuer les lèvres. « Je vais bien. » Mon cœur tambourine et résonne dans mes oreilles pendant que j'assimile tout ce que je n'avais pas remarqué à propos de ce gamin bagarreur, dont la famille occupe l'échelon le plus bas dans la hiérarchie de la meute. La profondeur de sa voix. L'intensité de ses yeux bleus. La définition des muscles sur sa carrure élancée. Les odeurs qui émanent de lui : le sang, la terre et les sapins.

« *Hé !* Qu'est-ce qui se passe ici ? » Le groupe de jeunes

s'écarte brusquement en entendant le timbre grave de notre alpha. Mon oncle hume l'air, remarquant sans doute l'odeur du sang. La porte arrière du club est ouverte et des parents en sortent pour rassembler leurs enfants. Sedona court vers l'alpha Green, qui ébouriffe ses cheveux sans quitter son fils des yeux. « Tu te battais ? »

Un muscle tressaute sur la mâchoire de Garrett. Il pose les yeux sur Trey, qui m'a lâchée comme s'il avait reçu une décharge électrique. « Nan, répond-il d'un ton faussement décontracté qui ne reflète en rien l'intensité de leur empoignade. On se défoulait un peu, c'est tout. Pas vrai, Trey ? » Il tend le poing et Trey le frappe du sien comme s'ils étaient les meilleurs amis du monde. Comme si Trey avait réussi à gagner son respect en l'affrontant.

Je me remets à respirer. Je ne m'étais pas aperçue que je retenais mon souffle.

Emmet Green darde un regard autoritaire sur Trey. « Tu vas devoir être fort et prendre soin de ta mère maintenant, mon petit. »

Trey garde la tête baissée d'un air soumis en signe de respect. « Oui, monsieur. On est virés ?

— Non. Vous avez le droit de rester tant que vous ne causez pas d'ennuis et que vous n'avez plus aucun contact avec ton père. »

Trey déglutit. « Ce ne sera pas un problème, marmonne-t-il. Merci, monsieur. »

L'alpha s'éloigne, mais les jeunes restent et dévisagent Trey avec curiosité. J'ai envie de les frapper, pourtant je fais autant partie de cette scène qu'eux. C'est Garrett qui détend soudain l'atmosphère.

« Allez, viens, dit-il en donnant une tape sur l'épaule de Trey comme s'ils étaient de vieux amis. On y va. »

Et juste comme ça, Trey est accepté dans la petite meute de Garrett, les alphas rebelles du lycée Wolf Ridge.

PRÉSENT

Sheridan

CEUX QUI N'APPRENNENT PAS DE *leur passé sont condamnés à le répéter.*

La citation du jour dans mon calendrier des *Paroles de sagesse* me revient en tête alors que je traverse le parking au sol inégal. J'écrase du verre brisé sous mes talons et serre les dents. Je suis venue, mais contrainte et forcée. Si je détruis ma paire préférée de Jimmy Choo au cours de cette quête futile, je serai vraiment en rogne.

Tu peux y arriver, mon cœur. C'était l'une des phrases du discours d'encouragement que m'a servi mon père. *La meute compte sur toi* en était une autre. J'entends la suite qu'il n'a pas prononcée : *Je compte sur toi.* Si j'ai bien compris une chose au cours de mes trente années de vie, c'est que je suis prête à tout pour rendre mon père fier de moi. Y compris à replonger dans mes années lycée.

Apparemment, je n'ai rien appris de mon passé ; voilà que je le répète. Maintenant que j'y pense, c'est mon père qui m'a offert ce fichu calendrier contenant une citation quotidienne.

Un entrepôt décrépi se dresse de l'autre côté du parking en gravier, s'élevant du béton fissuré. Des motos sont garées en ligne devant une chaîne métallique cassée. Quelques pickups cabossés rompent la succession interminable de cuir et de chrome. Je passe devant une Chevrolet maculée de boue. Une portière rouillée, montée pour remplacer celle d'origine, ajoute une touche de couleur au bleu délavé. Sur le pare-boue, un autocollant effacé représente un loup qui hurle à la lune. Un autre : un chien lève la patte et un jet de liquide caractéristique éclabousse un symbole Ford.

Charmant.

Tandis que j'approche, la porte s'ouvre en grand et un métamorphe sort en titubant. Ses cheveux sont emmêlés et sa chemise mouillée de sueur empeste la bière, l'urine et l'herbe. À dix-huit heures, un mercredi.

Adorable.

« Excusez-moi. » Je toucherais bien son bras pour attirer son attention, mais je ne sais pas où il l'a laissé traîner. « C'est bien le club de combat métamorphe ? »

Je me raidis en voyant le type me dévorer des yeux. Je porte un tailleur jupe Anne Klein, dont la teinte olive fait ressortir les reflets caramel et noisette de ma chevelure, et se marie parfaitement à mes yeux verts. Assortie de bas extra-fins et de mes Jimmy Choo porte-bonheur, cette tenue me donne un air professionnel de face, aguicheur de dos. *Et sexy en diable en dessous.*

Mais ce loup anonyme ne le saura jamais. Son regard passe sur mes chaussures brillantes, ma jupe élégante et mes hanches généreuses, remonte vers ma taille fine et s'arrête sur mes seins.

« Hé ! Mes yeux sont là-haut. »

Le métamorphe lève la tête. « C'est la pleine lune ? demande-t-il d'un ton lubrique. Parce que j'ai tout à coup envie de baiser. »

Une technique de drague lourdingue. Génial.

« Non ! » Je m'agace, je n'ai plus envie de perdre mon temps en étant polie avec cet abruti. « Je cherche… »

Derrière lui, la porte s'ouvre. Du rock résonne dans le parking, ainsi que des cris d'hommes ivres : « Bois, bois, bois, bois ! »

En un clin d'œil, je suis revenue au lycée.

Un fût de bière dans les bois, des métamorphes torses nus qui font le poirier. Mon cœur tambourine quand je me dirige vers l'un d'entre eux. Celui qui est beau et torturé, avec des yeux bleu glace. Il se retourne à mon approche, un sourire illumine ses traits durs. Il me coupe le souffle…

« Madame ? Madame… » Une haleine alourdie par l'alcool me pousse à reculer. « Je n'entrerais pas, si j'étais vous », m'informe gravement le loup. Excellent conseil. Dommage que je ne puisse pas le suivre.

« C'est bien le Fight Club ? » Dès qu'il hoche la tête, je pousse la porte. J'inspire et retiens ma respiration avant d'entrer dans l'établissement glauque.

Mes yeux ont besoin d'une seconde pour s'habituer à la pénombre. Des particules de poussière restent en suspension dans l'air enfumé. À droite, un métamorphe tient un bar de fortune et fait glisser des verres à ses clients bruyants. Un groupe de coyotes vêtus de cuir descendent des shooters. Certains vacillent. L'un est debout sur un tabouret métallique, il chante une chanson à boire qui semble vaguement irlandaise. Je ne peux le dire avec certitude, parce qu'il a du mal à articuler et qu'il remplace la plupart des paroles par des jurons.

L'endroit est caverneux. Le sol est en béton et la lumière ne passe que faiblement par les fenêtres situées près du plafond. La personne qui a converti cet entrepôt en bar n'a pas fait du mauvais boulot. Le comptoir et les parois qui l'entourent sont en bois recyclé. Il y a quelques tables hautes en métal surmonté de bois poli. Plutôt sympa, à vrai dire. Avec un bon nettoyage — peut-être au Kärcher — il serait tendance, un bar à brunch hipster. Bien sûr, il faudrait changer les écriteaux des toilettes. On peut lire *Chiennes* et *Étalons* sur ceux qui décorent actuellement les portes.

Enchanteur.

Je lève les yeux au ciel et fais un pas de côté lorsque plusieurs jaguars passent à côté de moi pour se diriger vers le bar. Leurs chevelures sombres sont tirées en arrière et leurs cols sont relevés, comme des personnages sortis tout droit de *Grease*. Quelques-uns me regardent avec un léger intérêt. Je me retiens de lever à nouveau les yeux au ciel.

Je ne suis pas à ma place. Pour commencer, je suis la seule à être en tailleur. Et je suis une louve. Il n'y a pas beaucoup de femelles ici. Quelques coriaces, peut-être. Bah, je peux être coriace, moi aussi. Je plaque une sorte de grimace-sourire sur mes lèvres, puis m'enfonce dans l'ombre d'un pas assuré. Des métamorphes rassemblés en petits groupes discutent ensemble en marmonnant. L'un montre un carnet et son camarade sort un portefeuille. Du coin de l'œil, je vois des billets être échangés. Je manque de piler net et de tiquer devant cette preuve flagrante de pari illégal.

Une grande cage est placée sur une estrade. Un métamorphe maigrichon avec une touffe de cheveux roux passe lentement la serpillère à l'intérieur. Une odeur puissante agresse mon nez. Du sang.

Plus je m'approche du ring, plus l'odeur devient insoutenable. Du sang, de la sueur et de l'urine, en un miasme qui me donne le tournis. Si la testostérone avait une odeur, ce serait celle-ci. Nez plissé, je tente de me déplacer entre les piles de détritus et me cogne soudain contre un mur de muscles.

« Oh, excusez-moi…

— Fais gaffe, princesse. » Le géant musclé laisse échapper un grondement qui m'évoque une avalanche. Je lève les yeux et ma mâchoire se décroche. Au milieu d'un visage ravagé par les combats, des yeux sauvages m'observent. Ses bras, son cou, ses joues, toutes les parties de son corps qui ne sont pas tatouées sont couvertes de cicatrices. Ces dernières attirent particulièrement mon attention. Étant donné les capacités de régénération des métamorphes, elles sont rares, mais pas impossibles. Combien de dommages physiques ce type a-t-il subis pour garder ces marques ?

Il approche une grosse main de mon coude, comme s'il était sur le point de m'aider à garder l'équilibre… ou de me jeter dehors. « Ce n'est pas un endroit pour une dame.

— Je, euh, je… » C'est ridicule. Je suis Sheridan Green de Wolf Ridge. J'appartiens à la famille de l'alpha de la meute de Phoenix. Mon oncle et mon cousin sont chefs de meute. Je baignais dans les politiques métamorphes avant de savoir marcher.

Je lève les yeux vers son visage plein de cicatrices et tente de me souvenir de ma mission et de mes bonnes manières. « Je vous demande pardon.

— Tu cherches quelqu'un ? » grogne-t-il.

Je lisse ma veste de costume pour me donner une contenance. « Je… oui. Est-ce que Garrett Green est là ? »

Le type gigantesque arque un sourcil. « L'alpha vient pas ici. »

J'humecte mes lèvres en réfléchissant à ce que je peux demander ensuite. « On me dit que cette opération est gérée par la meute.

— On t'a dit quelque chose de faux. » C'est un métamorphe, mais je ne parviens pas à reconnaître l'odeur de son animal. Je le sens cependant, massif et menaçant sous sa carapace intimidante. Sans aucun doute un prédateur. « C'est indépendant de la meute. »

Je me creuse les méninges. Si la meute de Garrett n'est pas responsable de cet établissement, qui l'est ? « Je croyais que cet endroit était sous la protection de la meute de Tucson. »

Il hausse les épaules. « On est des combattants. On se protège entre nous.

— C'est… » Je secoue la tête pour me retenir de dire *idiot*. « Je fais partie de la meute de Phoenix. On m'a envoyée ici pour savoir ce qui se passe…

— Salut, Grizz. Qui est ton amie ? »

Lorsque je me tourne vers la voix suave, j'ai mon deuxième choc de la soirée. Grizz, le colosse, se tient entre la personne qui a parlé et moi, mais je peux sentir un effluve d'eau de Cologne. Le parfum séduisant couvre une odeur déplaisante, froide comme une tombe, avec un relent de sang séché.

Je retrousse les lèvres et crache : « Vampire. »

La sangsue est grande, trop grande, avec un visage finement ciselé, si beau qu'il en est inhumain. Sa beauté est carnassière et létale, telle une fleur toxique. Les hommes comme les femmes seront attirés, mais ils seront morts avant d'avoir eu le temps de comprendre pourquoi.

Il sourit en révélant deux canines pointues. Je me hérisse, ma louve s'approche de la surface.

« Dégage, Nero », aboie le métamorphe. Il se déplace pour interposer sa carrure baraquée entre le vampire et moi. « C'est une invitée.

— Mon cher Grizzly. » Le vampire écarte ses mains élégantes. Il porte un costume à mille dollars et des bottes de cowboy en peau de serpent. « N'est-ce pas notre cas à tous ?

— Allez, viens. » Grizzly me guide vers le fond de la salle, loin du vampire souriant. « Le bureau est par là. Le patron voudra te parler. »

Je laisse le métamorphe au visage zébré de cicatrices — un grizzly, bien sûr — me guider autour de la cage et on se dirige vers le coin de l'entrepôt, où un cube qui sort des murs forme une petite pièce sombre. Nero nous observe de loin, ses dents scintillent dans la pénombre. Je réprime un frisson.

« Alors, les rumeurs sont vraies, dis-je en maugréant. Cet endroit appartient aux sangsues. »

Grizzly me décoche un regard affûté et me pousse avec douceur vers la porte du bureau. « Quelqu'un veut te voir, *boss* », dit-il en toquant contre la paroi de la pièce.

La porte s'ouvre et j'ai mon troisième choc. Des cheveux en pointes, un piercing à la lèvre, des tatouages noirs qui remontent sur ses bras musclés. Et ces yeux bleu glace qui me transpercent. Alors que je chancèle comme si j'avais reçu un coup, il tend automatiquement les bras pour me retenir.

Trey Robson.

« *Sheridan.* » C'est exactement comme la première fois qu'il a prononcé mon prénom. Trey me dévisage comme s'il n'était pas sûr que je sois vraiment là. Je suis grande, mais il me dépasse d'une bonne tête. Tout à coup, je me noie, je m'égare dans le passé et dans les souvenirs passionnés qu'éveillent ses yeux bleu pâle.

~

Trey

. . .

SHERIDAN GREEN me foudroie du regard. J'ai l'impression qu'elle vient de sortir de mes rêves — des rêves torrides — pour débouler dans ma vie. Mon loup presse contre ma peau, il rue et griffe en exigeant de la toucher. Je ne sais pas si je dois lui hurler dessus, lui claquer la porte au nez ou l'entraîner dans le bureau pour refaire connaissance avec chaque centimètre de son corps.

Mon sexe n'est pas aussi ambivalent. Il serait facile, si facile de l'attirer contre moi, de remonter sa jupe et de la prendre contre le mur.

Puis elle ouvre la bouche. « Lâche-moi », siffle-t-elle. Ses yeux verts étincèlent.

« Merde. » Je lève les mains comme si je m'étais brûlé. Sans détacher mon regard du visage furibond de Sheridan, je demande à Grizzly : « Qu'est-ce qui se passe ? »

Il hausse les épaules. « Elle a dit qu'elle voulait parler à Garrett. J'ai pensé que tu voudrais être au courant.

— Garrett ? » Je croise les bras, imitant la posture de Sheridan. Elle est hors d'elle. Comme si elle avait le droit d'être en colère contre moi, après ce qu'elle a fait. « Ton cousin n'est pas là.

— J'ai appris ça, rétorque-t-elle. Juste avant de croiser un fichu *vampire.* »

Un grondement vibre dans ma gorge. Pas contre elle. Je ne suis pas ravi non plus de la présence des sangsues.

« Entre. » Je fais un pas en arrière et tiens la porte du bureau ouverte. Elle entre et se retourne, ses mains sur les hanches. Pendant un instant, je vois la pièce à travers ses yeux. Les piles de papiers entassées un peu partout, la faible luminosité rehaussée par la lueur de l'écran d'un vieil ordinateur. Les canettes de bière vides qui débordent de la poubelle. Ce n'est pas exactement un cadre de travail professionnel.

Peu importe. C'est ma boîte et je fais comme je veux,

quand je veux. Je ne cherche plus à plaire à Sheridan. Cette époque est révolue. Elle a détruit tous les liens qui ont pu nous unir un jour.

Tu l'as bien mérité, murmure une petite voix dans ma tête. Je dois l'admettre, j'ai étouffé mes sentiments pour elle aussi efficacement que possible. Notre couple ne tenait déjà qu'à un fil avant que notre histoire se termine, mais c'est Sheridan qui m'a poignardé le cœur et a tourné la lame jusqu'à ce qu'il ne reste plus rien. Plus d'amour, plus de sentiments. Depuis, je suis une coquille vide.

« Des vampires, Robson, vraiment ? Mince, qu'est-ce qui se passe ? »

Mince. Elle ne dit toujours pas de gros mots. Toujours la parfaite princesse de la meute, qui se démène pour faire plaisir à tout le monde. Sa famille, sa meute, son alpha… tout le monde sauf moi. Ça ne lui pose aucun problème de me traiter comme de la merde.

Elle me regarde avec mépris, comme si j'étais une crotte de chien sur ses chaussures de marque. Ses talons chicos qui allongent ses jambes sous sa jupe et les rendent foutrement sexy.

Je fronce les sourcils et lui jette un regard furieux. Putain, qui met des talons aiguilles pour venir dans un club de combats clandestins ?

« Qu'est-ce que tu fais ici, Sheridan ? »

Elle enfonce un ongle parfaitement manucuré dans mon torse. « Réponds d'abord à ma question, loup. Pourquoi y a-t-il une sangsue ici ? C'est le territoire de la meute. Pourquoi ne pas l'avoir jeté dehors et lui avoir planté un pieu dans le cœur pour faire un exemple ?

— Je ne peux pas. Il appartient à Lucius. On a un arrangement. »

Sheridan retient un petit cri. « Tu passes des arrangements avec des vampires ?

— Merde. » Je me retourne et passe la main dans mes cheveux. Je déteste les sangsues plus que quiconque. Ils ont transformé mon rêve en cauchemar. « C'est compliqué.

— Explique-moi. »

Je fais volte-face en grognant. « Je ne suis pas ton loup. » Je l'ai été autrefois, mais plus jamais. C'est pour ça que c'est si difficile. « Je n'ai pas de comptes à te rendre. »

Elle se redresse, son menton prend cet angle buté que je connais si bien. « Je suis ici pour représenter la meute de Phoenix.

— Le père de Garrett ? Tu devrais parler à Garrett.

— Je pensais le trouver ici.

— Ce n'est pas le territoire de la meute. Plus maintenant. » Je déglutis pour empêcher mon loup de grogner dans ma poitrine. « On a passé un accord avec le nouveau caïd du coin.

— Je n'arrive pas à y croire. Le loup que je connais ne passerait jamais, au grand jamais d'accord avec des vampires…

— La Sheridan que je connaissais n'aurait jamais trahi ses amis pour se faire bien voir. Oh, attends. Elle l'a fait. »

Elle pâlit. « C'était il y a des années, murmure-t-elle. Je pensais que tu aurais tourné la page. »

Jamais. Je ne tournerai jamais la page. Si j'ouvre la bouche, je vais quémander son pardon comme un toutou et la supplier de revenir. J'arque un sourcil d'un air moqueur sans répondre. C'est cruel, mais elle le mérite.

Elle se détourne, ses joues retrouvent des couleurs et rosissent. Une mèche de cheveux boucle autour de son oreille parfaite. Je serre le poing pour me retenir de la toucher.

Après une minute, Sheridan me regarde à nouveau. Son visage est un masque impassible. « Je représente la meute de Phoenix. Nous avons entendu dire que le Fight

Club attire l'attention et crée des ennuis. L'alpha Green m'a envoyée pour comprendre ce qui se passe.

— Pour nous espionner, tu veux dire. » Je penche la tête et montre les dents en un simulacre de sourire railleur. « Comme au bon vieux temps. »

Ma remarque la fait tressaillir. Elle me pointe du doigt. « J'aimerais rencontrer Garrett pour discuter de la présence des vampires et de ce qu'elle signifie.

— Alors, appelle-le. Je suis sûr que ton cousin sera content d'avoir de tes nouvelles. À moins qu'il ne t'adresse plus la parole ? »

Elle pince les lèvres et secoue doucement la tête.

« Ça alors, c'est presque comme si plus personne n'avait confiance en toi depuis que tu nous as trahis.

— Tu comptes oublier cette histoire un jour ?

— Non. » Je souris pour masquer la vague de souf-france qui déferle en moi. Elle est si belle. Si parfaite. Si inatteignable. Une fourmi aurait plus de chances de sortir avec le soleil.

Son père avait raison. Je n'aurais jamais dû poser mes sales pattes sur elle.

« Écoute, reprend-elle d'une voix plus douce. Je ne suis pas ton ennemie. Le Fight Club… » Elle fait un geste de la main vers la porte. « Vous attirez trop d'attention. La police, le FBI, la CIA…

— Oh-là, oh-là ! » Je lève la main pour l'interrompre, en maudissant en silence l'agent Dune et sa crise existen-tielle. « Cette histoire avec la CIA, ce n'était pas nous.

— Vous étiez impliqués, dit-elle en secouant la tête. Et maintenant, vous narguez les humains alors que ça chauffe. Des paris et des combats illégaux. De la drogue.

— Hé ! Je n'ai rien à voir avec la drogue. »

Elle se penche en avant et renifle mes vêtements de

manière appuyée. « La dernière fois que j'ai vérifié, l'herbe n'était pas légale à part pour un usage médical. »

Je lève les yeux au ciel. « J'ai peut-être une ordonnance.

— Je me fiche de l'herbe. Ce sont les substances plus dures qui m'inquiètent. Le *sucre-sang*. C'est une nouvelle drogue sur le marché, et elle est mortelle. » Elle se tait, son regard part quelques secondes dans le vague. « C'est pour ça que les vampires sont là », dit-elle à voix basse comme si elle venait de comprendre.

Je garde le silence. La contempler dans son ensemble moulant est un délice. Elle a l'air d'aller bien. Elle porte plus de maquillage qu'à l'époque et ses cheveux retenus en arrière lui donnent un air sévère, mais son costume sérieux ne dissimule pas ses formes extraordinaires.

Sheridan. Putain. Elle est irrésistible pour mon loup. Comme une drogue… ou plutôt de l'aconit tue-loup, toxique pour notre espèce. La douceur et le poison réunis en un être parfait.

Comme pour le prouver, elle me regarde droit dans les yeux. « Votre petite guerre de territoire avec les sangsues prouve que vous ne pouvez pas vous débrouiller seuls. Vous avez besoin de notre protection. Peut-être même de refaire partie de la meute de Phoenix.

— Putain, quoi ? » Je ne parviens pas à rester calme. « On se débrouille depuis des années, depuis le jour où tu…

— Vous existez parce qu'on vous le permet. » Sa voix est aussi froide que celle d'un juge prononçant une peine capitale. « Ferme le Fight Club, Trey. Sinon c'est moi qui le ferai. »

3

DOUZE ANS PLUS TÔT

Trey

DES LOUVES EN BIKINIS, des bouteilles de bière vides et du sable entre les orteils. Le parc de San Clemente est l'endroit idéal pour camper entre amis pendant un weekend d'octobre.

Ma mère n'est pas difficile, mais je ne sais pas comment la plupart de ces jeunes ont obtenu l'autorisation de venir. Ça doit être parce que Garrett, notre futur alpha, a organisé le voyage. Soit ça, soit ils ont menti et raconté que c'est une sortie scolaire.

Je sais que si j'étais le père de Sheridan Green, je ne la laisserais jamais dormir près de types comme nous. Ou comme moi. Parce qu'elle court un sérieux risque de se faire marquer, ici et maintenant.

Et je ne dis pas ça à cause du fût de bière qu'on a volé.

On n'a jamais traîné ensemble. On fréquente des cercles totalement différents, pourtant on a fini par jouer au frisbee tous les deux dans l'eau cet après-midi. À présent, elle s'appuie contre moi devant le petit feu que quelqu'un a allumé sur la plage. La peau de son épaule nue est chaude contre la mienne et son odeur emplit mes narines. Je ne l'ai pas encore touchée, principalement parce que je ne me fais pas confiance. Je n'arrive même pas à croire qu'on passe du temps ensemble. La reine du bal du lycée, une élève aux notes excellentes… Elle est tout ce que je ne suis pas. Elle n'a que dix-sept ans, mais elle travaille dans les bureaux de direction de la brasserie de Wolf Ridge avec le reste de la royauté, pas à l'étage de l'usine, comme ma mère et moi.

Et c'est la louve la plus *splendide* de cette meute.

Je pensais qu'elle sortirait avec un jeune alpha d'une autre meute, un mec dans le genre de son cousin Garrett, quelqu'un qui a tout pour lui. Ou même avec Jared, qui a au moins une place correcte dans la meute.

« Tu sais ce que je n'arrive pas à comprendre, Robson ? » Sa voix est rauque et douce, de manière que je suis le seul à l'entendre.

« Quoi donc, mon cœur ? » Je tire une taffe sur le joint que Jared m'a passé et le lui propose. Elle secoue la tête, mais je ne sens aucun jugement de sa part.

« Pourquoi un type aussi intelligent que toi s'assied dans le fond de la classe et ne fiche rien pendant les cours. Si tu faisais un effort, tu pourrais obtenir une bourse pour une fac quelque part. »

Ma poitrine se comprime, mais je me force à rire. J'ai tiré un trait sur la fac depuis longtemps. Certainement vers le moment où mon prof de quatrième m'a dit que je ne valais pas mieux que mon minable de père incarcéré et que je ferais mieux de me tourner vers une formation professionnelle. « Qu'est-ce qui te fait penser que je suis intelligent ?

— Tu ne serais pas dans les cours avancés si tu ne

l'étais pas. Et tu réussis tous les examens, alors que je ne te vois jamais réviser. »

Elle a été attentive.

Cette simple information secoue mon monde et le réorganise.

« Nan, l'école, c'est pas pour moi. Je ne supporte pas l'autorité. » Je lui fais mon sourire de mauvais garçon et elle se penche vers moi, ses yeux vert forêt illuminés par les flammes.

« Tu es sous la sienne, dit-elle en montrant du menton Garrett Green, le fils de notre chef de meute.

— Il est différent. » Je le pense. Garrett a beau être un alpha à cent pour cent, on se ressemble. Lui non plus ne supporte ni l'école ni l'autorité. Il refuse de rentrer dans le rang. Il a dit à son père qu'il ne reprendrait jamais la brasserie en le regardant droit dans les yeux. Mais par-dessus tout, c'est un ami. Il est aussi loyal envers sa petite meute de loups adolescents que nous le sommes envers lui. Il ferait n'importe quoi pour nous.

Et je n'ai pas souvent connu ça dans ma vie, donc, ouais… je reste avec lui. Je le suis, où qu'il aille. Et putain, on ne compte pas partir à la fac pour devenir des pingouins de la brasserie de Wolf Ridge.

Elle détourne la tête pour regarder le feu.

De l'autre côté, Garrett braille et enlève son maillot de bain. Les autres suivent son exemple avec des cris excités. Ils se déshabillent, puis ils mutent et hurlent à la lune. Quelques filles font de même, après avoir appelé Sheridan et moi pour nous inviter à les rejoindre. Elle se lève et se fige en me lançant un regard hésitant.

Même si je serais prêt à sacrifier beaucoup pour voir Sheridan Green nue, il n'y a pas moyen que je la laisse se déshabiller devant le reste du groupe. Ouais, on a tous muté ensemble pendant notre enfance, mais c'était avant la puberté. Avant que nos crocs ne portent le sérum capable de marquer une femelle de façon permanente.

« Pas ici, mon cœur. » Je la soulève par la taille et me mets à courir, je la porte à travers les tentes éparpillées pendant qu'elle essaie de se débattre en gloussant.

Je la pose devant sa tente et lui tourne le dos. « Le dernier à quatre pattes est un œuf pourri ! » Je baisse mon short et mute alors qu'elle entre dans la tente.

Elle pousse un cri de frustration puis bondit, sa fourrure fauve épaisse et brillante. Elle court à toute vitesse jusqu'à l'eau tandis que je la poursuis en mordillant ses mollets, mon loup déjà prêt à s'accoupler, à marquer.

Du calme, mon grand. Sheridan Green est aussi intouchable qu'une bonne sœur du Vatican.

Mon loup n'en a rien à foutre.

Il la désire. De préférence sous sa forme humaine, nue et sur la plage.

Il la veut cette nuit.

4

PRÉSENT

Sheridan

PENDANT UNE SECONDE, Trey se contente de me regarder fixement, ses yeux écarquillés comme si je lui avais tiré dans le ventre.

Encore.

La souffrance et la honte de cette nuit-là me reviennent, comme un brouillard sombre qui déferle sur mon corps. J'ai fait de mon mieux pour m'en libérer ces douze dernières années, me persuader que j'ai fait ce qu'il fallait. Surtout si l'on considère que la meute de Tucson s'est si bien établie.

Mon premier petit ami se retourne et donne un coup de pied dans celui du bureau.

« Merde ! Merde, merde, merde ! » Il tape dans une poubelle, qui s'envole.

« Charmant, dis-je lentement en arrêtant la course d'une canette de bière vide avec mon pied. Tu as toujours été si éloquent.

— Tu n'as jamais été une telle connasse », rétorque-t-il. Je tressaille.

« Je n'arrive pas à croire que je t'ai aimé un jour », dis-je en marmonnant. Je ne voulais pas qu'il m'entende, mais il lève brusquement les yeux et la colère fait rougir sa gorge. Stupide ouïe sensible de loup.

Je redresse le menton, le mettant au défi de faire un commentaire.

« Putain, qu'est-ce que tu fous ici, Sheridan ? » Fut un temps, je fondais dès qu'il prononçait mon prénom. Ce n'est pas du tout pratique de m'en rappeler maintenant. Trey est en colère. Furieux. Mais ma louve sent son intensité et l'interprète différemment. Elle se souvient du corps massif de Trey et de toute sa colère contre le monde, qui devenait une passion explosive quand il la libérait sur moi. L'alchimie parfaite.

« Tu te pointes après dix ans, tu fanfaronnes… laisse-moi t'expliquer quelque chose, mon cœur, dit-il en pointant son index dans ma direction. Tu n'es pas en position de me faire fermer.

— Mon alpha l'est.

— Alors, tu vas courir tout lui rapporter ? Tu as toujours été douée pour cafarder. Rien n'a changé en douze ans. »

Je rougis. Le loup énervé marque un point.

« Ce n'est pas pour ça que tu es ici. » Trey s'approche, les muscles qui ondulent sur son torse m'en mettent plein la vue et j'ai soudain du mal à réfléchir. « Je pense que tu en as eu assez de ta petite place dans la meute, de ta jolie petite vie rangée. C'est ça, mon cœur ? » Je ne vois plus que les ombrages de son tatouage dans le cou. Il fait chaud, une chaleur presque étouffante. « Tu as toujours aimé le danger. C'est pour ça qu'on était ensemble. Je voulais me taper une princesse de la meute, et toi… » Son haleine réchauffe mon oreille et me fait tourner la tête. « Tu avais envie de t'encanailler. »

Il recule pour contempler mon expression abasourdie d'un air satisfait. Mon cœur s'emballe pendant que ma louve exige de savoir pourquoi on porte encore autant de vêtements.

« C'est pour ça que tu es là. » Trey croise les bras. Il se referme comme une huître. « Pour goûter encore une fois à la vie des voyous. Et puis tu partiras retrouver ta vie pépère après avoir craché sur tout ce que j'ai accompli. Parce que tu cherches encore à te venger.

— Ça n'a rien de personnel.

— C'est ça, mon cul. » Il détourne son beau visage, et je reconnais la souffrance qui se dissimule derrière la posture de guerrier. C'est ce qui m'a attirée chez lui quand nous n'étions que des adolescents, ce qui lui conférait sa profondeur. Il n'était pas un autre tas de muscles sans cervelle suivant aveuglément Garrett. Ses émotions étaient intenses, et même s'il les gardait pour lui la plupart du temps, elles s'exprimaient à travers ses poings. Et à travers sa passion avec moi.

J'ai envie de m'approcher et de le réconforter. Il a beau être en colère, je sais qu'il ne me fera pas de mal. Il ne m'en ferait jamais.

« Tu es toujours en rogne contre moi.

— Mais non. » Je déglutis pour tenter d'humidifier ma bouche. Je dois me souvenir de ce que je fais ici. Je dois me rappeler que Trey est un séducteur et que l'attirance que je ressens pour son superbe corps de combattant sera bientôt oubliée parce qu'au fond, je sais c'est un sale menteur volage. « Je représente la meute.

— Pas la mienne. »

J'ai envie de lui hurler dessus et de lui demander pourquoi il joue l'imbécile. « La meute de Phoenix. Wolf Ridge. Ton ancienne meute.

— Ça n'a jamais été ma meute », lâche-t-il entre ses dents.

J'éclate de rire. « Je t'en prie. Dis ça à ta mère. Tu lui manques, au fait. Elle travaille toujours à l'usine, je la vois chaque semaine. »

Il plisse les yeux. « On s'appelle deux fois par semaine. »

D'accord, c'était peut-être un coup bas d'insinuer qu'il a abandonné sa mère.

« Tu sais, je suis surpris que ton père te laisse venir frayer avec le bas peuple. » Il me tourne autour, et je me retiens de pivoter pour le suivre ou pour lui présenter mon dos. Il est le plus gros prédateur dans la pièce et ma louve le sait. Elle ne devrait pas être si émoustillée. Si mon désir transparaît davantage dans mon odeur, Trey et n'importe quelle personne qui entrerait dans la pièce sauront ce que je ressens réellement. Ma louve a envie de lui grimper dessus comme s'il était un gros arbre tatoué.

Calme-toi, ma fille !

« Je ne suis pas une princesse de la meute.

— J'aurais pu m'y tromper. Tu as été promue à quel poste après avoir obtenu ton diplôme à la fac ? PDG ?

— Je suis présidente adjointe du service financier, dis-je en croisant les bras. Mais j'ai mérité ma place. »

Trey éclate d'un rire sarcastique.

« Non, vraiment, c'est vrai. J'ai effectué des stages chaque été. Le temps que j'obtienne mon master, j'avais travaillé dans chaque département de l'entreprise.

— Tous ? » Malgré lui, il semble impressionné.

« Ouais. À l'usine, à l'entretien des locaux. J'ai même passé un été en marketing pour organiser nos évènements en plein air. Quand il manquait du monde, j'aidais là où on avait besoin de moi. J'ai même tenu le bar.

— Tu as servi des verres. » La voix de Trey est sèche, incrédule.

« Ouais.

— Ça tombe bien, il nous faut quelqu'un qui sait rendre la monnaie derrière le bar. Mercredi soir, dix-neuf heures. Mets une jupe, ajoute-t-il avec un sourire méprisant en regardant ma tenue. Mais pas de veste de costard.

— Tu ne m'écoutes pas ? Tu ne peux plus organiser des combats ici. Vous attirez trop l'attention.

— C'est toi qui ne m'écoutes pas, mon cœur. » Trey s'approche de nouveau, et de la chaleur emplit mon cœur. Je le regarde fixement. Des alarmes incendie se déclenchent sous mon crâne. *Évacuez les lieux !* « Putain, il n'y a pas moyen que tu me fasses fermer. »

Il se penche vers moi, ses yeux braqués dans les miens, puis il incline la tête et renifle longuement. Le désir se rassemble entre mes cuisses. « Vanille et orange, susurre-t-il de sa voix grave. Très sympa.

— Ce sont les arômes de nos nouveaux brassins de saison, dis-je en ânonnant le baratin de mon entreprise. Des bières blanches. Très populaires. » Mon cerveau est en pilote automatique, tous ses neurones disponibles occupés à m'empêcher de toucher le biceps gonflé de Trey et de me frotter contre lui comme un chat.

« En tout cas, ça me plaît. On en mangerait. » Un éclat argenté scintille dans ses yeux. Son loup me regarde. C'est mauvais signe.

J'écrase mon talon sur son pied, assez fort pour qu'il le sente à travers le cuir épais de sa botte.

Il fait un bond en arrière. « Aïe ! Qu'est-ce qui te prend ?

— Et zut. » Je lève la jambe. Mon talon est cassé. Je

pointe ses bottes d'un doigt accusateur. « Elles sont coquées ?

— Ce sont des chaussures de sécurité. » La commissure de ses lèvres se courbe à nouveau. Mince, me regardera-t-il un jour avec autre chose que du mépris ? « Tu nous connais, nous autres Robson. Ça ne sert à rien de gaspiller de l'argent à nous envoyer à la fac. On travaille plutôt à l'usine.

— Arrête ça. » La contrariété que me cause ma chaussure est oubliée. Je déteste quand il sous-entend qu'il n'est pas assez intelligent. « Tu es loin d'être bête, Trey. Je te l'ai dit il y a des années. Tu choisis de ne pas utiliser ton intelligence, c'est tout. » Je remonte ma jupe et pose mon pied sur le bureau, dénudant ma jambe sous ses yeux.

« Qu'est-ce que tu fais ? » demande-t-il en s'étranglant.

Je ressens un soupçon de satisfaction. J'ai peut-être perdu un talon, mais je retrouve mon assurance. Je remonte lentement ma main sur ma cuisse pour détacher mon porte-jarretelles. « J'enlève mes chaussures. Mais d'abord, je dois enlever mes bas. Je ne veux pas les salir. »

La pomme d'Adam de Trey fait le yoyo lorsqu'il déglutit. Il humecte ses lèvres en fixant mes jambes. « Tu ne peux pas traverser la salle pieds nus.

— Je suis une louve dure à cuire », dis-je en baissant un bas jusqu'à mon genou. Il est possible que je prenne quelques secondes de plus que nécessaire, mais l'expression sonnée de Trey en vaut la peine. « Regarde. »

∾

Trey

. . .

Pendant une seconde, c'est ce que je fais. Je regarde le spectacle et, que le ciel me vienne en aide, j'adore ça. Sheridan baisse le bas de ses doigts fins, révélant une jambe parfaite. Elle en retire un, puis l'autre, les roule en boule et les fourre au fond de sa chaussure cassée avant de se redresser et de me jeter un regard triomphant. « Si tu n'es pas capable de discuter de façon raisonnable, cette conversation est terminée. » Elle pivote pour s'en aller, pieds nus. Putain, il est hors de question que je la laisse traverser le club — mon club — sans chaussures : le sol est couvert de verre brisé, de crasse et de que sais-je encore.

Elle fait un pas hors du bureau en balançant ses hanches.

« Pas si vite. » Je l'attrape par la taille, la soulève sans mal et la pose sur mon épaule. Elle se débat en criant et donne des coups de pied, impuissante, pendant que je la tiens fermement.

« Qu'est-ce que tu fiches ? » couine-t-elle, mais j'ai déjà commencé à marcher. Je traverse le club en grandes enjambées et passe à côté de métamorphes surpris. Quelques-uns se retournent et me montrent du doigt, puis ils plaquent une main sur leur bouche en découvrant la petite jupe qui gigote pendant que je la trimballe hors de mon bureau. Je repère Grizz du coin de l'œil. L'énorme ours métamorphe secoue la tête.

« Trey ! Pose-moi tout de suite, sinon je te jure que…

— Continue à hurler, mon cœur. » J'éclate de rire et libère ma main droite pour donner une tape sur ses jolies fesses. « Comme ça, tu pourras être sûre que personne ne rate le spectacle dans le club.

— Je vais te tuer ! » tempête Sheridan en tambourinant mon dos de ses poings. Elle a de la force, mais pas autant que moi.

« Tu peux essayer. Ce sera ton entretien d'embauche.

On pensait engager des combattantes pour se battre à poil dans la boue. Je paierais pour voir ça.

— Espèce de… » Sa voix se mue en un grondement alors qu'elle enfonce ses ongles dans mes fesses. La piqûre se répercute directement dans ma bite. Foutue Sheridan. Elle me fait souffrir, mais mon sexe ne l'en aime que davantage. Merde, il prendrait son pied même si elle me brisait les jambes.

« C'est ça, chérie, déchaîne-toi. J'aime quand tu y vas fort », dis-je entre mes dents. Je pousse la porte et sors dans la nuit. Sheridan grommelle, mais elle cesse de se débattre. Je parcours les derniers mètres pour traverser le parking et passe devant un groupe de bikers curieux en me dirigeant droit sur la voiture de Sheridan. La Mercedes décapotable blanche offerte par son père quand elle a eu son bac. Un cadeau parfait pour son parfait petit ange.

Je la pose aussi délicatement que possible sur le siège conducteur avant de reculer rapidement. Je n'ai pas envie de recevoir un coup de poing dans l'entrejambe. « Où est-ce que tu loges ? » Je dois poser la question : rien d'autre ne tempérera mon besoin de prendre soin d'elle, de m'assurer qu'elle ne risque rien.

Elle rencontre mon regard. Ses cheveux sont emmêlés, ses joues sont rouges et ses yeux brillent de rage… et d'autre chose. « J'ai réservé un Airbnb sur Meyer Street. Près du palais des congrès. »

Je n'arrive pas à me concentrer sur ce qu'elle dit parce que l'odeur de son désir me frappe de plein fouet. Je recule en trébuchant. Oh, par le ciel. Elle est excitée.

« Ben, rends la clé, mon cœur. Ne reviens pas. »

Sa voiture s'éloigne en projetant des gravillons. Je ne bouge pas, impassible malgré les cailloux qui ricochent sur mon jean. Je mérite chaque piqûre.

« Trey. » Près des motos, une grande silhouette sort de

l'ombre. Mon meilleur ami, Jared, approche lentement, son front plissé par l'incrédulité. Il montre du pouce la Mercedes au bout de la rue. « C'était…

— Ouais. » Je tourne les talons pour rentrer dans le club. Je n'ai pas envie d'en parler.

Sheridan Green. Putain.

5

DOUZE ANS PLUS TÔT

Sheridan

« J'AI ENTENDU DIRE que tu fréquentes le jeune Robson. »
Ma mère lance la conversation mine de rien pendant le
dîner, alors qu'elle sait très bien que ça retiendra l'attention
de mon père.

Il cesse de mâcher et pose sa fourchette. « Pardon ? »

Je lève les yeux au ciel et fourre un morceau de steak
dans ma bouche. « Je fréquente plein de monde. » Ce n'est
pas un mensonge, mais c'est une réponse assez lâche. Trey
est plus important que les autres loups pour moi. Et on ne
se fréquente pas : c'est mon petit ami.

Mes amis ne comprennent pas. Trey ne deviendra pas
un alpha. Sa mère est l'oméga de cette meute, et encore,
elle a de la chance que notre alpha l'ait laissée rester à
Wolf Ridge après que son ivrogne de mari a causé toutes
sortes de problèmes avec la police.

Mais je connais la vérité. Trey a peut-être l'air d'un

rebelle, avec son piercing à la lèvre et ses nombreux tatouages, et il donne peut-être l'impression d'être une brute parce qu'il se bagarre souvent avec son ami Jared, mais ce n'est pas un voyou. Il est calme. Et attentionné, comme je l'ai appris. Et très intelligent. *L'eau qui dort cache bien son jeu.*

Aucun doute, il n'est pas apprécié à sa juste valeur.

J'ai peut-être tendance à être attirée par ce qui est cassé. Je suis peut-être fascinée par ses yeux bleus très expressifs qui me regardent en permanence. Et qui deviennent argentés sous le clair de lune.

Ou peut-être que cette attirance est inexplicable. Nos loups se plaisent, et nous tentons simplement de les suivre.

Quelle que soit la raison, j'ai choisi Trey.

C'est à lui que je vais donner ma virginité.

« Je ne veux pas que tu le fréquentes, lui ou des gamins dans son genre, annonce mon père en tendant la main vers le plat de pommes de terre bouillies pour s'en servir deux de plus.

— Pourquoi ça ? » Ma voix est plus froide que je n'en avais l'intention, ce qui est une erreur.

Mon père lève brusquement la tête en entendant mon ton, comprenant ce qu'il signifie. « Parce qu'ils risquent de t'attirer des ennuis, et tu le sais. Ces jeunes n'iront pas à l'université. Ils n'iront nulle part. Tu vaux bien mieux qu'eux.

— Tu penses que je vaux mieux que tous les loups, papa.

— Parce que c'est le cas, pour la plupart d'entre eux. Et tu devrais te concentrer sur tes études pour le moment. Avoir de bonnes notes et un comportement irréprochable. »

Je regarde autour de la table avec une perplexité exagérée. Ruby, ma petite sœur, glousse. « Est-ce que mes notes ont baissé ? Est-ce que j'ai déjà eu des problèmes ? »

Mon père pince les lèvres. Je réponds à sa place :

« Non. Ma moyenne est presque parfaite, je suis toujours sur le tableau d'honneur, je fais partie du club de maths de l'école, je suis l'éditrice de l'album de la promo et…

— Je sais, me coupe-t-il. Mais je ne veux pas que tu te déconcentres alors que tu es si proche du but. » Mes parents comptent énormément sur ma réussite. Avant, c'était mon frère qui faisait les frais de leur ambition. Désormais, la pression ne pèse que sur mes épaules.

Je regarde ma mère pour qu'elle me soutienne, mais elle secoue la tête. Elle n'aime pas non plus l'idée que je fréquente Trey. Mes parents préféreraient me voir avec le prince d'une meute voisine. Un couple royal.

« C'est ma dernière année de lycée. J'ai déjà réussi l'examen d'entrée à l'université et j'ai envoyé mes candidatures. Je pense que j'ai le droit de m'amuser un peu. Ne me dites pas que vous n'avez pas voulu profiter un peu de votre jeunesse ? » Ils m'ont raconté suffisamment d'anecdotes sur leur idylle, débutée au lycée, pour que je sache qu'ils ont pris du bon temps pendant leur adolescence.

Ma mère échange un regard discret avec mon père et pique un fard. Ma poitrine se remplit d'une chaleur niaise, comme chaque fois que je constate combien ils s'aiment.

« Peu importe. Je ne veux pas que tu sortes avec le jeune Robson », grommelle mon père.

Cette fois, je ne peux le trahir en niant que nous sommes en couple. « Je pense qu'il est temps que tu me fasses confiance et que tu te fies à mon jugement. Je suis presque adulte. »

Mon père soupire, mais je vois que j'ai remporté cette

manche… jusqu'à la prochaine. « Je compte sur toi pour te montrer responsable. »

Je lui fais un sourire insolent. « Je le suis toujours, non ? »

6

PRÉSENT

Sheridan

MON SOUFFLE ne s'est toujours pas calmé quand je me gare dans l'allée de la maisonnette que j'ai réservée sur Airbnb pour la durée de cet amusant petit séjour à Tucson. Et par *amusant,* j'entends tout le contraire. Je dois être dingue pour m'être proposée pour cette mission.

Il vaut mieux avoir aimé et perdu que de n'avoir jamais aimé du tout…

« Ouais, c'est ça », dis-je dans ma barbe. Celui qui a réuni ces citations débiles dans ce calendrier devrait essayer, dans ce cas : aimer de tout son être jusqu'à ce qu'on lui arrache le cœur. Un pontage sans anesthésie.

L'enfer ne contient pas plus de furie qu'une femme dédaignée… Voilà qui est mieux.

Mon portable sonne alors que je fonce vers la porte, pieds nus, mes talons à la main.

« Allô ? » Je réponds pendant que les évènements de la soirée tourbillonnent dans mon esprit. Fichu Trey Robson.

Toujours attirant. Toujours séduisant. Et sacrément agaçant. *Comment ose-t-il me jeter sur son épaule comme… comme… comme une femmelette ! Pour qui se prend-il, mince ?*

J'entends la voix de mon père à travers ma fureur. « Sheridan ? Allô ?

— Oui, bonjour, papa.

— Comment ça se passe à Tucson ? »

Je n'ai pas les mots. Je change mon téléphone de main pour sortir mes clés. « Ça va. Je suis allée au Fight Club aujourd'hui. Garrett n'était pas là, mais j'ai parlé à un de ses loups. » *Enfin, je lui ai plutôt crié dessus.*

« Bien, bien, dit mon père d'un air distrait. Emmett passe des appels de son côté, mais j'ai pris les devants et j'ai réservé ton logement pour deux mois. Au cas où. »

La première clé que j'insère dans la serrure n'est pas la bonne. Je tente d'en prendre une autre et fais tomber une chaussure. « Merci, papa. Tu n'avais pas besoin de le faire. J'ai de l'argent. J'étais directrice adjointe, tu sais.

— Tu l'es toujours, dit-il avec fermeté. J'ai dit au conseil d'administration que tu avais simplement besoin d'une pause. Que la meute a besoin que quelqu'un s'occupe de la situation à Tucson et que l'alpha t'en a chargée.

— Ouais. » J'essaie une autre clé, qui se coince dans la serrure. *Pitié, par le ciel.* À ce rythme, je vais dormir sur le perron.

« Tu vas tirer cette histoire au clair et tu seras rentrée en un rien de temps. Le bureau n'est pas pareil sans toi. Ne sois pas trop longue. » Sa voix prend le timbre chantant qui m'indique qu'il s'apprête à plaisanter. « J'ai besoin que tu rentres pour que je puisse partir à la retraite.

— Très drôle. » En quarante ans de carrière en tant que directeur financier, mon père n'a pas dévié de son emploi du temps quotidien. Le même bureau, les mêmes réunions, le même calendrier de citations quotidiennes.

Le jour où il prendra sa retraite, les loups auront deux têtes.

J'enfonce une troisième clé dans la serrure. Elle entre facilement, mais la poignée refuse de tourner. Je pose mon sac par terre en soupirant. Avant que je ne me retourne vers la porte, un frisson d'avertissement descend le long de mon échine. Je regarde en direction de la route.

Un véhicule noir luxueux aux vitres teintées tourne dans l'impasse et roule lentement devant la maisonnette. Je ne peux pas distinguer le conducteur. Au bout de la rue, la voiture s'immobilise. Les poils de ma nuque se hérissent.

« Encore une chose avant que je raccroche, reprend mon père d'un ton professionnel. On ne sait pas exactement ce qui se passe avec la meute de Garrett, mais d'après certaines rumeurs, des vampires se sont installés à Tucson. Pas l'une de nos connaissances, un ancien qui veut y établir un nouveau quartier général. S'il revendique des territoires qui appartiennent à la meute, ça pourrait déclencher une guerre. Sois prudente.

— Je le serai », dis-je en un souffle. Sans un bruit, la mystérieuse voiture redémarre et repart sur la route à une allure d'escargot.

Enfin, la poignée bouge lorsque je tourne la clé vers la droite. Je tire d'un coup sec et ouvre la porte de la location, qui sent le renfermé. Je me penche pour ramasser ma chaussure cassée et mon sac, faisant presque tomber le téléphone.

« À bientôt. On compte sur toi. » Dès que mon père a raccroché, je me précipite à l'intérieur de la maison, puis laisse tomber par terre tout ce que je tiens en un grand fracas. Je referme la porte et pousse le verrou, effrayée. Qui était dans cette voiture noire ?

Je ramasse mon portable sur le sol et fais instinctivement défiler mes contacts. Qui devrais-je appeler ? L'alpha

Green a de plus gros soucis sur les bras. Et puis, il compte sur moi pour accomplir cette mission par mes propres moyens. C'est pour ça qu'il m'a choisie.

Appelle Trey. Je supprime la pensée à l'instant où elle se présente. Je n'ai pas appelé Trey depuis le lycée. Je ne dois même plus avoir son numéro.

Pourtant quand je tape son nom, je constate que si. *Robson, Trey.* Je me rappelle son agacement chaque fois que je l'ai appelé par son nom de famille ce soir. Il déteste ça. Et moi, j'adore conserver un tel effet sur lui. S'il ne m'aime pas, je me contenterai de sa haine.

Mes doigts planent au-dessus du numéro familier. Maintenant que je le vois, je m'en souviens. Je le connaissais par cœur. À une époque, il était la première personne à qui je parlais en me réveillant, et sa voix était la dernière que j'entendais la nuit. Mais je n'ai pas fait appel à Trey depuis très, très longtemps.

Rends la clé, mon cœur. Ne reviens pas.

Je serre le portable dans ma main, assez fort pour entendre le plastique craquer.

N'abandonne jamais, jamais, jamais.

Je n'ai plus dix-huit ans, je ne suis plus innocente, vulnérable et en danger face à un mec comme Trey. Ce n'est pas comme s'il pouvait me briser le cœur. Pas encore une fois.

Cette fois, il ne se débarrassera pas si facilement de moi.

7

DOUZE ANS PLUS TÔT

Trey

L'ALPHA GREEN en personne vient nous chercher au commissariat après nous avoir laissé passer une nuit en prison. Et pas en détention juvénile, hein. Nous avons tous dix-huit ans, alors nous avons été envoyés à la prison du comté.

Emmett Green est immense et imposant, comme Garrett. Ce type ne sourit jamais, mais à cet instant, putain, il a l'air prêt à commettre un meurtre.

« Possession de marijuana. » La condamnation alourdit sa voix. La loi de la meute stipule que nous ne devons pas avoir d'ennuis avec les autorités humaines ; que son propre fils ait été arrêté doit le rendre dingue.

« Quelqu'un nous en veut… », commence Garrett. Son père aboie : « Pas un mot. »

Garrett a raison. Quelqu'un nous a dénoncés aux flics. Les agents sont venus au lycée spécifiquement pour nous trois. C'était forcément quelqu'un de proche, quelqu'un qui savait où chacun d'entre nous cachait sa réserve : moi, sous la selle de ma moto, Jared dans la poche de son manteau. Garrett, dans sa voiture.

Quelqu'un voulait nous causer des problèmes.

L'alpha Green obéit à sa propre demande et ne nous adresse pas la parole pendant tout le trajet jusqu'à la maison.

Non… pas à la maison. Il se rend directement au club-house de la meute. Garrett, Jared et moi échangeons des regards. Une prise de conscience glacée parcourt mon échine.

Ils ont organisé une réunion.

À propos de nous.

Putain, c'est mauvais signe.

On entre, et c'est exactement ce que je craignais. Chaque adulte de la meute est présent dans la pièce et nous attend. Un silence de mort s'abat sur l'assemblée à notre arrivée.

Un bourdonnement commence à vrombir dans mes oreilles. Je le reconnais : c'est celui que j'entendais quand mon père frappait ma mère. Quand la police est venue l'arrêter. Quand les enfants de la meute parlaient de moi en chuchotant et que les adultes s'étaient réunis pour décider s'ils devaient laisser ma mère et moi rester parmi eux.

J'ai l'impression que mon visage est en feu, mes doigts et ma langue s'engourdissent.

Un par un, on nous appelle pour nous interroger. Je ne sais même pas ce qui se dit. Je réponds la vérité, mécaniquement. Sans la moindre stratégie ni réflexion. Je suis déjà passé en mode *ma-vie-est-terminée*.

On reste assis pendant que la meute délibère.

Ce n'est que lorsque Lance Green, le père de Sheridan, se lève pour nous fustiger, en affirmant que l'on doit servir d'exemples et que l'on est des dangers pour les plus jeunes loups, que tout prend sens.

Tu le regretteras.

Sheridan.

Serait-elle assez en colère pour faire une chose pareille ? Pour nous dénoncer à la police et nous faire arrêter ?

À voir le regard satisfait que M. Green braque sur moi, je suis presque sûr que oui.

Bien qu'il ne semble pas content de le faire, notre alpha vote contre nous et, tout d'un coup, ça y est : on est bannis de la meute.

Pas de manière permanente. Un bannissement de quatre ans, après lequel on pourra demander une réévaluation de notre statut.

Garrett serre les poings, se lève et sort avec une démarche raide.

Jared et moi le suivons, accompagnés par les sanglots étouffés de ma mère.

8

PRÉSENT

Sheridan

MERCREDI SOIR, j'arrive sur le parking en gravier délabré du Fight Club. Je me gare et sors de la voiture comme si j'étais assise sur un siège éjectable. Je claque ma portière si fort que je vérifie que je ne l'ai pas abîmée. Une foule de motards se retournent pour me dévisager. Je les ignore et traverse le béton fissuré à pas vifs en me concentrant sur la porte du club. Sinon, je vais leur faire un doigt d'honneur.

Je suis *exci-nervée.* À la fois excitée et énervée, et fatiguée parce que je n'ai pas fermé l'œil de la nuit à cause de mon bas-ventre qui palpite. J'ai refusé de me masturber par principe. Je ne me caresserai pas en imaginant Trey Robson et tout ce que je pourrais faire avec lui. C'est *hors de question.*

Non ! Ma botte entre en contact avec un morceau de bitume. Quand je le frappe plus fort que nécessaire, il vole et manque d'assommer l'un des motards en cuir.

« Fais gaffe, ma sœur », aboie-t-il en tapotant sa chevelure parfaitement gominée, comme pour vérifier qu'elle n'a rien.

Je lui montre les dents. Il me détaille des pieds à la tête, en passant par mon corset, et cesse de s'inquiéter pour sa coiffure. L'appréciation éclaire ses yeux sombres et ses lèvres forment un sifflement.

« Ne t'avise pas de le faire », dis-je sèchement. Il blêmit. Mon maquillage gothique doit être super effrayant. « Si j'avais envie qu'on me siffle comme une pinup qui passe devant un chantier de construction, j'aurais enlevé ma veste. » Puis, histoire qu'on ne puisse pas me reprocher de ne jamais être sympa, je retire mon blouson en cuir souple, révélant le corset en satin vert et noir ultramoulant en dessous. Il est serré comme ceux de Scarlett O'Hara, et il fait des merveilles avec ma poitrine. Non qu'elle ait besoin d'aide.

Je leur tourne le dos et m'éloigne en roulant des hanches sous un chœur d'encouragements.

Le temps que j'atteigne l'entrée du club, je me sens légèrement mieux. Sans ralentir, je pousse la porte à deux mains en espérant faire voltiger du monde de l'autre côté. Ce sont des métamorphes : ils s'en remettront. *Sheridan est là, les étalons. Et les chiennes.*

Alors que je claque ma deuxième porte de la soirée, toutes les têtes dans la pièce obscure se tournent dans ma direction. Je plante mes mains sur mes hanches et parcours mon nouveau royaume des yeux, laissant à chacun le temps de me voir.

Je me suis surpassée avec cette tenue. Ma robe-corset avec un minuscule jupon en tulle moule ma taille, et elle met en valeur ma poitrine et mes hanches. La dentelle de mes bas apparaît au-dessus de mes bottes New Rock, qui m'arrivent aux genoux. Plus punk que bikeuse, mais ça fonctionne. Je les ai emportées avec moi sur un coup de tête, en me disant que ce séjour loin de mon père et de la meute me donnerait des occasions de m'amuser. Ces lourdes bottes coquées sont parfaites pour le Fight Club. Je refuse de casser un autre talon dans ce trou.

Je me dirige droit vers le bar et tout le monde s'écarte de mon chemin. Un jeune homme à l'air stressé s'active derrière le comptoir en bois poli. Je jette ma veste sur une étagère et, sans un mot, commence à laver des verres dans l'évier.

Quelques minutes plus tard, le barman apparaît près de mon coude. Il a une carrure élancée et sa peau noire dégage une légère odeur de fourrure. Un jaguar, si je ne me trompe pas. « Salut, moi c'est Luka. Tu sais tirer des bières ?

— Salut, Luka, contente de faire ta connaissance. Ouais, je suis ici pour t'aider.

— Le ciel soit loué. Un William Wolf, sans glace. Pour le guépard au bout du comptoir. » Il me montre la bouteille de whisky et le client avant de s'éloigner à la hâte.

Je prends un verre propre ainsi que la bouteille et m'approche fièrement de mon premier client, un motard baraqué. Il pose les yeux sur mes seins rassemblés ensemble et se pétrifie. Je souris. Je sens un bon pourboire.

Je remarque un très grand type à quelques mètres derrière lui et mon sourire s'élargit. Grizz, le videur grizzly, me regarde fixement, puis il secoue la tête et se détourne en se frottant le crâne comme s'il avait la migraine. Il ne me jette pas dehors. C'est bon signe. Mon plan fonctionne : entrer, passer derrière le bar et laisser les gens parler des sangsues et de leur possible trafic de drogue.

Jusqu'ici, tout se passe bien.

« Ça fait longtemps que tu travailles ici ? » me demande mon client, qui n'a toujours pas quitté ma poitrine des yeux. Il semble un peu hébété. Je fais couler le whisky dans son verre en me penchant un peu pour lui donner une meilleure vue. Je compte bien tirer profit de mes atouts.

Puis je le vois. Il est à côté de Grizz, sa mâchoire décrochée, ses yeux glacés et son visage de marbre. Trey Robson me regarde flirter avec un client, et il ne peut rien faire.

Ma soirée vient de s'améliorer.

« Je viens de commencer. Est-ce que je fais du bon travail ? » Je hausse les épaules, et le guépard suit le mouvement de mes seins des yeux. Je savais que ce corset était une excellente idée.

« Oh, ouais, murmure-t-il. Je crois que je suis amoureux.

— Mmhmm », dis-je d'un air évasif. Une odeur puissante me frappe de plein fouet, comme la première vague de pluie, violente et puissante. Je reconnaîtrais ce parfum n'importe où.

Trey arrive comme un fou, son expression est orageuse et ses yeux lancent des éclairs. Il s'est épaissi depuis le lycée. Aujourd'hui, il est aussi massif qu'une montagne et aussi beau qu'un dieu. Chacune de mes molécules frémit quand il arrive près de moi.

« Qu'est-ce que tu fous ?

— Je sers à boire. » Je fais mine de ne pas être troublée, mais tous les poils sur mes bras se dressent, électrifiés par sa présence. Baissant la tête, je cherche une serviette en papier.

« Il nous faut des serviettes », dis-je à Luka lorsqu'il passe à côté de moi à toute vitesse. Pendant ce temps, Trey semble sur le point d'exploser et de faire un carnage dans le club.

Excellent.

« Tu as dit que vous aviez besoin de quelqu'un au

bar. » J'essuie rapidement quelques verres, mon sourire devient froid.

« Je lui montrais les ficelles… », commence Luka, mais il se tait quand Trey se tourne vers lui avec une expression furieuse.

« Dans le bureau, tout de suite », m'ordonne-t-il. Sa grosse main se referme sur mon bras, mais je me dégage et lève le pouce à l'intention du pauvre Luka avant de partir vers le fond de la salle.

Dès que je me trouve dans le bureau, Trey s'énerve. « Putain, qu'est-ce que tu fous ? Je te demande de te barrer et tu reviens pour tenir le bar ?

— *Si vous ne pouvez pas les battre, rejoignez-les* », dis-je en haussant les épaules. Oui, c'est une citation du calendrier.

« Je sais que tu es là pour nous espionner.

— Ouais. Mon camouflage te plaît ? » Je mets les mains sur les hanches et prends une pose à la Wonder Woman pour mettre ma poitrine en avant. Les yeux de Trey manquent de lui sortir de la tête. Le pauvre, il ne m'a jamais vue comme ça. Après notre rupture, il a bien fallu que j'exprime mon grain de folie d'une autre manière. Je ne peux pas faire grand-chose sous le nez de mon père, mais de temps en temps, j'aime m'habiller et m'amuser. Et quand je m'habille, je ne fais pas semblant. Tenue sexy, maquillage à outrance, chaussures scandaleuses… comme pour Halloween. Je me promène comme une figurante dévergondée du *Rocky Horror Picture Show* et je hurle à la lune, puis je renferme le tout dans un costume avant de retourner au bureau le lundi matin.

« Non », répond-il. Il ment. Ses yeux voraces disent le contraire. « Sheridan, merde, qu'est-ce que tu portes ?

— Ça ? » Je joue avec le ruban en satin niché entre mes seins. « Oh, un truc que j'avais sous la main. Ça devrait m'aider à recevoir de bons pourboires. »

Il fixe mes doigts un certain temps. « Tu ne peux pas porter ça », souffle-t-il. Il détache son regard de mon corps et se frotte la nuque d'une grosse main tatouée. Ses doigts tressautent. J'aimerais qu'il me touche.

« Tu m'as dit de mettre une jupe », dis-je d'un ton mielleux. Je sais que c'est idiot, mais je m'approche de lui. Mes tétons meurent d'envie d'être stimulés, cependant effleurer son torse dur ne fait qu'amplifier le besoin dans le reste de mon corps.

Trey écarquille les yeux, mais il ne recule pas. Il baisse la tête jusqu'à ce que ses lèvres ne soient qu'à quelques centimètres des miennes et grogne : « Si tu tiens le bar, je suis ton patron.

— Oh, et vous avez un *dress code ?* » Je lance un regard critique aux piles de documents sur son bureau.

Trey fait un pas en arrière, puis ses épaules s'affaissent alors qu'il enlève sa veste. Il couvre mes épaules avec le cuir lourd. « Maintenant, oui. »

J'ouvre la bouche pour faire un commentaire impertinent à base de termes comme *code vestimentaire, discrimination* et *ressources humaines,* mais je ne peux pas parler de la politique de l'entreprise quand sa bouche est si proche, tellement proche de la mienne.

Sa veste a gardé la tiédeur de sa peau. Je ne compte pas parler de ma propre veste, restée derrière le bar. Je serre les pans de celle-ci autour de moi et frissonne. Le reste du monde disparaît jusqu'à ce qu'il ne reste que Trey et moi dans cette boîte noire. Pas de lieu, pas de temps, seulement une odeur enivrante entre nous et son érection qui appuie contre mon ventre. *Oui, s'il te plaît.*

Puis il s'éclaircit la gorge et recule.

Quoi ? Non !

« Merci de nous donner un coup de main. Luka nous demande d'embaucher depuis que le club a commencé à se remplir tous les soirs, dit-il en allant ouvrir la porte sans rencontrer mon regard. Je te laisse y retourner. »

Je suis pétrifiée, trop choquée pour seulement le foudroyer des yeux. Je débarque ici, comme le fantasme incarné d'un gothique, et il va… laisser passer l'occasion ?

Ce n'est pas comme si je m'attendais à ce qu'il m'arrache mes vêtements coquins et me baise contre le mur. Ce n'est pas ce que je voulais. Pas du tout. J'ai appris à la dure que Trey est un coureur.

Je reste plantée là et me mordille la lèvre. Après quelques secondes, je m'aperçois que je fixe sa ceinture. Plus précisément, plusieurs centimètres en dessous. Plusieurs looooongs centimètres.

« Merde », grogne Trey avant de sortir lourdement, me laissant encore plus exci-nervée.

Tellement exci-nervée.

∿

Trey

J'ENTRE DIRECTEMENT dans la chambre froide. Peut-être que ça me calmera, putain. Sérieusement, je ne survivrai pas à cette nuit. Sheridan Green, habillée comme une playmate, qui se balade dans le Fight Club ?

Mon loup gronde.

Il voulait que je la revendique au lycée, pourtant je ne l'ai jamais fait. Putain, chaque fois que nous avons couché ensemble, il voulait la marquer. Mais nous n'étions que des gosses et elle était promise à un bel avenir. Je n'allais pas l'enchaîner à un pauvre raté avant même qu'elle ait décroché son bac.

À mon avis, j'ai échappé au mal de lune seulement

parce que j'étais ado. Mes hormones n'étaient pas encore celles d'un mâle adulte. Je n'ai atteint cette taille et cette carrure que bien après la fin de ses études à Stanford.

Bien après qu'elle nous a fait bannir de la meute.

Je bande après notre interaction, mais ma poitrine est également comprimée.

Être si proche d'elle, voir que sa louve réagit toujours à mon animal… j'ai l'impression de l'avoir perdue hier. Elle était sublime pendant son adolescence, et elle est désormais à couper le souffle. Sur une note sur dix, je lui donne treize.

Je décapsule une bière — oui, c'est une pale ale de Wolf Ridge — avec les dents et en siffle la moitié.

Jared entre. Il s'arrête en me voyant, puis il appuie sa large épaule contre la porte et rit doucement. « Tu survivras ?

— Putain, non.

— Tu l'as engagée ? » demande-t-il avec un geste du pouce en direction du bar.

Je termine la bière et m'essuie la bouche du revers de la main. « Je plaisantais ! Je ne pensais pas qu'elle me prendrait au mot. Je lui ai aussi dit d'aller se faire foutre et de ne jamais revenir, mais elle ne l'a pas fait, ça, hein ? Merde. »

Jared perd son sourire. « Qu'est-ce qu'elle fait ici ?

— Tu le sais bien, dis-je en rencontrant son regard.

— Espionner ? »

J'acquiesce. Emmett Green nous envoie des espions depuis le jour où il nous a mis à la porte. Merde, même le bras droit de Garrett, Tank, avait à l'origine été envoyé par l'alpha Green pour nous espionner. Il ne nous pensait pas capables de nous en sortir par nous-mêmes. Les grandes meutes vous conditionnent à penser comme ça, que les métamorphes doivent se soutenir ou qu'ils ne survivent pas, ce genre de conneries.

La meute de Wolf Ridge n'avait jamais imaginé qu'on retomberait sur nos pieds. Mais tous les jeunes loups sont partis avec nous : ils auraient suivi Garrett jusqu'au bout du monde. Une fois que les accusations ont été réduites à un délit mineur, nous avons déménagé à Tucson. Garrett nous a donné du boulot en nous faisant rénover des maisons avant de les revendre. On s'est démenés et on a rapidement commencé à gagner notre vie. Quand l'alpha Green s'est rendu compte de notre succès, il a investi. Aujourd'hui, Garrett est propriétaire de la moitié du centre-ville. Prenez ça, brasseurs de Wolf Ridge à la mords-moi-le-nœud.

« Elle a le Fight Club dans le viseur ?

— Elle dit qu'elle peut nous faire fermer.

— Quelle sal… » Jared ravale la fin du mot en voyant mon expression.

Malgré tout ce qui s'est passé, je ne les laisse jamais mal parler d'elle. En fait, elle est devenue un sujet tabou en ma présence.

Elle a peut-être détruit nos vies, mais je sais que ses actes étaient motivés par le chagrin. Je l'ai détruite en premier. Elle n'a fait que se défendre comme elle l'a pu.

Même si d'un côté, je lui en veux toujours de si mal me connaître, de ne pas avoir su que je ne lui ferais jamais volontairement du mal, je sais que ce sont des conneries. Merde, j'ai fait le nécessaire pour qu'elle me quitte et ne regarde jamais en arrière.

Donc, j'imagine qu'on est quittes. Ou du moins, je pensais qu'on l'était.

Mais lorsqu'elle se pointe ici et cherche à m'intimider, son corps moulé dans cette putain de tenue dépravée ?

Je suis obligé de mettre ses intentions en doute.

Cherche-t-elle à se venger ou simplement à me mettre sous le nez ce que j'ai perdu ? Parce que, merde, l'ambiance n'était pas à la paix et à la réconciliation quand j'ai parlé avec elle. À moins qu'elle voie ça comme des préliminaires et espère qu'on peut tirer un trait sur le passé avec une session de baise phénoménale.

Ben, si c'est le cas, je suis partant. Mon loup était partant depuis qu'elle a mis un pied en ville.

Je jette la bouteille de bière vide dans une corbeille de recyclage et passe à côté de Jared. Il me donne une tape dans le dos. « Reste fort, mon pote. »

Ouais, c'est ça.

Résister à Sheridan est une impossibilité. À ce stade, la question est simplement de savoir dans combien de temps elle sera allongée en dessous de moi. Et si cette fois, elle échappera à ma marque.

9

DOUZE ANS PLUS TÔT

Sheridan

JE N'AI PAS VU Trey de la semaine, ce qui est plus que bizarre. Il ne m'a jamais donné la moindre raison de douter de lui. De nous.

À vrai dire, depuis cette nuit sur la plage, quand j'ai fait le premier pas et que je me suis installée à côté de lui devant le feu, toute son attention a été focalisée sur moi. Ça ne veut pas dire qu'il ne fréquente plus ses amis, Garrett et Jared ; mais en général, il les voit quand j'ai des choses à faire.

Pourtant, il a passé toute la semaine à bricoler des motos et il a vu Garrett tous les jours après l'école. Il m'a prévenue qu'il ne pourrait pas me ramener chez moi pendant qu'on mangeait ensemble ce midi, et il était distrait, silencieux… même s'il n'a jamais été un moulin à paroles.

Je lui envoie un message après le dîner. On est vendredi soir, des jeunes montent passer la soirée sur le plateau.

C'est une activité habituelle le weekend et on s'y rend souvent quand on ne reste pas tous les deux.

Moi : *Tu montes sur le plateau ?*

Trey : *Non, j'ai des trucs à faire.*

Mon ventre se noue, parce que je sens le mensonge à travers l'écran. Il ne m'avait encore jamais menti. Il a toujours été totalement sincère. Pourquoi commencerait-il maintenant ? Est-ce parce qu'il vend de la drogue pour Garrett ? Ils ont peut-être des ennuis. Je n'ai jamais aimé le fait que Garrett, Jared et Trey soient les vendeurs d'herbe de Wolf Ridge et des quartiers voisins, Cave Creek et Scottsdale. C'est le genre de sujets dont nous avons tacitement décidé de ne pas discuter.

Oui, ce sont des loups, ce qui signifie que les dealeurs et les clients humains auraient du mal à leur faire quoi que ce soit, mais une balle dans la tête peut quand même tuer un métamorphe. Et ils ne sont pas non plus au-dessus des lois.

Et avec l'histoire familiale de Trey, avec ce que son père a fait, il serait viré de la meute en un claquement de doigts s'il était arrêté par la police un jour. Peu importe pour quelle raison.

Comme je ne suis pas du genre à me laisser faire, je le mets au pied du mur.

Moi : *Pourquoi tu ne me dis pas ce qui se passe vraiment ?*

Trey : …

Il ne répond pas pendant cinq minutes. Puis :

Trey : *Retrouve-moi à notre table.*

Je sais de laquelle il parle. La table de piquenique sur laquelle nous avons fait l'amour pour la première fois. Je prends mon sac et sors de chez moi, le cœur battant. J'imagine toutes sortes de scénarios tragiques. Trey s'est déjà fait arrêter par la police et personne ne le sait. Ils sont poursuivis par un dealeur. Quelqu'un est blessé.

Je prends ma voiture et me rends directement à notre table de piquenique. Trey est déjà là, il contemple le flanc de la montagne, vers la ville. Le coucher de soleil crée des nuances rose et orange sur la terre, fait briller les épines des cactus dans lesquelles il se reflète.

Trey ne se retourne pas, ce qui loge une nouvelle pointe de peur dans ma poitrine. Je vais me poster près de lui. « Comment ça va ?

— Coucou. » Il ne me regarde pas.

Mes bras se couvrent de chair de poule. Mais que pourrait-il y avoir de si grave ?

« Trey, *qu'est-ce qui se passe ?* »

Sa pomme d'Adam remonte quand il déglutit. « Je pense qu'on devrait fréquenter d'autres personnes. »

Tout l'air s'échappe de mes poumons en un rire étranglé. Non que je pense qu'il plaisante. Pas du tout. Simplement, c'est si loin de ce à quoi je m'attendais que mon corps choisit une réaction inappropriée.

« Qu'est-ce que tu racontes ? » Ma voix se brise. Je serre les poings, pour empêcher mes mains de trembler si fort et parce que je ne sais pas quoi faire d'autre. J'ai envie de le frapper, de le pousser pour qu'il roule jusqu'au bas de la colline. De le forcer à retirer ce qu'il vient de dire.

« Ouais. Tu t'en vas à la fin de l'été, donc je pense qu'on ferait mieux d'arrêter les frais dès maintenant. Je suis prêt à m'amuser avec d'autres filles.

— *T'amuser avec d'autres filles ?* » Mon cerveau a du mal à comprendre ses mots. Ils lui ressemblent si peu. Trey n'a jamais été ce genre de mec. Ça n'a aucun sens.

En un coassement, je demande : « C'est pour être sûr que j'aille à Stanford ? »

Il se tourne enfin pour me regarder. Je pourrais jurer voir de l'agonie sur ses traits, mais elle disparaît soudain et son expression devient dure. Il hausse les épaules. « Tu y vas. Et moi, je vais fréquenter d'autres personnes. C'est comme ça que ça va se passer. »

Je recule en trébuchant.

Ce n'est pas Trey qui parle.

Pas le Trey que je connais.

Trey ne serait pas si insensible, si cruel.

« C'est pour le mieux, Sheridan. »

Je le pousse. « Dis-moi vraiment ce qui se passe, Trey. *Dis-moi !* »

De la souffrance passe sur son expression. Il serre les lèvres, puis les ouvre pour parler. « Je te laisse partir », lâche-t-il en faisant tourner ses clés autour de son doigt avant de s'éloigner vers sa moto.

Je cours pour le rattraper et le pousse dans le dos. « Tu fous tout en l'air ! » Les larmes m'étouffent, elles cascadent sur mes joues.

Il baisse la tête, la tournant à peine vers moi. « Je sais. » Sa voix est si basse qu'une oreille humaine ne l'aurait pas entendue. Avant que je puisse répondre, il enfourche sa moto, démarre et s'en va. Il me quitte.

Nous quitte.

Quitte tout ce qui m'était cher.

PRÉSENT

Sheridan

« Ça va ? » me demande Luka.

Même si j'ai envie de hurler et de pleurer, je pose la bouteille sur le comptoir avec une grande délicatesse. C'est la soirée amateur au club et un groupe de bikers félins entourent la cage, hurlant pour encourager l'un ou l'autre de leurs amis. Trey n'est nulle part en vue. Il m'évite depuis notre tête-à-tête dans le bureau.

Et bien que j'aie passé la soirée à scruter les coins obscurs à la recherche d'activités liées aux vampires ou à un trafic de drogue, je n'ai rien vu. Pas même l'ombre d'une canine pointue. Je me démène pour servir des verres et rire à des tentatives de séduction lamentables, pourtant je retrouverai ma meute les mains vides. Il me faut un T-shirt disant : *J'ai visité le Fight Club des métamorphes et tout ce que j'ai eu, c'est de la bière renversée sur le corset de ma robe.*

« Très bien. » Je lui fais un petit sourire lorsqu'il me sert un shooter. Luka n'est pas un mauvais barman. C'est un poste qui demande du doigté, de la rapidité et un sens inné des relations entre métamorphes, en particulier pour traiter avec de gros félins bikers bourrés et prêts à se battre à tout moment. Mais, vraiment, il ne sait pas compter. Il veut me garder à tout prix.

Je ne bois pas pendant le travail d'habitude, mais cette soirée m'a mis un coup et ce n'est pas mon vrai boulot. Je porte le verre à mes lèvres et le savoure.

Et je manque d'avaler de travers quand je vois qui se tient devant le bar.

Nero, la sangsue, se penche sur le bois poli. Ses cheveux blonds et soyeux tombent sur son visage. « Rebonjour. »

Je repose brutalement le verre à shooter, sans m'inquiéter de savoir s'il se brise. Je suis une louve. Je me sens plus en sécurité en faisant étalage de ma force.

« C'est quoi, ton poison ? On n'a pas d'arsenic, mais pour toi…

— Si impolie », lâche le vampire en montrant les dents. Je fixe un point sur son front en feignant l'ennui. Même moi, je sais qu'il ne faut pas regarder une sangsue dans les yeux. « Et moi qui comptais te donner un gros pourboire.

— Pas la peine », dis-je en grommelant avant de m'éloigner.

Il sort des billets et les secoue dans ma direction. Tous des billets de cent dollars. Pourquoi un vampire a-t-il autant de liquide sur lui ? Avec son costume taillé sur mesure, on dirait qu'il travaille dans un bureau du centre-ville, avec une plaque du genre *Analyste financier*, mais je doute qu'il gagne sa vie en vendant des actions. Vient-il ici pour dealer ?

Pendant que je réfléchis, il sourit d'un air suffisant, pensant avoir attiré mon attention avec le pognon. « Un Hennessy Paradis. »

Je me retiens d'éclater de rire. Qui commande un cognac de luxe dans un club de métamorphes miteux ? Il n'y a qu'un vampire pour faire ce genre de choses.

Je lui tends plutôt une bouteille de Wolf Ridge. Une nouvelle IPA, que ma brasserie a baptisée *Luna-tique*.

Nero grimace comme si je venais de lui donner un sac de fiente.

« Goûte, dis-je d'un ton mielleux. Désolée, on n'a plus d'ail pour la parfumer. » Je n'attends pas pour voir s'il s'exécute. Ça m'est égal. Rien ne tourne rond dans cet endroit. Les vampires fréquentent un bar de métamorphes et se comportent comme s'ils étaient chez eux, pourtant Trey n'a pas l'air de s'en inquiéter.

Je prends un torchon pour essuyer le comptoir, mais une puissante main glacée saisit mon poignet. Je gronde en sentant l'odeur froide du vampire.

« Ne bouge pas », souffle-t-il d'un timbre séduisant qui me glace le sang. Les vampires peuvent contrôler les gens avec leur regard, mais certains des plus vieux n'ont besoin que de leur voix.

« Lâche-moi », dis-je en grognant. Il obéit, mais ne recule pas, puis il fait tambouriner ses ongles manucurés sur le bar.

« Je dois te donner ton pourboire, petite louve. »

J'ai envie de prendre une bouteille, de l'éclater derrière le bar et d'utiliser un tesson pour décapiter le vampire. Mais il se trame quelque chose et je dois découvrir ce que c'est.

Il sort un billet de cent dollars et le plie en deux. Je jure sur le ciel que s'il essaie de le glisser entre mes seins, je le frappe. « Tu viens à la réunion à propos des territoires, ce soir ? » demande-t-il dans un murmure.

Je me fige. « Quelle réunion ?

— Nous avons invité les loups à discuter. À minuit.

Dans l'arroyo à sec de Santa Cruz, au sud de la rue du Congrès. »

Je lève les yeux vers l'horloge au mur. Il est presque vingt-trois heures.

Nero pose le billet sur le bar, puis il met un doigt sur ses lèvres avant de s'éloigner lentement, me laissant transie de froid.

« Ça va ? me demande Luka pour la deuxième fois.

— Ouais. » J'essaie de me débarrasser de l'étrange frisson qui me traverse. Un vampire n'a rien de naturel. « Depuis combien de temps est-ce que les sangsues traînent ici ?

— Depuis le début. Ils sont plusieurs à posséder le No Return, une boîte de nuit dans la rue du Congrès, répond le barman en haussant les épaules. Ceux-là ne sont pas si terribles. Mais il y en a des nouveaux. Lucius Frangelico, un vieux roi vampire, a quitté Hollywood pour commencer une nouvelle vie. C'est ce qu'ils font tous les cinquante ans, tu sais. Pour que personne ne se rende compte qu'ils ne vieillissent pas.

— Ouais. Mais qu'est-ce qu'il fait ici ? » Je murmure la question pour moi-même en fixant le dos de Nero alors que le grand vampire s'enfonce dans le club. Sans prêter attention au combat, il se dirige droit vers une porte dérobée, puis l'ouvre et disparaît.

Luka ramasse la bouteille qu'il n'a pas touchée, la vide et la jette dans la poubelle, ce qui produit un tintement de verre. Le bruit me sort de mon hébétement.

« Tiens, dit Luka en me donnant le billet laissé par Nero. Tu l'as mérité. »

À minuit moins dix, je me lave les mains et pars discrètement après avoir dit à Luka que je prenais une pause. Je traverse des groupes de métamorphes qui parlent du combat. Une fois arrivée devant la porte que Nero a empruntée, je n'hésite qu'une seconde à la franchir. Je ne sais pas ce qui se passe, ni pourquoi des sangsues se trouvent sur ce qui devrait être le territoire des loups, mais si Trey et mon cousin refusent de me parler, Nero le fera peut-être. Sinon, peut-être qu'il pourra me présenter ce fameux roi vampire, Lucius Frangelico. Quand j'aurai les réponses à mes questions, je pourrai rentrer chez moi pour faire mon rapport à mon alpha et à mon père. Avant que l'histoire ne se répète avec Trey.

La brise nocturne est fraîche sur mon visage pendant que je marche. Il m'est facile, trop facile de suivre l'odeur du vampire.

Trey

LE CLAIR de lune éclaire l'arroyo, souligne les ornières asséchées. À part l'autoroute au loin et les craquements de nos bottes quand elles rencontrent des rochers, il n'y a aucun bruit.

« C'est encore loin ? » demande Jared. Au même moment, une grande ombre se détache d'un groupe de rochers et descend dans le bassin comme si elle flottait.

« Là. » Tank, le second de la meute, montre l'ombre du menton, qui se divise en plusieurs silhouettes distinctes. Je me hérisse en reconnaissant les nouveaux venus. Sombres et vêtus de costumes, avec des cheveux lisses et d'une beauté inhumaine. Des vampires.

Je retrousse instinctivement les lèvres et montre les dents.

Garrett nous fait signe d'avancer. On marche jusqu'au groupe de vampires et on s'arrête à quelques mètres de leur chef. Tank, Jared et moi nous figeons derrière notre alpha, avec une attitude tranquille et sans montrer la moindre peur. D'autres membres de notre meute prennent des positions observatrices, juste au cas où les sangsues décideraient de nous tendre un piège. Jusqu'à présent, ils ont été de bonne foi, mais je ne leur fais absolument pas confiance. Et casser la gueule d'un vampire me paraît un excellent moyen de me détendre.

« Alpha », dit le chef vampire pour saluer Garrett. Le roi, comme on le surnomme, est élancé comme un coureur, il a le teint mat et un costume impeccablement coupé. Il s'appelle Lucius Frangelico. À sa dégaine, on s'attendrait à ce qu'il ait un accent transylvanien ringard, mais il s'exprime sur un ton cultivé, comme un présentateur télé. « Quelle belle soirée vous avez choisie pour se rencontrer. »

Derrière Frangelico, les autres vampires nous observent comme des serpents, sans cligner les paupières. Ils ont tous une apparence parfaite et portent des costumes sombres, à l'instar de leur chef. On dirait des foutus *yuppies* qui viennent de finir le travail au bureau et qui se retrouvent pour boire une bière, cependant leurs odeurs m'indiquent qu'ils sont âgés.

On ne connaît pas exactement leur âge, mais grâce à des amis hackers, on a réussi à retracer des actes de propriété au nom de leur chef datant d'il y a plus de deux siècles. L'entreprise fantoche change après quelques dizaines d'années, mais tout aboutit toujours à Frangelico.

« Content que vous ayez pu venir », répond platement Garrett.

Lucius incline la tête sur le côté. C'est un geste naturel, mais j'ai l'impression qu'il l'a observé et le copie. Il désigne son entourage de la main. « Voici mes lieutenants, Maximus, Nero, Tiberius et Augustus.

— L'Empire romain a appelé, dis-je à Jared à voix basse. Ils veulent qu'on leur rende leurs empereurs. » Mon meilleur ami rit en silence, seules ses épaules remuent.

Devant nous, Garrett passe les pouces dans les passants de son jean et baisse la tête. Pour n'importe quel autre loup, ce serait une posture de soumission, mais notre alpha est si massif que même ainsi, il doit encore baisser les yeux pour rencontrer ceux de la plus grande sangsue.

« Ça fait beaucoup de bouches à nourrir », dit-il d'un ton pensif. Jared et moi cessons de rire.

« C'est la raison de notre rencontre, n'est-ce pas ? » Lucius écarte les bras. Pour un vampire, il est plutôt grand. La plupart d'entre eux sont fins comme de jeunes hommes et — pardon du terme — anémiques. « Pour convenir d'un territoire.

— Tucson n'est pas assez grand pour nous et votre groupe.

— Nous préférons le terme *nid* », précise Nero. Sur un signe de Frangelico, il s'avance et tend une feuille de papier à Garrett. « Voici une carte de la région. Nous avons délimité un ample territoire pour les loups, avec des accès à toutes les chaînes de montagnes, bien sûr. Nous souhaitons simplement élire résidence à l'ouest de Santa Cruz et au sud de la rue du Congrès. Pouvoir chasser et nous nourrir en paix. »

Au signal de Garrett, j'avance à la rencontre du vampire élégant, en gardant mon regard quelque part entre son oreille et son épaule. Je prends la carte sans toucher ses doigts et la donne à Tank.

Il l'examine un moment avec Garrett. Quand ce dernier lève la tête, la colère fait briller ses yeux. « Vous voyez, ça nous pose un problème. Parce que vous ne vous nourrissez pas de lièvres ou de cerfs. Vous chassez des humains. »

Le clair de lune illumine les canines de Lucius. « Mes enfants sont trop bien élevés pour jouer avec leur nourriture.

— Je n'ai pas entendu dire la même chose. J'ai entendu dire que vous avez été entraînés dans une guerre de territoires à Los Angeles et que vos victimes ont fini exsangues.

— Un problème isolé, rien de plus, assure Frangelico en secouant la main. Je n'ai aucun ennemi ici. Je vous offre beaucoup afin de continuer la bonne entente entre nos espèces.

— Et qu'est-ce que vous nous offrez, exactement ? veut savoir Tank en croisant ses bras musclés.

— La survie de votre meute », répond Lucius. La température baisse de dix degrés.

« Qu'est-ce qui vous fait croire que vous pourriez survivre à un combat contre notre meute ? demande Garrett.

— Vous êtes jeunes. Vous venez à peine de prendre vos compagnes. Vous avez trop à perdre. » Lucius cite ses arguments d'un ton détaché. Il est plutôt nonchalant pour un type qui vient de menacer nos vies.

Et nos compagnes.

Cependant, il a raison. Les membres les plus puissants de notre meute, Garrett, Jared et Tank, ont une compagne et ils seraient prêts à tout pour les protéger. Et même si elle n'est pas ma compagne, l'image de Sheridan dans sa foutue robe-corset se matérialise dans mon esprit et je serre les poings. Je mourrais pour la protéger sans une seule seconde d'hésitation.

Des grondements résonnent dans la gorge de plusieurs loups, mais la meute se tait quand Garrett tape la carte dans sa main.

« Il est écrit ici que vous revendiquez Phoenix comme territoire de chasse, dit-il en montrant la carte. Avez-vous parlé avec la meute là-bas ? Ça m'étonnerait qu'elle soit heureuse d'apprendre qu'un nouveau nid de vampires s'installe sur leur territoire.

— Elle ne le sera pas. » Nous nous tournons tous vers la voix claire provenant du bord de l'arroyo. Sheridan apparaît au sommet de la colline, passe une jambe sur la bordure en béton et commence à descendre en écrasant les graviers sous ses grosses bottes.

« Qui est-ce ? demande sèchement Frangelico.

— Elle est avec nous, dis-je sans réfléchir avant d'ajouter tout bas à Garrett et Tank : C'est Sheridan.

— Putain, quoi ? » Un pli barre le font de Garrett, mais il fait signe à Jared et moi d'aller la chercher. On se retrouve à mi-chemin.

« Rebonsoir », dit-elle calmement, comme si elle ne venait pas d'interrompre une réunion pleine de tension entre des ennemis jurés. Elle porte toujours ma veste, le ciel soit loué. Entre son maquillage gothique et son corset, elle ressemble à une fée Clochette dépravée.

« Salut. » Je serre les dents et tends la main pour lui éviter de glisser sur un rocher. Elle sent la bière et son parfum, composé d'un mélange de vanille et d'orange. Mes odeurs préférées au monde. Ma bite se dresse aussitôt.

Pourtant, je suis toujours en rogne. « Putain, qu'est-ce que tu fous ici ?

— Mon travail », répond-elle d'une voix chantante avant de s'avancer vers les vampires.

Les sangsues attendent avec des visages parfaitement impassibles. Ils ont pu s'y entraîner pendant des siècles. Lucius est le premier à faire un pas en avant, et il s'incline. « Je ne crois pas que nous ayons été présentés.

— Je suis Sheridan Green, dit-elle en allant se poster à côté de Garrett comme si elle était son égale et avait sa place ici. Je représente la meute de Phoenix.

— Mes lieutenants n'ont pas mentionné de meute de Phoenix, dit Lucius d'un air interrogatif.

— Wolf Ridge, répond Garrett à la place de Sheridan. Au nord de Scottsdale. Mon père en est l'alpha.

— Ah, oui, l'alpha Green. J'ai entendu parler de lui et du petit différend qu'il a eu avec son fils. C'est donc vous ?

— Comme s'il ne le savait pas », marmonne Jared, et je me retiens de lever les yeux au ciel. La façade naïve de Lucius commence à m'agacer. Il essaie de nous déstabiliser, mais on connaît tous le charme des vampires. Laissez-vous avoir et vous êtes morts. Vous devenez un casse-dalle pour les suceurs de sang.

Je me rapproche de Sheridan.

« Oui, c'est moi, répond Garrett. Mais comme vous pouvez le voir, il n'y a aucune division entre la meute de mon père et la mienne. Nous sommes unis sur tous les fronts. » Ses mots comportent un avertissement. *Attaque l'un d'entre nous et tu devras tous nous affronter.* Notre alpha marque un point.

« Je vois, dit affablement Lucius. C'est une bonne chose qu'une représentante de Phoenix soit parmi nous. Le territoire proposé permet d'élargir notre périmètre de chasse afin que mes enfants puissent se nourrir.

— D'élargir le périmètre des décès, plutôt », grommelle Tank.

Lucius a un geste d'impatience. « Pas de décès. Et avec l'ouverture de notre club, nous n'aurons pas besoin de trop nous éloigner.

— Un club ? Quel club ? » demande Sheridan. Je pose une main dans son dos, une mise en garde silencieuse qui n'a aucun effet. Je sens sa tension, mais elle fait face au vampire avec une expression calme, presque blasée.

« Mon nouveau club, le Toxic, répond Frangelico. Vous devez venir nous rendre visite, ma chère.

— Putain, jamais de la vie », dis-je dans ma barbe. Je me place devant Sheridan pour la dissimuler autant que possible au roi vampire.

Lucius continue de lui sourire, dévoilant ses canines. Elle lui rend son sourire et ses crocs brillent en retour. Son accoutrement de créature de la nuit a un avantage : entre la robe sexy et le maquillage, le tout crée un sacré costume. Associé à son intelligence, elle charme complètement les vampires. Un peu trop, même. Du coin de l'œil, je vois Nero toucher ses canines de sa langue, et je ravale un grondement.

Un froissement de papier me ramène au moment présent. Garrett lève la carte dans sa main. « Dans l'intérêt d'un traité temporaire, nous acceptons ce territoire, dit-il. Tout vampire surpris à chasser en dehors des limites sera puni.

— Si l'un des miens est pris à ne pas respecter mes règles, je me chargerai personnellement de lui », promet Lucius. Sa voix est douce, presque un ronronnement. La sangsue est satisfaite.

Je me sens malade. Je n'ai pas regardé la carte, mais je parie que le Fight Club est en plein territoire vampire. Ce qui veut dire qu'on devra peut-être leur cirer les bottes, ou courir le risque d'être envahis par des sangsues en recherche de victimes. Non que ce ne soit pas déjà le cas. Garrett a refusé qu'on mette le moindre vampire à la porte avant d'avoir rencontré Frangelico.

« Attendez, dit Sheridan. Et le sucre-sang ? »

Il y a un silence pendant que loups comme vampires essaient de comprendre de quoi elle parle.

« Qu'est-ce ? » demande Lucius d'un ton surpris.

J'entends le cœur de Sheridan battre plus vite quand tous les regards se braquent sur elle, mais elle ne perd pas son sang-froid et sa voix reste ferme. « J'ai entendu dire que cette substance a un rapport avec les sang… les vampires, je veux dire. C'est une drogue, c'est ça ? »

Quelques lieutenants échangent des regards entendus. Nero masque sa bouche derrière sa main manucurée.

« Ah, dit Lucius. Le sang-sucré. Je ne connaissais pas cet autre nom. Ce n'est pas une drogue. Enfin, pas pour les humains, du moins.

— Pas directement, murmure Nero.

— C'est uniquement pour les vampires, déclare Lucius en écartant les bras d'un air satisfait. Passez à mon club et je vous montrerai. Vous êtes tous les bienvenus, à tout moment. »

Un grondement bas de Garrett pousse le roi vampire à ajouter : « Il ne vous sera fait aucun mal. Vous seriez nos invités d'honneur.

— D'accord », répond Sheridan. Je n'en crois pas mes oreilles. Elle le prend au mot ? Lucius incline la tête, et elle ajoute : « Je serai là. Samedi soir. » Lorsqu'elle lève les yeux, l'expression sur son visage… c'est du défi.

J'entends un crissement alors que je grince des dents, ravalant un commentaire que je regretterais s'il déclenchait une guerre. Je ne parviens pas à me retenir de foudroyer Nero du regard lorsqu'il s'approche de Sheridan et se penche vers elle. « Tu passeras une bonne soirée, petite louve. Je m'en assurerai.

— Cette réunion est terminée », gronde Garrett. Le ciel soit loué. L'un après l'autre, les loups se retournent et nous repartons dans la direction d'où nous sommes venus. J'attends que Sheridan leur emboîte le pas pour décocher un regard noir en direction de Nero et tourner les talons. La sangsue éclate de rire dès que je tourne le dos, et le son horripilant me suit même une fois sorti de l'arroyo.

Près de nos voitures, Sheridan parle avec Garrett, entourée par la meute. Je ne peux m'empêcher de m'approcher et de saisir son bras. « Putain, qu'est-ce qui t'a pris ?

— Lâche-moi, crache-t-elle en se dégageant. Je n'ai pas de comptes à te rendre. » Merde, j'avais oublié à quel point elle est forte.

Je l'ignore pour me tourner vers Garrett. « Elle n'est pas en sécurité ici. Mon videur m'a dit qu'une des sang-sues, Nero, s'intéresse à elle. Tu dois la renvoyer à Phoenix.

— Je suis juste là, tronche de lune », siffle Sheridan. C'est à son tour de m'agripper le bras pour me forcer à la regarder. « Je vais très bien. Je n'ai pas besoin de toi pour me défendre.

— Mon cul, dis-je en un grondement avant d'ajouter en regardant Garrett : Tu l'as entendue ? Elle va se rendre sur leur territoire. Dans leur club !

— J'ai entendu, répond Tank. Je pense que c'est une bonne idée.

— Quoi ? » Je me tourne vers lui et prends une posture agressive. Je jure que je vais envoyer mon poing dans une mâchoire. Mon loup s'agite sous ma peau, prêt à démolir quelqu'un.

« Écoute-le, m'ordonne Garrett.

— On sait que Frangelico est puissant, d'accord ? Mais on ne sait pas grand-chose d'autre sur lui. Le meilleur moyen d'en savoir plus, c'est de visiter sa boîte de nuit.

— Dans ce cas, pourquoi tu n'y vas pas ? »

Tank secoue la tête. « Je ne peux pas. Je suis trop haut placé dans la meute, je représente une menace, explique-t-il en haussant ses épaules massives. Il nous faut quelqu'un de moins intimidant. De plus professionnel.

— Un espion », renchérit Garrett en se tournant vers Sheridan. Elle rougit, mais elle ne baisse pas les yeux. « Qu'est-ce que tu en dis, cousine ? De toute façon, tu es déjà ici pour nous surveiller.

— Pas du tout », proteste-t-elle faiblement. Pour la première fois depuis qu'elle est arrivée en ville, elle ne semble plus si sûre d'elle. « Je ne suis pas ici pour vous espionner.

— Mais oui, bien sûr, lâche Garrett en arquant un sourcil. Aie au moins la décence de dire la vérité. »

Elle baisse la tête. « Ils s'inquiètent, et pas seulement à cause des sangsues sur notre territoire. Ta meute a traversé beaucoup de moments difficiles. » Sheridan aspire sa joue entre ses mâchoires. Malheureusement, ça me rappelle un peu une fellation ; ma bite se dresse au garde-à-vous. Je la déplace dans mon jean en retenant un grognement sonore.

« Je sais. J'appellerai mon père. » Garrett grimace un bref instant avant de contrôler son expression. Le reste d'entre nous échange des regards compatissants. On sait tous comment l'alpha Green peut être. Après tout, nous avons grandi sous son autorité. Jusqu'à ce qu'il nous vire de la meute.

Vu comment certains loups présents lorgnent Sheridan, ils n'ont pas oublié sa trahison et son rôle dans notre bannissement. Sous le poids des regards des loups de la meute, l'assurance de Sheridan vacille un peu. Elle était l'une d'entre nous avant de devenir une traîtresse. « Et pour ce soir… je voulais aider, c'est tout.

— Aider qui ? » La voix de Garrett claque comme un fouet.

Même si je suis d'accord avec lui, mon loup n'aime pas le voir parler sèchement à Sheridan. Mon torse se gonfle de lui-même, mes épaules se carrent. Garrett me jette un coup d'œil et remarque mon changement d'attitude.

« Vous. » Le tremblement dans la voix de Sheridan me dérange bien plus qu'il ne devrait. Je fais un pas vers elle pour montrer que je suis toujours son protecteur malgré la façon dont les choses se sont terminées.

Garrett hausse les épaules. « Je sais que tu dois suivre les ordres de ton alpha. Tu peux peut-être nous être utile à tous les deux. » Le ton de mon alpha devient songeur, et je n'aime pas ce que je vois dans ses yeux. « Qu'est-ce que tu as dit à propos d'une drogue vendue par les vampires ? Le sang-sucré ?

— Je ne connais que les rumeurs dont ton père m'a parlé. Des cadavres ont été retrouvés dans les bas quartiers de Phoenix. Des toxicomanes qui ont fait une overdose avec un mauvais produit, du moins, c'est ce que pensent les humains. Quelle que soit cette drogue, elle rend toxique le sang des victimes. Si elles en consomment trop, elles meurent.

— Ce n'est pas suffisant pour y mêler mon père, grogne Garrett. Une affaire de drogue humaine ne l'inté-resse pas.

— Non. Si l'alpha Green est inquiet, c'est à cause de l'état des corps. Ils portent des morsures. Des signes de… d'utilisation par des vampires. »

Tous les membres de la meute retiennent leur respiration.

« Tu penses que Frangelico est derrière tout ça ? demande Tank, qui fronce les sourcils alors qu'il fait le rapprochement. Ses vampires se nourrissent trop, trop souvent, alors ils se débarrassent des corps en donnant l'apparence de morts par overdose ?

— C'est ça. C'est pour ça que je suis venue ici. On garde la police sur écoute pour être sûrs d'être alertés rapidement de ces décès. Au cas où on devrait intervenir.

— Intervenir, répète Tank. Étouffer l'affaire, tu veux dire.

Sheridan lève le menton. « Si c'est nécessaire. Plus les morts sont suspectes, plus les humains risquent de commencer à soupçonner l'existence d'êtres surnaturels.

— Ce qui serait dangereux pour nous tous, dit Garrett. C'est pour ça que tu te renseignes sur le Fight Club ?

— Non, répond-elle sèchement. Le Fight Club est un problème à part entière. La police et le FBI en parlent constamment. L'alpha Green n'est vraiment pas content. Le club m'a paru un bon point de départ pour mon enquête. Ensuite, j'ai rencontré la sangsue et je me suis dit que le trafic de drogue vampire et le club étaient peut-être liés.

— Pas du tout, dis-je. On n'autorise pas de deal sur les lieux.

— Tu sais aussi bien que moi qu'il n'y a aucun moyen de le vérifier, pas à cent pour cent, remarque Garrett. Et même si tu surprenais un vampire sur le fait, tu ne pourrais pas faire grand-chose à part le mettre dehors. Il faudrait le présenter à Lucius pour qu'il se charge de la sanction, sinon on risquerait de se mettre le nid à dos. »

Je serre les dents, parce que c'est vrai.

« Si ça peut aider, reprend Sheridan, je pense que les vampires n'en ont pas après les métamorphes. Seulement après les humains qu'ils peuvent attirer pour en faire leurs victimes. À mon avis, le club sera moins touché qu'une boîte tenue par des humains. »

Mes tripes se dénouent en entendant Sheridan défendre le Fight Club, et pas seulement parce que j'ai envie de sauver mon entreprise. L'entendre prendre mon parti me touche. Beaucoup trop. Je dois couper ce fil qui nous lie si fermement, même après toutes ces années.

« Encore une chose, ajoute-t-elle. Je suis ici pour enquêter et pour m'assurer que ma meute est en sécurité, mais je ne veux pas étouffer les meurtres. Je sais qu'on doit dissimuler les preuves d'activité surnaturelle sur les corps qu'on trouve, mais je ne suis pas là pour faire le sale boulot des vampires. Je suis ici pour les arrêter. »

Une boule se forme dans ma gorge. Sheridan a cette étincelle dans les yeux, celle qui me dit qu'elle a pris sa décision et n'en démordra pas. Je connais ce regard. La dernière fois, c'était pour moi qu'elle avait décidé de se battre. La faire changer d'avis m'a coûté très cher. Nous avons failli ne pas survivre aux répercussions.

« Qu'est-ce que tu as appris, jusque-là ? lui demande Garrett.

— Rien du tout. C'est pour ça que je veux visiter le club des vampires. Aller directement à la source. »

Garrett et Tank échangent un regard. Le métamorphe massif, second de la meute, hoche la tête.

« D'accord, dit Garrett à Sheridan. Tu iras visiter le club.

— *Non.* » Je jure sur le ciel que je suis prêt à muter et à me battre. Imaginer Sheridan se balader là-bas sans protection ? Putain, je réduirai la boîte de nuit en cendres avant que ça arrive.

« Je peux le faire. Ça ira, dit rapidement Sheridan.

— Tu l'accompagneras, m'ordonne Garrett en me pointant du doigt.

— Non. » C'est au tour de Sheridan de ne pas être d'accord.

« Si », répond-il d'un ton autoritaire. Je n'en suis pas sûr, mais il me semble voir un sourire courber un instant les lèvres de mon alpha, avant de disparaître. « Je ne peux pas t'envoyer là-bas toute seule, cousine. Trey pourra te prêter main-forte. Les vampires sauront que tu es sous la protection de ma meute et de celle de Wolf Ridge, et ils réfléchiront deux fois avant de te chercher des emmerdes.

— Bon, d'accord. »

Je lâche entre mes dents : « Putain, non.

— Assure-toi que personne ne la touche », me dit Garrett.

Je grogne à nouveau.

Garrett se tourne vers Sheridan et il remarque tout à coup sa tenue scandaleuse. Il arque un sourcil. « Et toi… Je sais que tu n'es pas sous mes ordres, mais tu es sur mon territoire et je suis responsable de toi. La prochaine fois que tu prévois de t'incruster dans une réunion avec les vampires, tu me préviens, merde. » Tout le poids de son autorité est empreint dans sa voix.

« Je le ferai », répond Sheridan en baissant la tête. Si elle était sous sa forme de louve, elle aurait la queue entre les jambes. Ça pourrait me surprendre, mais Sheridan s'est toujours pliée à l'autorité. Et Garrett en a à revendre maintenant qu'il est à la tête de sa propre meute.

« Je sais que tu n'as besoin de personne pour te défendre, mais rends-moi service : reste près de Trey. Je sais que tu seras tentée de lui en faire baver…

— Qui, moi ? » Elle bat des cils, feignant l'innocence. Je grimace.

« Mais ne le fais pas. C'est assez dangereux comme ça d'aller dans le repère des vampires, avec ou sans renfort, continue-t-il d'un air moralisateur. Vous devez vous serrer les coudes et présenter un front uni.

— Bien sûr, répond Sheridan alors que je grommelle : C'est une erreur.

— Tu penses que je devrais envoyer quelqu'un d'autre ? » Le ton de Garrett est sec, mais je sais qu'il me pose sincèrement la question.

Je donne un coup de pied dans un caillou avec assez de précision pour l'envoyer voltiger. « Non. Tu as raison. »

Putain, je ne la laisserai jamais y aller avec qui que ce soit d'autre. Je péterai un câble si je ne peux pas être là pour la protéger.

Et puis, Tank et Garrett sont trop haut placés dans la meute pour se rendre au club. Les envoyer entre les griffes des vampires serait une invitation à les assassiner ou à les kidnapper. Nous venons d'échanger des promesses de paix, mais il vaut mieux ne pas trop tenter les vampires. Attaquer un chef de meute ou son bêta pourrait déclencher une guerre.

Si je demandais à Jared de l'accompagner, il accepterait peut-être, mais il vient de prendre une compagne. Je suis célibataire ; je ne suis pas indispensable. Et si je craque et que je casse la gueule à une sangsue, la meute pourra arrondir les angles plus facilement. Condamner mon sale caractère et me taper sur les doigts. Enfin, tant que je tabasse une sangsue au bas de l'échelle et que je ne m'en prends pas à Lucius.

« Je vais le faire », dis-je à mon alpha.

Sheridan attend que Garrett détourne la tête pour me lancer un regard interrogateur. Porter une tenue sexy au lieu de son ensemble snobinard fait vraiment ressortir son côté insolent.

Je dois lui enlever ces vêtements.

Mais pas pour lui remettre son costume.

Pour l'avoir nue.

Merde. Non. Pas pour ça.

Je regarde fixement Sheridan. Elle écarquille les yeux comme si elle savait ce que je pense, et elle secoue la tête en grimaçant d'un air réprobateur.

Garrett surprend son expression et fronce les sourcils. « Sois sage.

— Bien sûr. » Elle sourit comme un ange maléfique. « Je suis toujours sage. »

« Comment tu as su qu'on serait là, au fait ? » Je dépose Sheridan à sa voiture sur le parking du Fight Club. Après quelques questions, Garrett et moi avons découvert qu'elle n'a pas pris sa voiture et qu'elle est venue à pied. Nous lui avons passé un savon à tour de rôle, puis Garrett m'a demandé de la raccompagner.

C'est comme ça que je me suis retrouvé sur ma moto, les bras de Sheridan autour de ma taille et son corps doux pressé contre mon dos pendant que mes crocs s'allongent dans ma bouche et que ma bite est prête à faire exploser mon jean.

Quelle chance, hein ?

« Sheridan, comment tu as su qu'on retrouvait les sangsues dans l'arroyo ? » Je la regarde dans les yeux pour qu'elle ne puisse pas esquiver ma question.

À sa façon d'hésiter avant de répondre, je sais que ça ne va pas me plaire.

« Nero, avoue-t-elle. C'est le vampire qui me l'a dit. »

Mon juron résonne sur le parking.

« Trey, je peux me débrouiller.

— Ah ouais ? Pourquoi il t'a invitée à un truc pareil ?

— Je ne sais pas, dit-elle en se mordillant la lèvre.

— Merde. Tu lui plais.

— Tu n'en sais rien. Il voulait probablement impliquer la meute de Phoenix, c'est tout. Créer des problèmes.

— Pourquoi il ferait ça ?

— Je ne sais pas. » Elle me foudroie du regard comme si c'était moi, le problème. « Pourquoi est-ce que les sangsues font quoi que ce soit ? »

Je lâche un autre chapelet de jurons et donne des coups de pied dans le gravier en imaginant que c'est la tête de Nero. Ou celle de Lucius. M'en prendre au roi vampire pourrait déclencher une guerre, mais je m'en fous. S'il touche à Sheridan, ça vaudra la peine de le tuer. « Je n'aime pas ça. »

Elle lève les yeux au ciel. « Je ne meurs pas d'envie de

le revoir non plus. La prochaine fois qu'il me touche, je le jetterai sur le bar. » Quand je la vois se frotter le poignet, ma vision rétrécit. Mon loup est si proche de la surface que de la fourrure apparaît sur mes avant-bras.

« Il t'a touchée ? Putain, Sheridan, ces types sont dangereux…

— Tu crois que je ne le sais pas ? » C'est à son tour de crier en faisant un geste vers le club. « C'est toi qui les laisses entrer. Cet endroit grouille de vampires !

— Cette zone est neutre. On n'est pas sur le territoire de la meute, sinon Garrett devrait nous chapeauter. Comme ça, on peut accueillir tout le monde, mais ça veut dire que les sangsues sont aussi libres d'aller et venir que les métamorphes. Ça ne me plaît pas, mais on n'a pas le choix.

— Et qu'est-ce que tu y gagnes ? demande-t-elle, étudiant mon visage comme si elle voulait vraiment savoir. Cet endroit est un taudis. »

Je recule et me renfrogne. « J'imagine que c'est la place idéale pour un bon à rien comme moi. » Je ne pense pas que c'est vraiment ce que Sheridan pense de moi. En tout cas, ce n'était pas le cas quand nous étions plus jeunes. Mais je répète les mots de son père. Il n'a jamais voulu que je la fréquente.

« Je n'ai pas dit ça. Je sais que tu aimes te battre, mais… » Elle s'interrompt. « Mais ce club, avec un videur effrayant, des sangsues tapies dans tous les coins et des ivrognes… On dirait presque que tu cherches à mourir.

— Je n'ai pas envie d'en parler. Ça ne te regarde pas. Et puis, tu peux parler. C'est toi qui acceptes des invitations de la part de vampires. Et s'il avait prévu de se retrouver seul avec toi pour te coincer ?

— Je sais me défendre, Robson, rétorque-t-elle en

retroussant sa lèvre supérieure. Tu n'es pas le seul à pouvoir te battre. »

Je me retiens de lever les yeux au ciel, mais de justesse. D'accord, c'est une femelle alpha puissante, mais elle n'est pas invincible. Il existe des dangers bien plus graves qu'étudier dans une fac hors de l'État ou s'occuper de la compta d'une brasserie.

« Tu veux que je te le prouve ? »

Je n'essaie pas de dissimuler mon exaspération. « Non, Sheridan. Je veux que tu arrêtes de te mettre en danger, putain.

— Toi et moi, sur le ring. » Elle me lance un défi.

Oh, putain de merde. Je lève les mains. « D'accord, mon cœur. Pas besoin de t'énerver.

— Je ne suis pas énervée, lâche-t-elle en croisant les bras. Je me prépare à te botter le cul. Donne-moi une date et une heure, et je viendrai te donner une leçon sur le ring.

— D'accord, d'accord, tu es capable de te défendre, dis-je d'un ton conciliant.

— Dis-moi quand, Robson. » Sa voix est devenue dure. « Je croyais que tu adorais te battre. »

Je la fixe un long moment. J'aimerais pouvoir dire que je ne nous imagine pas glisser dans une piscine remplie de gelée ou nous affronter nus dans la boue, mais mon sexe gonfle contre ma braguette. « D'accord, ça marche. Demain midi. »

Son regard me brûle comme de l'acide. « Prépare-toi, Robson. Tu vas prendre cher.

— J'ai hâte d'y être. » Mon manque de répartie me tire un grognement.

« Alors, à demain.

— Je vais te niquer.

— Non merci. Déjà fait, pas besoin de recommencer, dit-elle en rejetant ses cheveux sur son épaule avant d'enlever ma veste. Tiens. » Des effluves d'orange et de vanille émanent du cuir, se mêlant à mon odeur. Ça sent bon. Ce parfum a quelque chose de naturel et d'inévitable.

On se regarde par-dessus le vêtement, douze ans se dressent entre nous. Il y a eu beaucoup de souffrance et de douleur, mais sous ces souvenirs de trahison, il y a plus, bien plus.

« Garde-la », dis-je d'une voix rocailleuse. J'aime savoir qu'elle porte un habit qui m'appartient. Ce n'est pas beaucoup, mais c'est déjà ça.

Elle serre la veste contre sa poitrine et hoche sèchement la tête. Quelque chose se fissure en moi, comme si j'étais soulagé qu'elle ne me jette pas mon cadeau à la figure. Par le ciel, je suis encore complètement mordu de cette femme.

Je la suis des yeux pendant qu'elle regagne sa voiture en balançant délicieusement les hanches et je serre les poings. Je ne sais pas ce dont j'ai le plus envie : l'étrangler ou la baiser. Sans doute les deux. Ouais, ce serait bien.

Je retiens ma respiration jusqu'à ce que les phares de son véhicule disparaissent. Quand je finis par expirer, je me sens essoufflé comme si j'avais couru des kilomètres. Comme si j'avais reçu un coup dans le ventre.

Sheridan Green. Merde. Putain de bordel de merde.

11

DOUZE ANS PLUS TÔT

Sheridan

JE REMONTE l'allée de chez moi, un sourire secret étirant mes lèvres. Les heures après l'école étaient auparavant dédiées aux devoirs et à la lecture de mes manuels de cours jusqu'à ce que je voie flou. Trey a changé tout ça.

Je monte les marches deux par deux, me sentant libre, souple et lumineuse. Mon corps chante la mélodie d'une femme satisfaite. Le simple fait d'y penser me fait rougir. Une femme, pas une fille. Avec Trey, je me sens vivante.

Mon euphorie dure le temps que je tourne la poignée de la porte d'entrée. Dès que j'ouvre, ma mère apparaît devant moi.

« Sheridan ! » s'écrie-t-elle. Mon père surgit derrière elle.

Je perds mon sourire. Par le ciel, savent-ils où j'étais ?

« Maman ? Papa ? » Je cherche des indices sur leurs visages.

« Quand est-ce que tu comptais nous en parler ? » veut

savoir ma mère. Pendant une seconde, je suis sur le point de tourner de l'œil.

Je demande dans un murmure : « De quoi est-ce que tu parles ? » Je me sens mal. Comment ont-ils appris pour Trey ? Quelqu'un leur a-t-il tout raconté ?

Ma mère fait un large sourire, ce qui me surprend. Elle ne sourirait pas si elle savait ce que je fais avec Trey après l'école. Impossible.

« À propos de Stanford, bécasse. Mme Stefani, ta conseillère d'orientation, a appelé aujourd'hui pour chanter tes louanges. Wolf Ridge est fier qu'une de ses élèves parte étudier dans un établissement de l'*Ivy League !* »

Le tremblement nerveux qui me noue le ventre depuis que Trey a trouvé la lettre monte en puissance, comme si un groupe d'anguilles y tournaient en rond. « Hum, je ne suis pas encore sûre d'y aller. »

Le sourire de mon père se mue en un froncement de sourcils. « Qu'est-ce que tu racontes ?

— La Californie n'est pas si loin, ma chérie », ajoute ma mère.

Je tripote la fermeture éclair de mon sac à dos.

« C'est à cause de ce garçon, Robson ? » demande mon père en plissant les yeux.

Mon ventre se noue. Je mens : « Non. »

Mes parents entendent le manque de sincérité dans ma voix.

« Ton avenir est bien plus important qu'une amourette de lycée, dit ma mère.

— Tu y vas », insiste mon père. Ses mots contiennent une promesse froide, sous-entendent qu'il est prêt à me mener personnellement à la fac contre mon gré si je refuse.

J'essaie de paraître inébranlable, comme si c'était toujours ma décision, ce qui devrait être le cas. Je me permets un haussement d'épaules. « J'ai envoyé ma lettre d'admission, mais je n'ai pas encore pris ma décision. » Je tente de m'exprimer avec une légère effronterie, à la façon d'une adulte responsable, puis je tourne le dos pour aller dans ma chambre.

« Ne t'en va pas pendant qu'on te parle. » La conversation fait un brutal virage à cent quatre-vingts degrés et passe de *on est fiers de toi* à *tu es dans la mouise jusqu'au cou, jeune fille.*

Pour la première fois de ma vie, j'envisage de fuguer. C'est une idée imprudente et absurde, mais elle apparaît immédiatement dans mon esprit, comme si c'était la seule solution. J'ai dix-huit ans, ils ne devraient pas contrôler ma vie comme ça. Trey viendrait-il avec moi si je m'en allais ?

Je me retourne en serrant les dents. « *Quoi ?* » Ouais, je peux jouer l'ado chiante à la perfection.

« Tu vas à Stanford, dit mon père. Il n'y a rien à décider. »

J'ai envie de protester et de lui tenir tête, mais je sais que ça ne servirait à rien quand mon père joue les alphas. C'est peut-être pour ça que mon cerveau a conclu que la fuite était ma seule solution.

Des larmes de défaite emplissent mes yeux, mais je ne le laisse pas les voir. À la place, je cours jusqu'à ma chambre et claque la porte comme si j'avais de nouveau treize ans.

PRÉSENT

Sheridan

Je suis de retour au Fight Club à midi moins le quart.
La lumière du jour ne joue pas en faveur du club, mais je
ne peux m'empêcher de calculer combien coûterait une
réfection du trottoir, une couche de peinture à l'intérieur,
peut-être des gradins autour de la cage… ce bar pourrait
être sympa. Bien sûr, j'aimerais virer les vampires, ou au
moins leur faire signer un document pour limiter leurs activités. Le danger fait partie de l'attrait de ce lieu ; je ne
voudrais pas complètement l'en priver.

Je pense distraitement à des décharges de responsabi-
lité, à des licences pour vendre de l'alcool et au coût d'un
nettoyage à haute pression lorsque mes yeux se posent sur
la grande silhouette de Trey. Il se tient dans une flaque de
lumière, des poussières dansant autour de son corps puissant. Ses tatouages sont plutôt jolis. Des œuvres d'art, en
fait. J'ai envie de le déshabiller et de lui demander de me
raconter comment, quand et pourquoi il a fait chacun
d'entre eux. Mais ça veut dire qu'il serait nu.

Non ! Du calme, ma fille. Mauvaise idée.

« Tu es prête ? » demande-t-il alors que je le rejoins en trottinant. Je porte un pantalon de yoga et un débardeur ample, ma tenue de sport habituelle.

Une ride creuse son front alors qu'il lit l'inscription sur mon haut. « *Touche pas à mon popotin ?*

— Je l'ai acheté sur Etsy, dis-je en souriant.

— Tu sais ce que ça sous-entend, j'espère ? »

Je lève le menton en espérant que mes joues ne se colorent pas. « Oui. Et j'adhère au message sur mon haut. Pour le moment, en tout cas. » Je me mords l'intérieur de la joue après avoir ajouté cette dernière phrase. L'expression déconcertée de Trey se mue en celle d'un animal qui contemple sa proie.

Je m'éclaircis la gorge et prétends que nous ne venons pas de tourner autour du sujet du sexe anal. « On fait ça sur le ring ? Se battre, je veux dire ? » Je clarifie, pour qu'il ne s'imagine pas que je parle encore de mon popotin.

Trey cligne des yeux, puis se secoue comme s'il s'éveillait d'un rêve. J'espère que ce n'était pas un rêve dans lequel je suis penchée en avant pendant qu'il fait remonter ses grandes mains sur mes jambes et me prépare à recevoir sa queue dans…

Rah ! Arrête d'y penser.

« Euh, ouais, sur le ring. » Il fait un signe de la main et j'entre dans la cage, contente d'avoir une occasion de lui tourner le dos et de dissimuler mon visage en feu.

Je suis arrivée à une conclusion au cours des douze dernières heures. Trey Robson est une envie, terriblement agaçante et exquise. Tôt ou tard, je vais y succomber. Je sais que c'est un séducteur et que ça ne durera pas entre nous. Il y a douze ans, il s'est servi de mon amour et m'a larguée.

Mais je suis devenue une grande fille. C'est à mon tour de l'utiliser, puis de m'en aller. Je dois simplement garder ma fierté et ma dignité intactes. Et mon cœur, une fois que ce sera terminé.

« Tu as déjà fait ça ? demande-t-il en entrant dans la cage avant de refermer la chaîne qui tient lieu de porte.

— Me battre avec toi ? »

Il fronce les sourcils. « Non. On se bat tout le temps.

— Ce n'était pas le cas avant, pourtant. » J'essaie de conserver un ton désinvolte, mais échoue.

« À qui la faute ? » Il hausse un sourcil blond. Son regard est glacé.

J'enlace ma taille pour dissimuler un frisson. « Je pense que la faute est partagée.

— Ouais. »

Je suis surprise qu'il soit d'accord avec moi. On regarde tous les deux le sol un moment, puis je m'approche et lui tends la main. « Qu'en dis-tu : le passé, c'est le passé. On fait la paix ?

— On fait la paix », répète-t-il en me prenant la main. Et subitement, je tombe, je dégringole dans les profondeurs de ses yeux de la couleur de l'océan, je tombe sous le charme magique de Trey. Le contact de ses doigts éveille une mélodie dans mon corps et fait remonter toutes sortes de souvenirs appartenant à une époque où je souhaitais qu'il me touche pour toujours. Douze ans après que nos chemins se sont séparés, et bien qu'il ne reste que des ruines de notre amour, je déplore qu'il ne se soit pas battu davantage. Malgré tout le mal que l'on s'est fait, je pourrais lui sauter dans les bras et ne plus jamais le quitter.

Lorsque Trey lâche ma main, le charme est rompu. « Prête ?

— Ouais. » Je déporte mon poids sur mes talons. Je ne peux pas l'étreindre, mais je peux le frapper. De toute manière, c'est le meilleur choix sur le long terme.

À cet instant, il enlève son T-shirt.

Ma bouche est soudain sèche. « Que… Qu'est-ce que tu fais ? »

Il pose le vêtement à ses pieds et frotte ses bras tatoués d'un air absent. Ses muscles fins saillent et se contractent, parfaitement soulignés sans qu'il fasse le moindre effort. « Je me prépare à te battre à plate couture, mon cœur. »

Je plisse les yeux. J'ai envie de l'accuser de triche, mais je devrais alors admettre que voir son torse nu m'affecte. « Donc, je ferais mieux d'enlever mon haut aussi ? »

Son regard s'assombrit. « Si tu veux. »

Sans me démonter, j'enlève mon T-shirt et le laisse tomber à côté du sien. Ma poitrine étire fièrement le tissu de ma brassière rose vif, parfaitement mise en valeur.

C'est au tour de Trey de sembler hébété pendant que j'esquisse un sourire. « Œil pour œil…

— Tu ne perds rien pour attendre, rétorque-t-il, mais un sourire flotte sur ses lèvres.

— Non. Tu vas te faire botter les fesses par une louve appelée Sheridan. » Avec des seins incroyables.

Je fais mine de m'étirer pour m'échauffer. Bien sûr, je ne prends pas la pose dans les postures qui mettent mon derrière à son avantage. Bien sûr que non. Ce serait cruel.

Quand je me retourne, il a les yeux fermés et se pince l'arête du nez en respirant profondément.

Avec autant d'innocence que possible, je m'enquiers : « Tout va bien ?

— Ouais. Juste… Ouais. C'est bon. » Il baisse la main et évite de regarder mon visage, mes hanches ou mon décolleté. « On va commencer par quelque chose de simple. Je vais t'attaquer et tu vas essayer de m'arrêter.

— C'est simple, ça ? » Malgré ma question sèche, je hausse les épaules. « D'accord, si tu veux.

— C'est parti. » Il expire, puis s'approche avec des

yeux ardents. Ses muscles emplissent ma vue et, l'espace d'un instant, je panique…

Mais mon entraînement à l'autodéfense refait surface. J'entre dans son espace, agrippe sa main gauche, me tourne et le déséquilibre en poussant mes fesses contre ses hanches, puis je le fais rouler sur mon dos. Il tombe. Avant qu'il se remette de sa surprise, je pose un genou sur son torse pour le maintenir à terre. « Admets ta défaite ! »

Trey me regarde sans ciller. Il ne fait aucun geste pour se défendre ou prendre le dessus, même si je sais qu'il en est capable. Ses narines s'évasent comme s'il respirait mon parfum, et j'entrevois une étincelle argentée dans ses yeux. Son loup apparaît. Après un moment, je me relève et recule.

« Putain, où est-ce que tu as appris à faire ça ?

— À la fac, dis-je en haussant les épaules. J'ai suivi quelques cours.

— Tu as bien fait d'y aller, alors. » Il ravale une grimace tandis que je fais de même.

Je le regarde, surprise. Une émotion ancienne et profonde me noue les tripes. Quand il a rompu avec moi, j'ai d'abord été certaine que c'était pour s'assurer que j'irais à Stanford. Pour que je ne laisse pas passer cette occasion pour lui.

Mais ensuite, il…

Pouah. De l'eau a coulé sous les ponts. Je n'ai pas envie d'y penser.

« Désolé. C'est seulement que je n'arrive pas à croire que tu… » Il regarde autour de lui comme s'il ne comprenait pas comment il s'est retrouvé par terre. Je lui tendrais bien la main pour l'aider à se relever, mais je ne suis pas sûre que toucher sa peau soit une bonne idée. Ou m'habituer à la sensation de sa main dans la mienne. De l'électricité vibre entre nous. « On dirait une autre personne, achève-t-il enfin.

— Non. C'est toujours moi. » Je ne lui précise pas qu'après notre rupture, j'ai beaucoup réfléchi à ma vie. À la surface, je suis allée à la fac et j'ai fait tout le nécessaire pour être la louve parfaite que mes parents ont élevée, mais en dessous, je me suis évertuée à découvrir qui je suis vraiment. Tout ce cheminement intérieur a eu lieu grâce à Trey, ou à cause de lui. Il a été le premier loup à me voir telle que je suis et à m'aimer. Finalement, notre relation a été une catastrophe, mais aussi un cadeau. J'ai dû renoncer à Trey, mais je me suis trouvée.

« Je ne crois pas t'avoir déjà vue porter un T-shirt avec une inscription, dit-il en désignant mon haut en boule au sol. Ni une tenue comme celle d'hier soir. Je n'aurais jamais deviné que tu avais ce genre de fringues dans tes placards.

— Je ne m'habille pas comme ça pour aller au bureau, mais j'aime prendre du bon temps. C'est toi qui me l'as appris. » Je pique un fard. Sa manière préférée de prendre du bon temps, c'était se balader sur sa moto ou que l'on se retrouve nus tous les deux.

« Je ne crois pas que Garrett t'avait déjà vue avec autant de maquillage. Il a failli ne pas te reconnaître.

— Je me disais qu'il avait l'air surpris.

— Surpris ? Il a presque chié dans son froc. »

Je mords l'intérieur de ma joue.

« C'est vrai, tu n'aimes pas les gros mots, me taquine-t-il. Je t'en ferai dire un jour. »

Je lève les yeux au ciel.

« Allez, juste une fois, dis le gros mot qui commence par P.

— D'accord, dis-je avant de lever le menton pour annoncer : Le gros mot qui commence par P. »

Trey grogne. « Un jour, tu le diras pour moi.

— Venant du type qui vient de se retrouver par terre…

— Un jour. Je te prendrai par surprise. Tu le crieras pour moi. »

Je plisse les yeux. « Oh, que non.

— Tu verras », me promet-il, ses paupières mi-closes, son regard pesant sur mon visage. Mes lèvres chatouillent. « Merde, ce sera super excitant. »

Bam. De la chaleur se déploie entre mes jambes quand j'entends l'aveu de Trey. Je ne sais pas pourquoi il pense que m'entendre dire un juron est sexy, mais savoir que c'est le cas m'excite.

« Tu peux toujours rêver, tocard », dis-je d'un ton affecté qui nous fait éclater de rire. Trey s'étire sur le tapis et je m'allonge à côté de lui, à un bras de distance. Je me sens bien.

« Sérieusement, reprend-il. Où est-ce que tu as appris à te battre comme ça ?

— Tu veux vraiment le savoir ? Tu dois me promettre de ne pas péter un câble. » Je soupire en remarquant son regard soudain concentré. « Quelqu'un m'a harcelée.

— Quoi ? » Tout son corps a un sursaut, et je lève une main.

« Détends-toi. C'est fini. J'ai réglé le problème. »

Son loup brille dans ses yeux. « C'était qui ? demande-t-il dans un grondement.

— Un étudiant débile qui appartenait à une fraternité. Il venait d'une famille riche et privilégiée. Je crois que sa mère est juge. Clairement, il avait l'habitude d'obtenir ce qu'il voulait. Il s'est débrouillé pour se retrouver seul dans une pièce avec moi un soir, à l'étage d'une fête. La musique passait à tue-tête, donc je pense que personne ne m'entendait crier. Il m'a coincée et m'a poussée sur le lit. » Je m'interromps en me rappelant cette horrible nuit.

« Qu'est-ce qui s'est passé ? » La voix de Trey est voilée, son loup proche de la surface.

« Je l'ai balancé par la fenêtre. »

Il cligne des yeux, abasourdi.

« *Ce qui ne nous tue pas nous rend plus fort* », dis-je, récitant la citation de sagesse du jour avant de hausser les épaules. « Je ne suis pas une victime, Trey. Je suis une louve. Je dois prétendre que je suis faible pour protéger les secrets de la meute, mais j'étais attaquée. Et il le méritait. Il avait tout prévu, et à mon avis, il avait déjà fait la même chose à d'autres filles. Je voulais l'empêcher de recommencer.

— Du coup, tu l'as jeté par la fenêtre d'un étage ?

— On n'était qu'au premier, dis-je pour me défendre. Il s'est cassé les deux jambes et un bras, ainsi que quelques côtes. On a pu le faire passer pour un accident.

— Tu as balancé le mec qui t'a harcelée par la fenêtre. »

J'espère que je n'imagine pas le soupçon de fierté dans sa voix. Je redresse le menton, j'assume totalement. « Ouais. Je l'ai défenestré. Ça veut dire que je l'ai jeté par la fenêtre, dis-je quand il me regarde d'un air confus. J'ai appris le terme dans un calendrier avec un nouveau mot chaque jour.

— Toi et tes calendriers. » Trey secoue la tête, mais un sourire courbe le coin de ses lèvres.

« Maintenant, tu me crois quand je te dis que je peux me défendre contre des vampires ?

— J'imagine, concède-t-il en baissant la tête. Ça ne me plaît pas, mais… merde.

— Quoi ?

— Tu as changé. Ça me plaît. Ça me plaît beaucoup.

— Merci. » Je veux lui tourner le dos pour lui cacher combien son opinion m'importe, mais il lève une grande main à mi-chemin de mon visage, puis s'arrête. Je me fige en le regardant dans les yeux. Après un moment, il repousse une mèche de cheveux sur ma joue et la place derrière mon oreille.

« Sheridan, murmure-t-il. Sheridan Green. Où étais-tu cachée ? »

Exactement là où tu m'as laissée, ai-je envie de hurler. *À Wolf Ridge, à ramasser les miettes de mon cœur brisé.*

Au lieu de crier, je frissonne lorsque son pouce frotte ma lèvre inférieure. Sa caresse me transperce de part en part et fait naître des frissons dans mon bas-ventre.

« Tu as toujours été douce. Mais aussi sauvage. » Sa voix devient plus grave. « En tout cas, tu l'étais avec moi. »

C'est Trey ! crie la voix de la raison sous mon crâne. *C'est un menteur ! Le séducteur par excellence !*

Mais le reste de ma personne soupire quand il pose la main sur ma nuque pour m'attirer contre lui. Ses yeux ont le bleu d'une lointaine mer tropicale. Mon cerveau a envie de partir en vacances.

« Si coquine. Et gentille. Et… » Ses lèvres effleurent ma bouche et je ferme les yeux. « Ouvre, ouvre », murmure-t-il. J'obéis, mes lèvres cherchent les siennes, la tête me tourne et je m'accroche à ses ordres pour ne pas perdre pied. « Oui, c'est ça, mon cœur. Juste comme ça. » Il m'embrasse plus intensément, sa grande main s'enfouit dans mes cheveux pour incliner ma tête comme il en a envie. Je me détends et le laisse prendre le contrôle. Tout mon corps chante, il soupire et se délecte de chaque mot, de chaque caresse et de chaque murmure jusqu'à ce que je flotte sur un petit nuage.

« Trey… » Il répond à mon soupir par un autre petit baiser. C'est dingue. On était censés se battre. On s'affrontait, qu'est-ce qui s'est passé ? La magie de Trey. Il recule et me tire un petit gémissement alors que ma bouche le suit.

Je dois rester forte. Qu'est-ce qui m'a pris ? Je peux être forte.

Je mets fin au baiser. Il n'insiste pas, se contente de me faire baisser la tête jusqu'à ce que mon front touche le sien, puis secoue lentement la sienne. On reste ainsi un moment, nos respirations mêlées, en synchronisation.

Je recule brusquement quand l'odeur capiteuse de mon désir me frappe de plein fouet. Trey me libère et je m'assieds à la hâte. Je halète alors qu'on ne bougeait pas. J'aimerais avoir des mots de sagesse pour m'aider, mais je ne peux penser qu'à une variation de *Donne un poisson à un homme...*

Embrasse un séducteur et tu lui appartiens. Apprends à un séducteur à embrasser, et il va rouler des pelles à toutes les fichues femelles à cent kilomètres à la ronde...

Je m'éclaircis la gorge et cherche ma voix. « Alors, tu es convaincu ?

— De quoi ?

— Que je peux prendre soin de moi. Parce que si c'est bon, hum... je dois y aller. »

Il se redresse sur un coude, son beau visage toujours calme.

Je ramasse mon haut et cours presque pour sortir de la cage, en ne m'arrêtant qu'une fois dehors.

« On se voit samedi au club des vampires. À vingt heures. Si tu n'es pas là, je t'attendrai dix minutes avant de rentrer sans toi.

— *Mon cul, oui,* » gronde-t-il alors que je sors du bâtiment. Mais il n'a aucun contrôle sur moi.

Je dois m'en souvenir.

DOUZE ANS PLUS TÔT

Trey

JE GARE ma moto cabossée près de la sortie latérale du lycée Wolf Ridge et je prends appui sur un pied pour attendre. Sheridan sort de l'école et se dirige droit sur moi. Pas comme si elle était contente de me voir, plutôt comme si elle avait hâte de mettre de la distance entre l'école et elle.

Son expression est renfrognée et elle ne sourit pas, elle ne m'embrasse pas avant de passer sa cuisse musclée sur la selle de la moto pour grimper derrière moi.

Quelque chose la ronge.

Je suis plutôt un type silencieux moi-même, donc je ne gâche pas de mots en lui posant une question tout de suite. Elle m'en parlera quand elle sera prête à le faire.

Je lui tends un casque et j'attends qu'elle l'enfile avant de démarrer. Décidant de varier de nos destinations habituelles, la pizzeria Vitale ou le café de Wolf Ridge, je prends la direction des montagnes.

Lorsque je ne me sens pas dans mon assiette, je sais que libérer mon loup me fait du bien. Je mets les gaz dès qu'on prend la sortie vers les montagnes, et laisse la sensation du vent sur nos visages simuler une course à quatre pattes. Je pense que c'est pour ça que les jeunes loups aiment tant la moto. Nous sommes des créatures physiques. Nous sentons tout dans nos corps, et les garder enfermés dans des appartements ou dans des voitures nous met à cran.

Je nous emmène tout en haut et me gare devant le départ du premier sentier. Sheridan descend de la moto et jette son sac à dos sur la table de piquenique, puis elle y grimpe et s'y assied, ses pieds posés sur le banc. Elle contemple le paysage désertique et rocheux.

Je m'installe près d'elle et tape doucement mon épaule contre la sienne.

« Hé.

— Mon frère est mort aujourd'hui. »

Oh.

Je comprends ce qu'elle veut dire. C'est l'anniversaire de sa mort, il n'est pas vraiment mort aujourd'hui. Son frère Zach était une star montante de la meute. Âgé de quatre ans de plus que nous, il était le quarterback de l'équipe de football américain et le major de sa promotion, qui avait décroché une bourse d'études complète pour Pepperdine. Il est mort dans un accident de moto l'été après sa dernière année de lycée. Même un métamorphe ne survit pas quand son crâne est fracassé.

« Il te manque ? »

Elle fond en larmes et respire entre deux sanglots. « Beaucoup. On était très proches, en fait. »

J'entrelace mes doigts aux siens et reste simplement assis près d'elle, à écouter le chant des oiseaux et les bruits distants de la circulation en contrebas.

« Est-ce que ma moto t'inquiète, parfois ? » J'y ai déjà

pensé, mais je n'ai pas voulu lui poser la question. J'ai conclu que ce n'était pas un problème parce qu'elle n'a jamais semblé effrayée. Mais puisqu'on aborde le sujet de Zach, ça vaut le coup d'en parler.

« Non. À vrai dire, j'adore que tu fasses de la moto. Ça me rappelle de bons souvenirs avec lui. Il m'emmenait souvent faire des balades. Il m'a même appris à conduire sa moto, contre l'avis de nos parents. »

Je lui serre la main.

« Je ne m'inquiète pas pour toi parce que tu es prudent. Tu ne conduis pas quand tu as bu. Tu portes un casque. Tu es sérieux.

— Pas lui ?

— Il se croyait invincible, répond-elle en secouant la tête. Pas de casque, il prenait des risques sur la route après avoir bu… tu vois le genre. » Elle se lève, puis me surprend en chevauchant mes genoux.

Je pose les mains sur ses fesses et l'approche de moi avant même de me demander si c'est approprié, compte tenu de son chagrin. Mais elle a l'air partante. Elle enlace mon cou et m'embrasse.

Mes hormones se réveillent immédiatement et ma bite se raidit entre ses cuisses. Je remonte une main sous son T-shirt pour toucher sa poitrine.

Elle se balance contre moi. On joue de cette manière depuis un moment : en général, on en reste là. On se frotte, on se caresse un peu. Je me suis approché de son sexe une fois — je meurs d'envie de lui donner du plaisir avec ma bouche — mais elle est devenue nerveuse et m'a repoussé, ce que je respecte totalement.

« Je suis prête, Trey », me chuchote-t-elle à l'oreille.

Je relève la tête, mon sexe se tend douloureusement contre mon jean.

« J'ai apporté des capotes. »

Si on était dans un dessin animé, je bafouillerais de façon comique comme un ahuri. Je n'aurais jamais osé rêver qu'elle m'annoncerait ça. Encore moins un jour pareil.

Je me suis juré de ne jamais tenter quoi que ce soit quand elle a bu, mais elle est complètement sobre. Et triste. Elle veut que je la réconforte.

Putain, volontiers.

« Tu es sûre ? » Ma voix n'est qu'un coassement rauque.

Elle se penche en avant et me mord le cou. « Ouais. Je veux *vivre*. Je ne peux pas tirer un trait sur tout ce qui est amusant pour obtenir l'avenir que Zach n'a pas pu avoir, dit-elle avant de fermer les yeux et de secouer la tête. Tu comprends ce que je veux dire ?

— Ouais. » Je respire fort, mon corps entre déjà en mode animal. Je la fais tourner entre mes bras et l'allonge sur la table en gardant une main derrière sa tête. Je suis contre elle en une seconde.

C'est ma première fois, mais mon corps sait quoi faire. Ou peut-être que c'est mon loup. J'embrasse son cou, puis mordille son téton.

Elle gémit et se cambre en se soulevant de la table.

Je remonte son T-shirt sous ses aisselles et libère ses seins de son soutien-gorge rose vif. Putain, ils sont parfaits. Juste assez gros pour remplir mes paumes, ronds et fermes. Ses mamelons dressés deviennent encore plus durs quand je les prends dans ma bouche.

« Les préservatifs sont dans mon sac, murmure Sheridan. Dans la poche avant. »

Merde. Elle est venue préparée. Ou attendait-elle cet instant ? Depuis combien de temps ces capotes sont-elles là ? Je ne lui dis pas que j'ai également acheté une boîte il y a quelques mois, juste au cas où ce moment aurait lieu.

« J'irai les chercher dans une minute », dis-je tout bas avant de tracer un chemin sur son ventre plat avec ma langue, puis de la faire tourner dans son nombril. Le parfum de son désir chatouille mon nez, et mon corps réagit comme si c'était une dose d'amphétamines.

14

PRÉSENT

Trey

JE RÊVE de Sheridan toute la nuit, mais ce ne sont pas les rêves érotiques de ma jeunesse. Ces songes sont sacrément angoissés et douloureux. Elle me fait tomber sur le dos et me roue de coups de pied dans les côtes. Elle se fait capturer par le nid de vampires et je ne peux rien faire pour la protéger. Son père nous surprend ensemble au lit et il torture ma mère pour me punir.

Je me réveille avec l'âme pleine de contusions. Le besoin de prendre soin de Sheridan et d'arranger les choses entre nous une bonne fois pour toutes me consume. Mais à quoi bon ? Ouais, je nous ai volontairement séparés parce que je voulais le meilleur pour elle. Ça l'aiderait peut-être de le savoir. D'apprendre que je n'ai jamais cessé de l'aimer.

Merde, je n'ai même jamais couché avec une autre fille. Mon loup ne l'accepterait pas. Il désire Sheridan depuis le premier jour et ne m'aurait jamais laissé entacher mes souvenirs avec une autre personne. La meute me surnomme *le moine*.

Mais pourquoi remuer le passé ? Rien n'a changé. Sheridan est toujours la princesse de la meute. Son père ne m'acceptera pas plus qu'avant comme son compagnon. M'assurer qu'elle aille étudier à Stanford ne m'a pas fait gagner de points, pas plus auprès de lui que d'elle. Ça n'a fait que consolider nos différences.

Je sors du lit et vais sous la douche. Putain, Sheridan occupe toutes mes pensées. Elle m'entoure, je tourne en rond dans ma tête à force de m'inquiéter pour elle.

Et je comprends tout à coup pourquoi.

On est le 25 octobre. C'est l'anniversaire de la mort de son frère. Ma compagne souffre.

Je coupe l'eau, puis me sèche. Je me fous pas mal de ce qui s'est passé entre nous. Je me fiche de savoir qu'un avenir entre nous est impossible. Si Sheridan a besoin de moi, il faudrait toutes les meutes sur la planète pour m'empêcher de la rejoindre.

J'enfile un jean, un T-shirt et une veste en cuir avant de sortir. Putain, heureusement que j'ai demandé à Sheridan où elle loge. J'enfourche ma moto et prends la direction de Meyer Street, que je parcours sur toute la longueur jusqu'à ce que je voie sa voiture garée devant l'une des maisonnettes.

Je vérifie que c'est bien chez elle, ce qui m'est confirmé par le parfum de vanille et d'orange qui flotte dans l'air, et marche jusqu'à la porte.

Ce n'est qu'à ce moment que je m'aperçois qu'elle ne voudra peut-être pas de mon aide. Mais merde, tant pis. Je dois la lui proposer.

Je toque. Quand elle m'ouvre la porte, elle est adorable, à briser le cœur. Sa chevelure aux tons caramel retombe sur ses épaules et elle porte un T-shirt mauve clair qui moule sa poitrine généreuse, ainsi qu'un jean serré qui évoque le péché sur elle. Mais elle n'est pas comme d'habitude, elle n'a pas sa verve. Son abattement me serre le cœur.

J'avais raison de venir.

« Trey ? » demande-t-elle d'une voix douce et perplexe.

Je fais tourner la clé de la moto autour de mon index. « Tu veux aller faire un tour ? »

Ses yeux s'écarquillent de surprise, la confusion et l'émerveillement luttant sur son visage. Elle penche la tête sur le côté. « Pourquoi ? »

— Je sais que ce jour est difficile pour toi », dis-je en haussant les épaules.

Son beau visage s'effondre instantanément. Des larmes apparaissent dans ses yeux et elle me tombe dans les bras. « Je n'arrive pas à croire que tu t'en es souvenu. »

Je caresse sa chevelure soyeuse. « Bien sûr que je m'en suis souvenu, chérie, dis-je avant d'inspirer son odeur. Évidemment. »

Un sanglot silencieux fait trembler son dos. « Il me manque toujours », murmure-t-elle d'une voix étranglée, ses larmes mouillant mon cou.

Je glisse ma main dans ses cheveux et masse sa nuque. « Je sais. »

Après un moment, elle retrouve ses moyens, renifle et s'écarte sans lever les yeux. « Je vais chercher mes chaussures. »

Le soulagement me fait presque tourner la tête : elle vient avec moi. Elle me laissera la réconforter aujourd'hui.

Je ne suis pas assez bête pour croire que ça change l'ordre des choses, mais je suis reconnaissant de pouvoir être avec elle lors de cette journée.

Quand elle revient, elle porte ma veste et les bottes sexy qu'elle avait au club. Elle a mis du gloss, ce qui fait oublier à ma satanée bite que Sheridan pleurait deux minutes plus tôt.

Je lui tends la main et elle entrelace ses doigts aux miens, me laissant l'entraîner hors de la maisonnette et vers ma moto garée derrière sa voiture. « Où est-ce qu'on va ? Dans la montagne ?

— Tu as mangé ? »

Elle secoue la tête. « Non ? Tu veux qu'on trouve de quoi manger d'abord ? »

Elle prend le casque que je lui donne et rejette ses cheveux dans son dos avant de le mettre. « Oui, volontiers. »

Je l'emmène dans un nouveau restaurant mexicain sur Broadway, où on commande chacun une assiette débordante de *huevos rancheros* couverts de *salsa verde* avec un supplément d'avocat. Elle dévore son assiette, comme toute métamorphe en pleine santé.

« Je ne pensais pas pouvoir avaler quoi que ce soit aujourd'hui, mais je meurs de faim, finalement », dit-elle entre deux bouchées.

Je souris. *Adorable louve.* « Tant mieux. Mange.

— Alors, combien gagnes-tu avec le Fight Club en une semaine ? » demande-t-elle après s'être essuyé les lèvres avec une serviette.

Oh, merde. L'étudiante en gestion d'entreprise a braqué droit sur moi son esprit brillant et hautement concentré.

Je hausse les épaules. « Assez. »

Elle boit une lampée d'eau glacée. « Non, vraiment. Parlons chiffres. Je parie que je pourrais améliorer la rentabilité dans certains domaines.

— Je croyais que tu voulais nous faire fermer », dis-je en arquant un sourcil.

Quelque chose passe sur son visage. Du regret, peut-être. Elle baisse le nez sur son assiette et avale une autre bouchée. « Ce ne sera peut-être pas nécessaire. »

Je grogne pour toute réponse.

« Tu ne vas pas me répondre ?

— À propos de quoi ?

— Combien est-ce que tu gagnes ? Voyons voir… Avec Luka, je dirais qu'on a encaissé environ neuf cents dollars au bar mercredi soir, et la marge doit être située aux environs de trente pour cent. Donc, six cents dollars de profit. Tu avais cinq employés ce soir-là, moi y compris. Combien est-ce qu'ils te coûtent ? »

Je suis incapable de refuser ce divertissement à sa cervelle. « Deux cents dollars. Cinquante balles pour chaque videur et une base de trente-cinq dollars pour les employés au bar. Je t'offre le petit-déjeuner », dis-je en m'apercevant qu'elle n'a jamais été payée.

Elle lève les yeux au ciel. « Je m'en fiche. De toute façon, j'ai gagné une tonne de fric en pourboires. Donc, il te reste quatre cents dollars après avoir payé tes employés. Tu rémunères les combattants ? »

Je secoue la tête. « C'est une autre société.

— Financée par des paris illégaux ? »

Bien sûr, elle est beaucoup trop intelligente pour ne pas avoir compris ce qui se passe. Je hausse imperceptiblement les épaules pour confirmer ses dires.

« Donc, quatre cents dollars par nuit. À combien s'élève le loyer du bâtiment ?

— On est propriétaires, il ne nous coûte que trois cents dollars de charges par mois. »

Elle hausse les sourcils. Je ne devrais pas être content de l'impressionner, mais ces entrepôts valent un demi-million de dollars. Je ne suis plus le gamin bagarreur et fauché dont la mère occupe la place la plus basse dans la meute.

« Le bâtiment est à ton nom ? »

— Je suis copropriétaire des deux entrepôts sur le terrain avec Jared. Sa compagne utilise l'autre comme studio de danse et espace de spectacle.

— Vraiment ? Ouah ! J'aimerais beaucoup le voir.

— Je suis sûr qu'Angelina sera ravie de te faire visiter. » Pendant un bref instant, je me fais des films en les imaginant devenir amies, puis qu'on se fasse des sorties tous les quatre, entre couples heureux.

Ça n'arrivera pas. Sheridan va rentrer à Wolf Ridge, où elle finira par tirer les ficelles.

Et moi, je resterai ici, à gérer le Fight Club.

« En tout cas, si tu es propriétaire, les possibilités de profit sont énormes. Tu dois simplement maximiser le nombre de métamorphes qui fréquentent ton établissement et leur donner de bonnes raisons de revenir, que ce soient les combats ou d'autres divertissements. Et bien sûr, éviter les ennuis. » Quand une ride marque son front, mes tripes se nouent.

Je dépose quelques billets sur la table. « Tu es prête à y aller ?

— Totalement, répond-elle en hochant la tête. Où va-t-on ?

— Gates Pass. » Son regard interrogateur me fait sourire. « Tu vas adorer. Viens. »

Sheridan

Me trouver derrière Trey sur sa moto pour le deuxième jour d'affilée fait faire des saltos à mon cœur. J'étais trop mélancolique pour être exci-nervée lorsqu'il nous a emmenés au restaurant, mais maintenant, ce vibro géant entre mes jambes, associé à l'odeur familière de Trey et de son cuir me poussent à remuer les hanches sur la selle. Je presse ma poitrine contre son dos, mes bras passés autour de ses abdos en béton.

Je n'arrive toujours pas à croire qu'il s'en est souvenu.

Je veux dire, je sais qu'aujourd'hui marque également l'anniversaire du jour où il a pris ma virginité, mais je doute qu'il ait noté la date sur un calendrier et la célèbre chaque année. Surtout si l'on considère avec quelle facilité il m'a larguée à la fin du lycée.

Ma cervelle a envie de décortiquer ce puzzle jusqu'à ce que je l'aie résolu ou démoli, mais je continue de le repousser. Si je réfléchis trop à l'attitude de Trey, je vais retomber douze ans en arrière, mon cœur en mille morceaux.

Non, mieux vaut rester dans l'instant présent. Apprécier que Trey soit là pour moi quand j'ai besoin de lui. Permettre à la lourdeur suffocante de cette journée de se soulever et de me quitter.

Il va vers l'ouest, en direction de la chaîne de montagne non loin de Tucson, et m'emmène sur un superbe col. L'air est frais et sent bon. Des saguaros scintillent sous le chaud soleil d'automne. Trey traverse le col, puis il se gare devant le départ du chemin de randonnée de King Canyon. On est vendredi, un jour où la plupart des habitants de Tucson travaillent ; le parking est vide à l'exception de sa moto.

Ma louve commence à remuer la queue, déjà heureuse d'être dans la nature.

Trey me prend la main et on commence à marcher sur le sentier qui traverse le désert. Il se tait et je la ferme aussi, pour une fois. Je n'ai rien à être ni à prouver avec lui. Notre silence est confortable. Empreint de respect.

On parvient à une surélévation, un point de vue incroyable qui surplombe la ville de Tucson. Trey commence par enlever ses bottes, puis se débarrasse de son T-shirt.

Pendant une seconde de pure idiotie, je crois qu'il veut coucher avec moi, comme s'il s'y attendait parce que c'est ce qui s'est passé lors du dernier anniversaire de la mort de mon frère que nous avons passé ensemble. Mais il me sourit. « Le dernier à quatre pattes est un œuf pourri.

— Ce n'est pas juste ! » Il a déjà pris de l'avance. Je me déshabille en un clin d'œil et mute, puis je fonce, double son loup et détale vers le pic Wasson.

On court pendant des heures, on se mordille et on renifle. On chasse.

Tout se termine quand mon museau rencontre un *cholla*. C'est stupide. La première leçon qu'apprennent les louveteaux ayant grandi en Arizona, c'est de faire attention à ce cactus, surnommé *le sauteur* parce que ses épines géantes s'accrochent aux personnes qui passent.

Je glapis, surtout parce que ma truffe est sensible et que le visage est une zone très personnelle. La douleur à cet endroit est vraiment intense. En un éclair, Trey a muté et s'est accroupi près de moi, son expression inquiète.

Je geins en essayant d'ôter ces saletés avec mes pattes, ce qui m'en enfonce davantage dans les coussinets.

« Du calme, bébé. Laisse-moi faire. » Cet abruti de Trey prend le cactus *à mains nues* et le décroche de mon museau. Je pousse un nouveau cri, mais ce n'est qu'en partie à cause de la douleur. Le reste est de l'inquiétude pour lui, parce que maintenant, c'est *lui* qui a des épines plantées dans la main, ce qui signifie qu'il ne pourra pas muter pour regagner l'endroit où nous avons laissé nos vêtements.

Ça ne semble cependant pas le déranger. Il se contente de caresser mon oreille de sa main indemne. « Est-ce que ça va ? demande-t-il avant de se pencher pour examiner mon museau et mes pattes. Il en reste ? » Il éclate de rire et me caresse la joue quand je lèche son visage.

Je m'assieds pendant qu'il décroche le cactus sur sa main à l'aide d'un bâton, puis se sert de ses dents pour retirer les épines restantes.

« Et voilà, ça va mieux. » Il me montre sa paume ensanglantée, que je lèche également.

Soudain, il est de nouveau à quatre pattes et dévale la montagne.

Je pousse un aboiement joyeux et indigné avant de me lancer à sa poursuite. Je dépasse sa silhouette élancée et argentée juste avant d'arriver au point de vue.

Je reprends forme humaine et récupère mes habits en riant. « Je t'ai battu. »

Il mute à son tour, puis enfile son jean. « Bien sûr que oui. » Son ton satisfait m'indique qu'il m'a laissé gagner, tout comme il m'a laissé le battre la veille.

Tout comme il t'a laissé penser qu'il avait envie d'aller voir ailleurs, murmure ma louve.

Mais non. C'est une pensée dangereuse que mon espoir me souffle. J'ai passé des centaines d'heures assise sur mon lit dans la résidence universitaire à tenter de m'en persuader, mais ça n'a rien changé. Parce que même si c'était vrai, je me suis assurée qu'il ne m'adresserait plus jamais la parole.

Pourtant, il est là, souffle-t-elle.

Oui. Il est là. Est-ce que ça signifie qu'il m'a pardonnée ?

Lui ai-je pardonné ?

Arrête de réfléchir. Profite de ce moment, c'est tout.

On marche sur le sentier dans le même silence confortable jusqu'à la moto. Puis on prend le chemin de chez moi. Trey ne descend pas de moto, comme s'il ne faisait que me déposer. Et qu'il ne s'attendait clairement pas à ce qu'on couche ensemble.

La déception qui me retourne le ventre m'indique que moi, je l'espérais.

« Tu veux entrer ? » Oh, zut. Ai-je l'air désespérée ? C'est lui qui devrait me supplier, pas l'inverse.

Un éclat argenté passe dans ses yeux. « Putain, Sheridan. Bien sûr que oui.

— Mais ? »

Il secoue la tête. « Je ne peux pas, dit-il d'un ton triste.

— Pourquoi ? »

Il respire plus vite, des veines apparaissent dans son cou. « Je dois aller au Fight Club. On a un évènement.

— Tu veux que je travaille ?

— Non. » Sa réponse immédiate est sans appel, ce qui me blesse bien plus que je veux l'admettre. « Non, pas besoin, ajoute-t-il comme pour l'adoucir. Mais je te verrai demain pour aller rendre visite aux sangsues. »

Mon ventre se noue fermement. « Ouais. D'accord. » Je me tourne et m'éloigne dans l'allée sans lui dire au revoir.

Trey me cache quelque chose. Il ne veut pas que je sois au club ce soir. Pourquoi ? À cause d'une femme ? Ou est-ce en rapport avec les vampires ?

Quoi qu'il en soit, je vais tirer ça au clair.

S'il croit pouvoir m'empêcher d'être là ce soir, il se fourre le doigt dans l'œil.

～

Trey

OH, putain de merde.

Sheridan m'invitait-elle vraiment chez elle… pour qu'on *couche ensemble ?*

Bordel, cette fille ne cesse jamais de me surprendre.

Il m'a fallu toute ma volonté pour ne pas la prendre dans mes bras, la porter à l'intérieur et la marquer comme mienne. Parce que c'est ce qui se passera si on se retrouve à nouveau tous les deux à poil.

Mais elle est faible aujourd'hui. Elle porte son deuil. Je n'ai peut-être pas été assez fort pour résister à son offre quand j'étais adolescent, mais putain, je ne profiterai pas d'elle aujourd'hui.

Parce que du sexe uniquement pour se divertir ne me convient pas. Il n'existe rien de tel pour mon loup. Il veut que je revendique Sheridan. Que je la marque. Qu'elle soit mienne pour toujours.

Ce qui signifie que je dois maintenir une saine distance entre nous. Avant que je foute tout en l'air.

Encore une fois.

15

DOUZE ANS PLUS TÔT

Sheridan

TREY gronde lorsque j'ouvre le bouton de mon jean et le baisse sur mes hanches. On avertit les jeunes louves de se méfier des garçons en pleine puberté parce qu'ils peuvent facilement perdre le contrôle, mais Trey n'est pas un garçon.

C'est un homme magnifique et, à part son grondement, il fait preuve d'une incroyable retenue bien que je vienne de lui donner le feu vert.

Il embrasse mon sexe par-dessus ma culotte, puis mordille l'intérieur de ma cuisse avec douceur. Il passe son pouce sur le satin et trouve l'endroit qui me fait me tortiller. C'est terriblement intense. Je n'ai jamais été touchée ici par une autre personne, et l'envie de le repousser avant de perdre la tête est presque aussi forte que le plaisir que font naître ses caresses brûlantes.

« Trey, dis-je en gémissant.

— Putain, ouais, chérie. Dis mon prénom comme ça

quand tu veux. » Il passe son pouce sous ma culotte et caresse mon sexe.

Mon bas-ventre frémit quand j'inspire, et je me trémousse. Trey enveloppe ma cuisse de sa main et plonge entre mes jambes. Je ne suis absolument pas préparée au choc que sa langue provoque lorsqu'elle touche la partie la plus sensible de mon corps.

Je sursaute en poussant un cri aigu, mais il me maintient en place et me torture avec des coups de langue sur ce qui doit être mon clitoris. Je devrais sûrement savoir où il se trouve, mais non. Puis il aplatit la langue et me lèche. Il suit le contour de mes grandes lèvres et me pénètre avec sa langue.

Je gémis et soupire en me tortillant en dessous de lui. « Trey, les préservatifs.

— Tu es pressée de passer la ligne d'arrivée, bébé ? » demande-t-il à voix basse, amusé.

Mon éclat de rire fait disparaître un peu de ma nervosité. « Peut-être. J'ai beaucoup pensé à ce moment. »

Quand il enfonce un doigt en moi, je me soulève de la table en criant. La sensation est un peu intense, mais naturelle. Ma tête part en arrière tandis qu'il fait de lents va-et-vient. Mes yeux se révulsent sous mes paupières fermées.

Je savais que le sexe serait agréable, mais je ne me doutais pas à quel point. Et nous ne sommes même pas encore passés aux choses sérieuses.

Trey ajoute un autre doigt, me tirant un gémissement. Pas parce que ça fait mal ; à cause de l'intensité qui redouble. Lorsqu'il recommence ses allers-retours, je me mets à gémir à chaque expiration.

Trey rapproche mon sac à dos de sa main libre, j'en sors la boîte de capotes et lui en tends une. Mais il n'est toujours pas pressé. Il se penche et suce l'un de mes tétons tout en faisant entrer et sortir ses doigts de moi.

Je lui prends le préservatif des mains et ouvre l'emballage. « Trey, s'il te plaît », dis-je en gémissant.

Il prend la capote, puis baisse son jean pour libérer son érection. Son sexe semble trop gros, presque disproportionné pour sa carrure élancée et musclée. Non que j'aie le moindre point de comparaison.

Il déroule le préservatif sur son membre et se place au-dessus de moi. J'écarte les jambes et tends les bras vers lui. Il possède ma bouche avec passion, m'embrasse, me suce la lèvre et… *oh, par le ciel !* Son érection me transperce, il me pénètre en un coup de reins.

La vive douleur me fait crier, mais il s'immobilise une fois en moi, repousse les cheveux sur mon visage et me regarde dans les yeux. « Ça va, bébé ? »

Tout mon corps tremble, de la chaleur ruisselle sur moi. J'acquiesce, mal assurée. Il sourit et remue les hanches, recule légèrement avant d'entrer en moi à nouveau.

Oui.

Cette fois, c'est agréable. Satisfaisant. Si bon.

« Encore », dis-je pour l'encourager.

Il répète l'action et m'envoie sur un petit nuage. Je gémis. Il continue, remue lentement le bassin et m'emplit, me caresse de l'intérieur avec son membre épais.

J'en perds presque la raison. Quant à lui, il est encore capable de baisser la tête pour titiller l'un de mes tétons avec sa langue et ses dents.

J'enfonce mes ongles dans ses épaules et joins mes chevilles dans son dos pour l'approcher de moi avant d'exiger : « Plus vite. »

Il pousse un juron, puis il prend appui sur ses avant-bras et me donne des coups de reins plus vigoureux.

C'est à la fois trop fort et terriblement délicieux. Son gland touche quelque chose en moi… le col de mon utérus ? Mais j'ignore la douleur sourde et attire Trey plus profondément.

« Sheridan », dit-il d'une voix grave et triste. Son loup s'approche de la surface, un éclat argenté brille dans ses yeux. Je me demande si les miens ont également changé de couleur.

Les muscles du dos et des épaules de Trey deviennent durs comme de la pierre. J'ai la tête qui tourne, je la laisse tomber en arrière en fermant les yeux, éperdue de plaisir.

Trey crie en redoublant la vitesse de ses coups de bassin, puis il plonge entièrement en moi et s'immobilise. Ses fesses musclées se contractent alors qu'il jouit. Même si je ne comprends pas entièrement ce qui se passe, mon corps connaît la réaction adéquate. Un orgasme me fait voler en éclats, mes muscles internes se contractent autour de son sexe et le vident de sa semence.

Pendant quelque temps, je ne suis nulle part, je flotte en profitant des réverbérations du plaisir tandis que ma respiration ralentit peu à peu et que mon cœur cesse de tambouriner.

Trey repousse les cheveux sur mon visage et caresse ma joue. Quand j'ouvre lentement les yeux, je suis stupéfaite de voir que ses iris sont toujours d'une brillante teinte argentée et que ses canines se sont allongées comme s'il voulait me marquer. Je m'aperçois qu'il tremble au-dessus de moi, ses muscles tendus à l'extrême, comme s'il se retenait de me marquer au prix d'un gros effort.

Pourtant, il ne me témoigne que de la douceur. Il a assez de self-control pour ne pas franchir la limite qui nous lierait ensemble pour le reste de nos vies.

Qui me ferait sienne pour toujours.

Mon cœur bat plus fort lorsque je comprends que son loup veut faire de moi sa compagne. Ma louve partage-t-elle son avis ? Une louve ne marque pas son compagnon. Je n'ai aucun sérum à imprégner sous la peau de mon partenaire.

Quoi qu'en pense ma louve, je ne ressens que de l'excitation et de l'impatience à l'idée que Trey me marque. En fait, je plane comme s'il venait de me professer son amour éternel. Ou qu'il s'était promis à moi, corps et âme.

Je touche sa mâchoire crispée. « Je crois que je plais à ton loup », dis-je d'un ton léger, préférant le formuler pour éviter qu'une gêne s'installe entre nous.

Il s'écarte de moi en roulant, se relève pour enlever la capote et ferme son jean. « Putain, tellement. » Il remonte ma culotte et mon jean avant de me redresser en position assise. Il se place entre mes cuisses et me serre dans ses bras en caressant mon dos, mes cheveux. Il embrasse mon crâne. « Merci, Sheridan. »

Mon cœur bat la chamade. Tous les loups de Wolf Ridge, enfants ou adultes, qui pensent que Trey n'est qu'une brute sans cœur parce qu'il se bat, à cause de son père ou de son statut devraient voir cette facette de lui. Il est tendre, reconnaissant. Doux.

Je lève la tête pour qu'il m'embrasse. Si nous étions des félins métamorphes, je crois que je ronronnerais.

16

PRÉSENT

Sheridan

J'ARRIVE au Fight Club dans une minijupe en velours côtelé rouge et une petite blouse en soie noire qui laisse une épaule dénudée.

Jared se tient à l'entrée et se déplace pour me bloquer l'accès. « Oh, non. Je ne peux pas te laisser entrer ce soir. »

C'est bien ce que je pensais : il se trame quelque chose.

« Pourquoi pas ? » J'essaie de le contourner, mais il s'interpose à nouveau. Je mets les mains sur mes hanches.

« J'ai dit non. Trey n'a pas besoin que tu le déconcentres. Désolé, Sheridan. Reviens un autre soir.

— Je vais entrer, dis-je avec assurance. Trey est un grand garçon, il n'a pas besoin de toi pour le protéger. »

Jared se retient de sourire. « Je crois bien que si. Et j'ai parié du fric sur lui ce soir, donc vraiment, je protège mes propres intérêts. »

Je me fige. « Trey se bat ? »

Jared ferme les yeux, se retourne et se frappe le front

contre l'encadrement de la porte. « Je suis sûr que tu n'étais pas censée le savoir. Maintenant, fais demi-tour et rentre chez toi, Sheridan.

— Pourquoi est-ce qu'il ne voudrait pas que je le sache ? » Mon cœur bat plus vite, mais je ne sais pas vraiment pour quelle raison.

Jared se frotte la mâchoire. « Tu devras poser la question à Trey. Mais pas ce soir, ajoute-t-il rapidement. Tu pourras lui demander demain. Quand il aura remporté ce combat. »

Grizz sort et nous jette un coup d'œil. « Cinq minutes », marmonne-t-il à Jared.

Cinq minutes avant le début du combat ? Je dois entrer. L'idée de voir Trey se battre dans la cage me terrifie et m'excite. Il n'y a pas moyen que je rate ça.

Je tente de passer à côté de Jared pendant qu'il parle à Grizz, mais il est beaucoup trop rapide.

« Jared ! » dis-je en grondant.

Il hausse les épaules avec un sourire amusé. « Tu peux aller cafarder à personne ici, hein ? Tu ferais peut-être mieux de rentrer chez toi. »

J'ignore sa pique. Oui, je dois clairement me faire pardonner auprès de la meute de Tucson, mais ça ne se fera pas ce soir. Ce soir, je vais entrer dans le Fight Club et voir Trey sur le ring.

« Qu'est-ce qui te fait penser que Trey ne gagnera pas si je suis là ? » Je ne sais pas si je dois me sentir en colère ou flattée.

Jared pose une main contre le cadre de la porte et pousse un soupir exaspéré. « Sheridan, si tu es là, Trey va s'inquiéter pour ta sécurité, se demander qui te parle, qui te touche et à qui il doit arracher la tête. Il ne sera pas concentré sur l'adversaire et le combat.

— Je ne le laisserai pas me voir, dis-je pour l'amadouer.

Je resterai dans un coin jusqu'à la fin du combat. Mais *laisse-moi entrer*, Jared. »

Un crissement de bottes me pousse à me retourner. Mon cousin Garrett approche de l'entrée.

Je déglutis. Ça se passe de mal en pis.

« Qu'est-ce qui se passe ?

— Elle veut entrer. J'ai dit non », explique Jared en me désignant du menton.

Je serre les dents.

La bouche de Garrett frémit. « C'est emmerdant de ne pas avoir de pouvoir pour une fois, hein ? »

J'ai soudain une idée. Je pose la main sur le bras épais de Garrett. « Je resterai avec mon cousin. Je ne laisserai pas Trey me voir, mais même si ça arrive, il saura que je ne risque rien avec votre alpha. »

Jared échange un regard avec Garrett, qui hausse les épaules. « D'accord, grommelle-t-il. Mais si tu fais perdre son combat à Trey, c'est à toi que je demanderai du fric.

— Si tu veux. » Je me dépêche d'emboîter le pas à Garrett pour rester avec lui, comme promis.

Trey est déjà dans la cage. Grizz annonce les combattants.

Garrett donne des coups de coude pour se frayer un chemin jusqu'à une table haute dans le fond de la salle. « Je te proposerais bien un verre, mais je devrais te laisser sans surveillance et, si j'ai bien compris, je suis ton babysitter ce soir.

— Va chercher à boire, dis-je en levant les yeux au ciel. Je peux me débrouiller toute seule. »

La foule pousse des cris quand Grizz souffle dans un sifflet. Dès les premiers coups, j'oublie les tensions avec mon cousin, Jared ou le reste de la meute. Toute mon attention est focalisée sur le beau combattant qui pivote et donne des coups de poing dans la cage. Trey est grand, mais pas baraqué comme Jared, Garrett ou Grizz. Il est fin et élancé. La grâce incarnée, un concentré d'énergie. Il se déplace rapidement en faisant pleuvoir des coups sur son adversaire, un félin métamorphe trapu, il me semble.

Le combat est brutal et sauvage. Le félin semble sur le point de muter lorsqu'il bondit, un éclat vert scintille dans ses yeux et les poils de sa nuque se hérissent. Il se jette sur Trey et le plaque au sol avec une prise de catch.

Trey retourne le type, l'empêche de respirer en plaçant un bras sous sa gorge et ne le libère qu'une fois qu'il a tapé sur le sol.

Je retiens mon souffle, mais je n'ai pas peur.

Je suis émerveillée.

Ils se relèvent, Trey en un bond, une attention sans faille fait briller son regard. Mais ce sont ses lèvres qui retiennent mon attention. Un sourire courbe sa bouche.

Trey s'amuse.

Évidemment.

Comment ai-je pu oublier ce que se battre signifie pour lui ? C'est ainsi qu'il se défoule.

Je souris à mon tour. La proximité de son corps viril et de sa puissance déchaînée, fait picoter tout mon corps.

Le combat se termine trop vite. J'aurais pu regarder Trey se battre toute la nuit, mais son adversaire s'est effondré et ne se relève plus.

Grizz prend la main nue de Trey — pas de gants de boxe pour ces combattants — et la lève en l'air.

Le public l'acclame et j'applaudis en sautant pour voir par-dessus les têtes des spectateurs. Garrett me prend par la taille et me soulève. Lorsque ma tête sort de la foule, Trey m'aperçoit. Nos regards se rencontrent, et je vois un immense sourire illuminer son visage avant que Garrett me repose par terre.

Je m'élance à travers la foule. Garrett pousse un juron

et reste sur mes talons jusqu'à ce que les gens présents s'écartent pour Trey, torse nu, ensanglanté et sublime.

Trey

JE N'AURAIS JAMAIS, jamais imaginé que Sheridan aimerait me voir me battre. Ça doit pourtant être le cas ; elle se jette dans mes bras. Je la soulève, elle serre ses jambes musclées autour de mon dos et je la porte vers mon bureau comme un Viking conquérant.

Elle rit près de mon oreille, un son bas et rauque. Son odeur emplit mes narines : de la vanille, de l'orange et l'arôme féminin de son désir.

Merde.

« Pourquoi tu ne me l'as pas dit ? » Elle respire contre mon cou pendant que je ferme la porte d'un coup de pied.

Je la plaque contre le mur et me déhanche contre son bas-ventre. « Te dire quoi ?

— Que tu te battais. Pourquoi tu ne voulais pas que je le sache ? »

Je passe mes mains sous son haut et gémis en me rendant compte qu'elle ne porte pas de soutif. Je prends ses seins généreux dans mes paumes, passe mes pouces sur ses tétons. « Je ne savais pas que ça te plairait. » Ma voix semble enrouée. Mes dents effleurent son cou, et je prends son lobe dans ma bouche.

Elle sursaute, se frotte contre mon membre qui palpite.

« En fait, je croyais que tu détesterais ça.

— Pourquoi ? »

Je donne des coups de reins entre ses cuisses sans réfléchir, comme si je comptais la faire jouir en me frottant contre elle. Son haut se retrouve rassemblé sous ses aisselles, dénudant ses seins parfaits. Ils sont un peu plus gros qu'à l'époque du lycée. À cette pensée, une autre décharge de désir me traverse.

Je pose ses pieds au sol pour glisser les doigts entre ses cuisses. *Oh, quelle douceur…* Elle mouille tellement pour moi. Je pousse sa culotte sur le côté et caresse sa chatte.

« Une capote ? » halète Sheridan.

Une capote. Merde !

Je grogne en faisant entrer un doigt dans son sexe serré. Tant pis, je me contenterai de la faire jouir. « J'en ai pas. »

Elle geint.

« C'est pas grave, bébé. Je peux quand même m'occuper de toi. » Je fais aller et venir mon index en elle, puis le plie vers sa paroi antérieure pour essayer de trouver son point G.

Elle s'accroche à mes épaules en enfonçant ses ongles dans ma peau nue.

Un grondement monte dans ma gorge, ma vue rétrécit. Sans trop savoir comment, je parviens à reprendre mon souffle et à me concentrer. Je fais glisser un second doigt en elle et pose ma paume contre son pubis pour caresser son clito. Ses muscles se contractent alors que mes doigts font des allers-retours. J'essaie à nouveau de toucher son point G. Cette fois, je trouve l'endroit où sa chair se raidit.

Je colle ma bouche sur la sienne pour étouffer son cri et je l'embrasse comme si ma vie en dépendait. Comme si son goût allait me soigner. Me donner une nouvelle vie.

Ce sera peut-être le cas.

Ou peut-être qu'il sera ma perte. Difficile à dire. Tout ce que je sais, c'est qu'à cet instant, contempler Sheridan qui jouit est la seule drogue que je désire. Je plaque mes lèvres sur les siennes et possède sa bouche avec une telle intensité que je crains de la blesser, sans cesser de faire bouger mes doigts et ma paume. Quand je trouve son mamelon et le pince, fort, elle hurle en rejetant sa tête en arrière.

Je continue de faire entrer et sortir mes doigts, d'appuyer sur son clito jusqu'à ce que ses muscles cessent d'être pris de spasmes. Elle s'écroule contre moi, pantelante.

« Trey. »

J'enfouis ma main dans ses cheveux et respire le parfum de Sheridan. Mes doigts sont toujours en elle, comme si c'était leur place permanente. Je les sors lentement et les porte à ma bouche pour lécher le liquide qui les recouvre en soutenant son regard.

« Tu n'as pas de capote ? » Sa voix est éraillée après avoir crié et son regard est vitreux, ce qui rend mon loup extrêmement fier.

C'est grâce à moi.

Mais apparemment, ce n'était pas suffisant. « Non, chérie. Tu veux que j'aille supplier Jared de m'en filer une ?

— Par le ciel, non », répond-elle en rougissant. Elle me lance un regard songeur, comme si elle déduisait beaucoup trop de choses à partir de cette information. « Pourquoi tu n'en as pas, Trey ? »

Je me tétanise. J'ai envie de lui répondre, mais ma souffrance est encore trop vive, mes sentiments pour elle trop profonds.

« Je croyais que tu étais un gros coureur ? »

Je trébuche en arrière comme si elle m'avait frappé. Son expression se teinte instantanément de regret.

Je me contente de secouer la tête.

Elle fait un pas en avant. « Non ?

— Laisse tomber, Sheridan. »

Du chagrin passe sur son visage. « Ouais, tu as

raison. » Elle baisse son chemisier pour recouvrir sa poitrine et remet sa jupe en place.

« Eh ben… merci. C'était sympa de te voir te battre. Et, hum, merci pour ça… » Elle rougit de nouveau et fait un geste vers la pièce. « C'était, euh…

— Arrête. » Je l'embrasse.

Elle lève ses yeux écarquillés vers moi, dans l'attente. Comme si j'étais censé nous guider là où ça nous mènera. Quelle que soit la foutue destination.

Et je n'ai pas la moindre idée de ce qu'elle est.

Je recommence à l'embrasser. Ce n'est pas un baiser revendicateur comme tout à l'heure ; celui-là scelle plutôt quelque chose. Ou il met un terme à quelque chose.

Nous avons fait ce que nous avons fait, mais maintenant, c'est terminé.

On ferait sûrement mieux de ne plus recommencer.

« Merci d'être venue me voir. » *Je t'aime.* « Je vais te raccompagner à ta voiture. » *Je te laisse partir.*

17

DOUZE ANS PLUS TÔT

Trey

LA MAISON de Sheridan n'est pas un palace, mais pour un gamin qui a grandi dans un deux-pièces dans le quartier pauvre de la ville, ça pourrait tout aussi bien en être un. Bien qu'on soit seuls, je fais glisser mes chaussures usées avec légèreté sur le carrelage brillant. Son père travaille et sa mère a emmené sa sœur à Tucson, pour participer à un tournoi de gymnastique qui durera la journée. Je n'aime pas vraiment être ici, parce que je sais que son père me botterait le cul s'il me trouvait chez lui, mais je pense que c'est en partie ce qui plaît à Sheridan. Elle aime l'idée de baiser sous le toit de ses parents, et je n'ai pas l'intention de lui refuser un seul fantasme.

Je fais le tour de sa chambre, j'examine les trésors d'enfance et les livres jeunesse. Je remarque une feuille glissée sous le calendrier sur son bureau, comme pour la cacher. Je tire dessus.

Une lettre d'admission pour la fac. Pour Stanford.

« Merde, Sheridan, pourquoi tu ne m'en as pas parlé ? »

On ne parle jamais de l'année prochaine, de ce qui se passera quand elle partira à l'université et que je resterai ici, à vendre de l'herbe et à bricoler des motos avec Garrett et Jared. J'ai essayé d'amorcer la discussion une ou deux fois, mais elle change toujours de sujet.

« Pourquoi tu n'as pas encore répondu ? » Je vois que le formulaire de réponse au bas de la lettre, celui qu'elle doit renvoyer pour confirmer son inscription, n'est pas détaché.

Elle m'arrache la feuille des mains, sourcils froncés. « Je n'y vais pas. J'ai une bourse pour l'université d'État.

— Ouais, mais on parle d'une école de l'*Ivy League,* bébé. Tu devrais sauter sur l'occasion.

— Pourquoi est-ce que je voudrais quitter l'Arizona ? » lâche-t-elle en plissant les yeux.

Tout l'air s'échappe de mes poumons d'un seul coup. Moi non plus, je ne veux pas qu'elle quitte l'État. Mais je refuse qu'elle sacrifie son avenir pour moi. Cependant, ce n'est peut-être pas pour moi. J'imagine que je dois lui poser la question. C'est ce que je fais, sur un ton de défi :

« Pourquoi tu ne voudrais pas ? »

Elle respire fort, son sternum se soulève rapidement. C'est une tentation pour mes yeux qui veulent descendre vers son décolleté, mais je ne cède pas. « Toi. »

Merde. Elle l'a dit. Je ne peux réfréner ni l'explosion de chaleur dans mon torse ni le sourire béat qui illumine mon visage.

« Donne-moi ça. » Je lui prends la lettre des mains et la pose fermement sur le bureau, puis je mets son bras en place dessus. Elle ne s'attend pas à ce que je fais ensuite. Je suis peut-être dingue de le faire, mais je pousse son buste vers le bois et je tape ses fesses.

Un petit cri choqué résonne, qui vient peut-être de

nous deux. Je ne bouge plus. J'attends de voir si elle se retourne et me met une baffe, j'imagine. Quand elle reste immobile, je lui donne une nouvelle tape, puis une autre.

« Ça, c'est pour ne pas m'avoir dit que tu as été acceptée à Stanford, putain. » Je lui fais la morale tout en la fessant, augmentant l'intensité de mes tapes à mesure que je prends de l'assurance.

« Et ça, c'est pour essayer de refuser une opportunité incroyable. » Je lui écarte les pieds et frappe entre ses jambes. Ma bite est dure comme la pierre. J'adore la discipliner comme ça. « Je serai toujours là, Sheridan. On se verra à Noël et aux vacances de printemps. Et chaque fois que tu n'auras pas cours. Ou, putain, c'est moi qui viendrai. J'ai toujours eu envie de visiter la Californie. Ce que je veux dire, c'est que je t'attendrai. Tu sais déjà qu'il n'y a personne d'autre pour moi. Mon loup n'accepterait jamais une autre compagne. Il t'a choisie. C'est toi. » Tout en mettant mon cœur à nu, je continue de frapper ses fesses.

Je ne redoute pas de lui faire mal : les métamorphes guérissent instantanément. Ma seule crainte est de l'énerver, et ça ne semble pas être le cas.

Je m'interromps et serre une fesse dans ma main.

« Encore », gémit-elle.

Putain de merde.

Tes désirs sont des ordres, mon cœur.

Je déboutonne son short et le baisse, ainsi que sa culotte, puis je m'accroupis pour libérer ses jambes. Après m'être relevé, je distribue des tapes sur ses fesses, en alternant mes cibles pour qu'elle ne sache pas où tombera la prochaine ; une fois à l'arrière de sa cuisse, la suivante sur sa fesse opposée, puis sur son sexe. Je continue jusqu'à ce que son cul soit rose vif et que sa chatte soit trempée et gonflée.

Je prends un stylo et le fourre dans sa main. « Remplis le formulaire.

— Non. Je n'ai pas encore pris ma décision. »

Je repousse le poids qui menace de s'abattre sur nous. Vraiment, je comprends. Vivre loin de Sheridan craindrait à mort. Mais on parle de *Stanford*.

« Remplis-le. Envoie-le. Tu pourras toujours changer d'avis ensuite. » *Mais je ne te laisserai pas faire.*

Elle pousse un soupir exagéré, continuant de refuser de tenir le stylo que je serre dans sa main.

Je prends une règle dans le pot à crayons sur le bureau.

« Remplis-le, bébé, sinon tu recevras des coups de règle. »

Elle me rit au nez. « Tu parles. Ça ne me fera rien. »

C'est vrai. Ce n'est qu'une fine baguette de bois. Elle se brisera sûrement si j'y vais trop fort. Cependant, je prends sa réponse pour un défi et la frappe avec la règle, d'abord sur une fesse, puis l'autre.

Elle pousse un cri perçant et remue les pieds ; je crois que ça fonctionne. La règle laisse de jolies bandes rouges sur sa peau. Elles disparaîtront vite, ce qui est dommage. L'idée de laisser des marques sur elle me plaît. Comme des souvenirs de moi.

« Remplis-le.

— D'accord, d'accord, capitule-t-elle en riant. Je le remplis. »

Je frotte son cul rougi et le serre entre mes mains. Ma bite est tellement dure qu'elle va casser mon jean, et je sais déjà que je me branlerai pendant des années sur cette scène.

Je sors un préservatif de ma poche et déchire l'emballage pendant que Sheridan coche une case et signe.

Je frappe encore son cul, une fois sur chaque fesse. « Mets-le dans l'enveloppe. »

Elle s'exécute en gloussant. Putain, j'adore savoir qu'elle me fait assez confiance pour me laisser la dominer ainsi, savoir que la situation l'excite autant que moi.

Je libère mon érection et déroule le préservatif. « Maintenant, tu vas te faire baiser », dis-je comme si c'était une autre punition.

Elle creuse le dos et lève ses fesses rosies vers moi. Putain, oui. Je la pénètre lentement, mais elle est trempée, totalement prête.

Bon, alors…

Elle va se faire prendre fort.

« Quand tu me caches des choses, il y a des conséquences », dis-je en poussant ses épaules jusqu'à ce que son buste soit couché contre le bureau. Je pose une main dans sa nuque pour la maintenir.

« Ah ouais ? Lesquelles ? » Sa voix rauque me fait presque jouir sur-le-champ dans la capote.

« Tu vas voir, mon cœur. » Je serre sa nuque et prends appui sur le bureau pour la pénétrer entièrement en un coup de reins brutal.

Elle grogne, puis gémit.

« Tu vas te faire baiser fort aujourd'hui, petite louve. Je vais te sauter jusqu'à ce que tu ne puisses plus marcher. »

Elle laisse échapper un beau petit gémissement pendant que je continue à la limer, faisant frapper mes hanches contre son cul sexy après lui avoir fait écarter les pieds davantage.

« Tu vas encore me cacher des choses, bébé ?

— Non », gémit-elle.

Je la pistonne plus vite. Plus fort. « Exactement. Tu ne le feras plus. Parce que maintenant, tu sais ce qui arrive quand tu le fais. »

J'ai l'impression d'être un acteur porno, le genre de personnage qui se sert de sa partenaire et l'humilie de la pire des manières, mais je n'arrive pas à culpabiliser parce que Sheridan prend un pied d'enfer. En fait, j'ai du mal à dire qui prend le plus de plaisir : on est tous les deux sur le point de jouir, si fort qu'on risque de faire exploser la baraque.

Ses cris deviennent plus urgents, avec des accents de besoin. Des étoiles dansent sous mes paupières.

Mes cuisses tremblent, mes testicules se contractent. « Putain, Sheridan, putain ! » Je ne peux m'empêcher de la baiser plus fort et plus profondément, si profondément qu'elle se souviendra de moi à chacun de ses mouvements.

« S'il te plaît, Trey.

— Je vais jouir. » Je la préviens, parce que je ne pourrai bientôt plus me retenir.

« Oui, jouis ! »

Je m'enfonce en elle et j'éjacule pendant qu'elle pousse un cri en convulsant en dessous de moi. Je la redresse jusqu'à ce que son dos touche mon torse et je pince ses deux mamelons alors que notre orgasme se prolonge, encore et encore.

Comme toujours avant de muter, ma vision rétrécit et mes canines s'allongent. Merde, si je ne la marque pas bientôt, je vais attraper le mal de lune. Mais je reste fort pour elle. Elle est trop jeune. Son père me tuerait. J'attendrai le bon moment, qu'on soit tous les deux d'accord. Je serre les dents et tiens mon loup à distance. L'effort que ça me demande fait trembler mes muscles.

Une fois que j'ai repris le contrôle, je serre ses seins fermes en faisant aller et venir ma bite en elle. « C'est bien, mon cœur. Tu ne pourras pas te débarrasser de moi. Je t'attendrais même si tu partais à la fac à l'autre bout de la planète. Ou alors, je viendrais te rejoindre quand tu aurais terminé tes études. Tu es à moi.

— Marque-moi », murmure-t-elle.

Putain ! Mes crocs s'allongent de plus belle.

« Pas encore », dis-je entre mes dents serrées en m'écartant. Je ne me fais pas assez confiance pour la toucher lorsqu'elle me tente à ce point.

« Pourquoi ? » Elle se retourne, une lueur de défi dans les yeux.

Je fais un pas en arrière. « Tu dois être sûre. Si je te revendique, tu ne pourras plus revenir en arrière. »

Elle baisse le col de son T-shirt pour me présenter son épaule.

« Bébé », dis-je d'une voix grave. Putain, je vais crever. Mon membre est à nouveau au garde-à-vous, du sérum recouvre mes canines, prêt à être inséré dans sa peau afin de la faire mienne pour toujours.

Mais c'est exactement comme cette histoire de fac. Je ne la laisserai pas gâcher son avenir à cause d'une pulsion adolescente de s'unir au premier mec avec qui elle couche.

« On en parlera plus tard. » Je me détourne, comme si ne plus voir son beau visage pouvait amoindrir le désir déchaîné de mon loup.

« Je t'aime, Trey », dit-elle doucement dans mon dos.

Je manque de tomber à genoux.

Comment cette fille peut-elle simultanément faire de moi un homme et me rendre aussi humble ? Ça me dépasse.

Je fais volte-face, la jette sur mon épaule et la porte jusqu'au lit. Je dois la posséder encore une fois. Je ne la mordrai pas, mais putain, je compte bien la baiser.

18

PRÉSENT

Sheridan

LE CLUB des vampires se trouve dans le district d'El
Mercado, près de l'arrêt du tram, à la lisière de leur territoire. Un bâtiment recouvert de plâtre sans signe particulier, avec de jolis aménagements paysagers et une allée en
pierre. Je suis là à la tombée du jour. Assise dans ma
voiture, sa capote relevée, je regarde le soleil baisser à l'horizon en une tempête de couleurs.

La seule chose à craindre, c'est la peur elle-même. Tout en
tapotant le tableau de bord, je me prépare avant d'entrer
dans la place forte des vampires. Le fait que Lucius — le
roi des sangsues en personne — nous ait invités ne me
rassure pas le moins du monde. Les vampires adorent les
invitations, mais ils n'ont pas besoin de permission pour
entrer dans la tête de leur victime. Lucius ne nous aurait
pas invités s'il n'était pas certain de conserver le dessus. Il
prépare quelque chose. Ça a peut-être un rapport avec la

mystérieuse voiture noire que je continue d'apercevoir dans mon quartier.

Quand quelqu'un tape contre ma vitre, je sursaute sur le siège et je crie jusqu'à ce que je rencontre les yeux bleu pâle de Trey. Mon alarme se reflète dans leurs profondeurs.

Il me lance un regard inquiet lorsque je baisse ma vitre. « Tout va bien ?

— Ouais. Tu sais, je suis juste nerveuse. » Je ne parle pas du véhicule noir que j'ai vu garé plusieurs fois devant chez moi cette semaine. Après l'histoire du type qui me harcelait, il pourrait mal le vivre.

Trey ouvre ma portière et je descends de voiture. Il porte sa tenue de biker habituelle : une autre veste en cuir, un T-shirt blanc et un jean noir, avec son portefeuille dans sa poche, relié à une chaîne. Il a coiffé ses cheveux en piques avec du gel et ses bottes sont légèrement moins poussiéreuses et éraflées que d'ordinaire.

Il me foudroie du regard. Je baisse les yeux sur ma poitrine.

« Quoi ? J'ai quelque chose sur mon haut ?

— Ce n'est pas un haut.

— Non, c'est vrai. » Je tripote la fermeture éclair entre mes seins, la baissant d'un autre millimètre avant de tourner sur mes Louboutin pour lui donner une meilleure vue. « Techniquement, je crois qu'on appelle ça une combinaison. Comme Catwoman. » Je pose les mains sur la naissance de mes hanches et prends la pose. « Miaou.

— Putain, grommelle-t-il. Où est-ce que tu trouves ces tenues ?

— À BDSM et Découvertes. » Je me penche contre lui et respire son parfum, un mélange viril d'après-rasage et d'huile de moteur. Il me prend automatiquement dans ses bras, et je ne peux m'empêcher de me coller contre lui.

« C'est un tuyau dans ton jean, ou tu es content de me voir ?

— Putain. » Il enfouit son nez dans mes cheveux. Je parie qu'il aime l'association de nos odeurs. Moi, en tout cas, j'adore.

« Je t'ai acheté quelque chose, dis-je en murmurant.

— Ah ouais ? » Son souffle tombe sur mon oreille alors qu'il frotte son nez dans mon cou.

Il me lâche quand je m'écarte, mais ses yeux sont voraces.

Jusqu'à ce qu'il voie ce que je sors du sac en papier. « Lâche l'affaire ! » crie-t-il en faisant un bond comme si je l'avais électrocuté.

Je sors la laisse et le collier orné de piques argentées. « Non ? Ça irait bien avec ta tenue, dis-je d'un ton joyeux pendant qu'il recule. En fait, non. Ça t'ira mieux si tu es nu. » Son grognement devient plus grave lorsque je secoue le sac dans sa direction, contente de l'effet de mon petit cadeau. « Tu ne veux pas être mon petit toutou ?

— Très drôle, merde.

— On dit *non, maîtresse* », dis-je avec un sourire satisfait.

Trey avance vers moi en grondant. Les yeux écarquillés, je recule alors qu'il fond sur moi du haut de son mètre quatre-vingts, exci-nervé et ayant tout l'air d'un dieu motard vengeur. Il m'arrache la laisse et le collier de la main. « Je les prends.

— Tu vas les mettre ? » Ma mâchoire manque de se décrocher. Je les ai achetés pour lui faire une blague.

Son regard contient une promesse menaçante. « L'un de nous les portera ce soir, mais ce ne sera pas moi », dit-il en faisant mine d'examiner les pièces de cuir. La lueur coquine dans ses yeux fait frissonner mon bas-ventre. Mes genoux tremblent.

J'ai peut-être poussé le loup trop loin.

Emprisonnant mon regard dans la glace du sien, il me prend le sac. « Qu'est-ce que tu as d'autre ?

— U-un, hum, cadeau pour rire. », dis-je en bégayant.

Il sort le bâillon-boule rouge et le fait tourner dans sa main avant de le ranger dans sa poche. Il fait de même avec la laisse et le collier. « Sympa. Ça devrait être utile. »

Il attrape mon coude juste avant que mes jambes se dérobent. « On y va. »

Les derniers rayons de soleil disparaissent derrière les montagnes tandis qu'on marche vers le club. Un humain pâle nous accueille à la porte. Il est maigre et anémique, mais plutôt beau, dans le style *boys band*. Un ruban de satin noir est noué autour de son cou.

« Bienvenue au Toxic. »

Je prends une dernière bouffée d'air frais avant d'entrer dans leur tanière. Les cheveux dans ma nuque se dressent quand l'odeur des vampires emplit mes narines.

Le portier propose de prendre nos vestes. « Je n'en ai pas », dis-je en lui souriant de toutes mes dents.

Trey croise les bras, son regard contient un refus sans équivoque. L'humain ne se démonte pas ; en fait, son visage est inexpressif. Je cherche des morsures sur son cou, mais il est recouvert par l'espèce de collier en satin. C'est probablement pour ça qu'il le porte.

« On arrive tôt », murmure Trey en regardant la piste de danse vide. Quelques personnes sont installées sur des banquettes ou se tiennent debout autour de tables hautes, mais la salle est presque déserte.

« C'est volontaire. Je voulais prendre mes repères avant qu'il y ait du monde. » Je reste aussi proche de lui que possible sans le toucher pendant qu'on traverse la pièce. Ça ne paraît pas le déranger. Mon nez est saturé par l'odeur des vampires.

« Ça sent comme une bouche d'égout », dit Trey avec un reniflement moqueur.

Sa remarque me fait presque rire ; l'odeur vide et terreuse me rappelle un tuyau d'écoulement ou une cave. Ou une tombe.

Le barman, un autre humain au visage vide avec un ruban de satin en guise de ras-de-cou, nous sert à boire sans faire de commentaire sur notre heure d'arrivée.

Je me tourne vers notre guide : « Vous pouvez dire à Frangelico que nous sommes là ? » L'homme au teint cireux me regarde tout d'abord sans ciller, mais il finit par hocher la tête et s'éloigne vers le fond de la salle. « Tu as vu des morsures sur lui ?

— Non, me répond Trey en un souffle. Mais ça pourrait être un toxico. Son odeur est bizarre. »

Il prend son verre sans y goûter, parcourant la pièce des yeux comme un garde à l'affût. « Alors, c'est ça, un club vampire ? C'est plutôt chiant, lâche-t-il.

— On arrive des heures trop tôt.

— Tu penses que Frangelico nous rencontrera ?

— Peut-être. Ou alors, il enverra un de ses lieutenants. Jules César ou un truc du genre.

— Ah ouais, c'est vrai. » Trey secoue la tête, puis se redresse quand un groupe entre dans le club. On se tait pour observer chaque nouvel arrivant. Ils sont tous minces, beaux et ont une plastique irréprochable, mais aucun n'est un vampire.

On reste dans le coin de la salle pendant plus d'une heure, à faire semblant de siroter nos verres sans les toucher, et on regarde le club se remplir. À un moment, un DJ arrive et passe les derniers tubes du moment à fond. Les corps dansent sur la piste, pressés les uns contre les autres. « Les sangsues n'ont aucun mal à rendre cette boîte populaire, me dit Trey à l'oreille pour que je puisse l'entendre malgré le rythme sensuel à plein volume.

— Je me demande si certains sentent qu'ils sont des proies. » Je suis des yeux une rousse particulièrement belle, au visage couvert de taches de rousseur. Elle a des formes et elle dégage une douceur que je n'ai pas beaucoup vue parmi les personnes qui composent cette foule blasée. Une silhouette vêtue de noir sort de l'ombre, lui prend la main et se penche au-dessus de ses doigts. De mon point de vue, je ne peux pas discerner le visage de l'homme, mais la rousse le regarde avec un mélange de fascination et de désir. Le grand type passe son bras sous le sien et la guide vers la porte. Ils disparaissent derrière le vestiaire.

Je donne un coup de coude à Trey. « Je crois que je sais où est le vrai club.

— Je vois, dit-il en suivant mon regard. Passe devant, je surveille tes arrières. »

On pose nos verres et on traverse lentement la piste. Les danseurs s'écartent pour nous laisser passer.

L'humain à la porte ne paraît pas surpris de nous voir. « Il vous attend », dit-il poliment. Il pivote pour nous montrer un escalier qui mène à une autre porte peinte en noir, assortie aux murs. La porte s'entrouvre en grinçant et révèle un long escalier qui descend dans une espèce de sous-sol.

Je masque mon agacement — combien de temps comptait-on nous faire poireauter avant de nous montrer le véritable Toxic, le club sous le club ?

« Foutues sangsues et leurs petits jeux », grommelle Trey, faisant écho à mes pensées. Sa grande main dans mon dos me donne de la force pendant que nous descendons dans les profondeurs obscures. La basse grave de la musique au-dessus de nos têtes fait trembler les murs sombres. Arrivés au bas des marches, on s'arrête une seconde pour s'habituer à la pénombre. Un néon violet fait le tour de la salle au niveau du plafond, l'éclairant d'une faible lueur inquiétante. Des formes sombres et immobiles sont tapies dans l'ombre.

Devant nous, la peau pâle de la rousse brille comme un phare. Elle est comme un fantôme, guidée jusqu'à Hadès par un émissaire en noir. Lorsque l'homme en costume qui tient ses mains se retourne, j'étouffe un cri en reconnaissant les traits séduisants du vampire. Nero me fait un sourire en coin avant de guider sa proie humaine jusqu'à un meuble en bois lourd surmonté de cuir brillant. Un banc à fessée.

« Merde, marmonne Trey en regardant autour de lui. Tu t'attendais à ça ?

— Oui, dis-je sur le même ton. Tu es prêt à sortir le collier ?

— Seulement si c'est pour te le faire porter. » Je me mords la lèvre pour dissimuler l'émoi qui me traverse. Je crois me souvenir que Trey est dominant dans le sexe, et pas qu'un peu. Son penchant ne demande qu'à s'exprimer. Même pendant notre adolescence, il savait exactement quoi faire. L'éclat dans ses yeux me dit qu'il remarque l'enthousiasme que je tente de contenir.

On se pousse pour laisser passer d'autres personnes qui descendent l'escalier. Des vampires sortent lentement des ombres du donjon, choisissent leurs humains avant de les entraîner plus loin. Un peu partout dans la salle, des dominants attachent leurs partenaires, leur passent des menottes. Certains soumis sont enchaînés au mur, à des cheval-d'arçons ou sur diverses tables. La musique est entrecoupée de claquements de fouet et de cris plaintifs émis par des victimes consentantes. Aucun vampire n'endosse le rôle du soumis.

« C'est dingue », commente Trey, mais sa voix est

grave, voilée. Je hoche la tête, rassurée que personne ne puisse voir à quel point mes tétons sont durs, mon bas-ventre brûlant et trempé.

« Bienvenue, loups. » Une voix douce nous fait tourner sur nous-mêmes, et nos lèvres se retroussent en un rictus. Lucius, le roi des sangsues, est installé dans un coin bien éclairé et pose devant un autoportrait géant. Avec le même sourire affable et le même peignoir en velours rouge que sa représentation peinte, il a l'air d'un fichu Dorian Gray.

« Bonsoir, dis-je avant que Trey puisse gronder ou insulter notre hôte. Merci de nous avoir invités.

— Vous êtes toujours la bienvenue ici, ma chère », susurre-t-il comme le sale type lubrique d'un mauvais film. Il ne lui manque qu'une pipe et des sœurs jumelles avec des oreilles de lapin, comme dans Playboy.

Je dois me faire violence pour ne pas reculer quand le roi des vampires s'avance. Trey gronde doucement à côté de moi. Lucius s'approche encore de quelques centimètres avant de s'arrêter, démontrant clairement que Trey ne l'intimide pas. « Vous m'avez posé des questions sur le sucre-sang.

— Oui, dis-je en fixant le revers de son peignoir en velours.

— Bien que les vampires le trouvent enivrant, ce n'est pas une drogue. Regardez là-bas. »

Nous suivons son doigt, qu'il pointe vers le mur où un vampire vêtu d'une chemise et d'un pantalon noirs, ses manches relevées sur ses avant-bras crispés, fouette une femme qui ne se débat pas. Elle pousse des gémissements lorsque les lanières de cuir s'abattent sur elle en claquant, mais elle ne semble pas souffrir.

« Certaines personnes aiment la douleur, n'est-ce pas ? » La voix du vampire résonne dans mon oreille comme s'il était beaucoup plus proche qu'en réalité. « Le corps a des façons de récompenser un tel stoïcisme.

— Les endorphines », dis-je en acquiesçant. J'ai l'impression d'avoir du mal à réfléchir. Les vieux vampires peuvent prendre le contrôle sur quelqu'un en ne se servant que de leur voix. Je cherche la main de Trey à côté de moi, la trouve et serre ses doigts. Dès qu'il fait de même, mes pensées redeviennent claires.

« Oui. Certaines personnes recherchent la douleur pour une telle récompense. Vous les appelez des masochistes. » Lucius désigne du menton la femme attachée au mur. Le vampire qui la domine a troqué son accessoire pour un fouet plus long, qui paraît plus douloureux. Je peux sentir le parfum du désir de la fille d'ici. « Nous les appelons des sang-sucré, dit-il, sa voix réduite à un murmure hagard. La douleur rend le sang plus doux. »

Après un coup de la lanière en cuir, la femme s'affaisse contre ses liens. Le vampire s'approche d'elle et passe sa main sur les marques rouges apparues sur son flanc. La soumise frissonne pendant qu'il chuchote à son oreille. Il ouvre les menottes et la soutient pour l'empêcher de s'écrouler. Il la maintient debout d'un bras tandis que de l'autre, il repousse les cheveux sur son visage et dans son cou. Il l'étreint, ses canines brillant sous la lumière.

Je pousse un petit cri et me tourne vers Trey en respirant plus vite.

« Sheridan. » Sa voix est un souffle d'air frais, doux et vivifiant. Il enlace ma taille d'un bras pour me soutenir, comme le vampire le faisait avec sa victime. « Est-ce que ça va ? »

J'acquiesce en levant la tête pour qu'il puisse voir mon visage. Son expression anxieuse disparaît. « Tu aimes ça. »

J'opine du chef. Il touche ma joue avec émerveillement.

Le rire de Lucius résonne autour de nous. « Je vais vous laisser visiter mon petit club. Amusez-vous bien. »

Je ne me tourne pas pour le regarder partir, mais je sens l'instant où il n'est plus là. Le couple formé par le vampire et sa victime a également disparu, peut-être dans l'une des alcôves séparées par des rideaux qui entourent la salle.

Trey me garde contre lui. « Si c'est trop, on peut s'en aller. » Son torse vibre sous mon oreille.

« Non, ça va », dis-je en serrant de nouveau sa main. Il est si chaud et fort, un véritable roc vivant.

« Tu es sûre ?

— Oui, ça va. J'ai envie de rester. »

Voyant son regard scruter mon visage, je me dérobe. Je ne veux pas lui montrer cette facette de moi, sensible et vulnérable. J'essaie de le repousser, mais il garde son bras autour de ma taille.

« Tu peux y aller, si tu veux », dis-je en marmonnant. Son regard devient froid.

« Je reste.

— Tu es sûr ? » Je lui ressers la question qu'il m'a posée quelques instants plus tôt. Je prends un ton railleur, parce que je ne veux pas qu'il se penche sur mon cas de trop près. Je ne veux pas qu'il comprenne à quel point ce genre de trucs m'excite.

Son expression me dit qu'il le sait déjà.

« Trey, lâche-moi, dis-je faiblement.

— Tu es sûre ? » Il ne se moque pas de moi. Son pouce effleure les articulations de ma main, et je m'aperçois que je tiens la sienne de toutes mes forces.

Oups.

Quand je m'écarte de Trey, je découvre Nero près de moi. Trop près.

« Bonsoir, petite louve. » Je me raidis à son salut. Le

bras de Trey se glisse de nouveau autour de ma taille, mais je fais un pas de côté avant qu'il puisse me replaquer contre son torse. Il est temps que j'affronte les vampires par moi-même.

Ce qui ne me tue pas…

« Je n'ai pas peur de toi, dis-je sans réfléchir en redressant le menton.

— Bien sûr que non. Je peux te sentir d'ici. Tu sens… bon. » Dans sa bouche, le terme devient obscène. « Cet endroit te plaît.

— De plus en plus.

— Il y a beaucoup pour se divertir. » Nero sourit, révélant ses canines. Je ne vois plus la rousse avec qui il est descendu. Je me demande si elle se repose dans une alcôve, un verre de jus d'orange et une barre chocolatée à disposition. Est-elle dorlotée après une séance BDSM, ou devient-elle le casse-croûte d'un vampire ?

Nero passe sa main sur le revêtement en cuir d'un banc à fessée. « Je serai ton guide, si tu veux. Le Virgile de ton Dante.

« *Vous qui entrez, laissez toute espérance ?* » Le sourire du vampire s'élargit lorsque je cite l'Enfer de Dante.

« Exactement. Tu es prête à venir avec moi ?

— Faudra d'abord me passer sur le corps, gronde Trey en s'interposant entre le vampire et moi avant que je puisse répondre. Tu veux ça ? »

Il me montre le collier. Je me pétrifie. « Tu veux l'essayer ? Essayer ce genre de trucs ?

— Trey, dis-je en un souffle.

— Sheridan. Réponds-moi » Son ton me prévient qu'il est sérieux.

« Oui. » Oui, j'ai envie d'essayer. « Mais pas avec toi. » Pas après hier soir. Je suis beaucoup trop déboussolée pour m'offrir de nouveau à lui, si c'est pour qu'il me quitte devant ma voiture à la fin de la nuit. Non, il vaut mieux que je ne m'investisse pas avec Trey. Enfin, pas plus, du moins.

« Ce n'est pas une option, gronde-t-il en me plaquant contre le mur pour empêcher que qui que ce soit m'approche. C'est quoi ton mot de sécurité, mon cœur ? »

Je me lèche les lèvres. Mince. Mon corps rend les armes. Il connaît déjà son maître. « Tableur. » J'ai un diplôme en commerce et je prends la comptabilité très au sérieux. N'importe quelle allusion à mon travail sera un tue-l'amour efficace.

Il secoue la tête, mais son sourire m'indique qu'il comprend la référence. Bien que je recule pendant qu'il approche, je finis par soulever mes cheveux et le laisse attacher le collier autour de mon cou. Quand Trey passe délicatement un doigt sous le cuir pour vérifier qu'il n'est pas trop serré, mes jambes se transforment en coton. Mon entrejambe s'embrase et j'entrouvre les lèvres pour l'accueillir en le regardant dans les yeux.

« Parfait, murmure-t-il en baissant la tête pour parler près de mon oreille. Tu n'as pas acheté ce collier pour moi, je me trompe ? »

Je secoue la tête en déglutissant. Il me penche en avant, se tourne et me fait reculer vers une structure imposante. La croix de Saint-André en bois s'élève au-dessus de ma tête, un modèle lourd recouvert de cuir avec des clous en argent, ainsi que des menottes au niveau des chevilles et des poignets.

Trey m'attache un bras, puis l'autre, avant de s'accroupir pour faire de même avec mes jambes. Derrière lui, Nero nous observe, son visage dans l'ombre.

Lorsque Trey se relève, mon ventre fait des cabrioles devant l'aura d'autorité qui émane de lui. Comme s'il avait actionné un interrupteur et qu'au lieu d'un biker désinvolte, j'avais devant moi Trey le Dominant, prêt à me faire grimper aux rideaux.

« Trey, attends. »

Il examine la menotte et pince le bout de mes doigts pour vérifier que le sang y circule toujours. « Tu te sens bien ?

— Oui. » Je me trémousse. J'ai rêvé d'être attachée ainsi, mais je ne veux pas le faire avec Trey. Enfin, je le fais avec lui dans mes fantasmes, mais maintenant que ça arrive réellement, j'ai envie que ça s'arrête. Non ?

« Attends une seconde, dis-je d'un ton suppliant pendant qu'il vérifie mon autre main. Prenons le temps d'en parler. »

Trey hésite, un pli barre son front. « Si tu veux arrêter, donne-moi ton mot de sécurité. »

J'ai le mot sur le bout de la langue. Il me suffit de le prononcer pour qu'il me libère. Je pourrai laisser Trey et le club derrière moi, rentrer à la maison et me masturber sur ce souvenir pendant le restant de mes jours. C'est ce que je souhaite, n'est-ce pas ?

Après un long silence, Trey murmure : « Ouais, c'est bien ce que je pensais. Dis ton mot de sécurité et on arrête. Sinon, on continue. Tu en as envie. Je le sais.

— Laisse-moi partir.

— Pas moyen, mon cœur, dit-il en secouant la tête. Tu es exactement où j'ai envie que tu sois. »

Trey

JE N'AI PAS APPORTÉ d'accessoires. Je remarque que les autres doms sortent des instruments de sacs en toile, mais je me débrouille. Je détache ma ceinture en cuir et enroule l'extrémité avec la boucle autour de ma main.

Sheridan me regarde avec des yeux écarquillés, à moitié nerveuse, à moitié ravie. Mon loup est plus calme que je pourrais m'y attendre ; je crois qu'il sent le danger qui nous entoure et sait que je dois garder la tête froide.

Heureusement, putain, parce que son odeur me rend fou.

Sheridan est terriblement sexy dans sa tenue ultramoulante en cuir. Même si j'adorerais voir sa peau rosir sous ma ceinture, il est hors de question que je laisse le moindre trouduc la voir nue. Et puis, j'aime bien l'idée d'une couche protectrice. Je me buterais si je lui faisais mal pour de bon.

J'enroule la ceinture jusqu'à ce qu'il en reste une trentaine de centimètres et me place devant elle. Ses seins magnifiques se soulèvent au rythme de ses halètements, ses iris sont passés du vert à l'ambre. « Belle louve », dis-je tout bas. Je donne une petite tape sur le haut de sa cuisse avec le cuir. Elle tressaille, mais sourit.

« Encore. »

Je passe mon pouce sur sa lèvre inférieure. Elle le mordille. « Tu es mignonne, chérie, mais ce n'est pas toi qui commandes. C'est moi qui donne les ordres ce soir. »

Ses pupilles se dilatent et elle rejette sa jolie tête en arrière. Je recule pour la contempler avec une expression exagérément songeuse avant d'abattre la ceinture entre ses jambes.

Elle pousse un cri sonore, se raidit contre la croix, puis s'affaisse. Son ventre tremble quand elle expire.

Je frappe plusieurs fois l'intérieur de sa cuisse avant de passer à l'autre.

Ses petits bruits manquent de me faire rendre l'âme. L'ivresse commence à me gagner, ce qui n'est pas bon.

Garde la tête froide. Reste zen.

J'ai envie d'arracher sa combinaison sexy et de la baiser contre la croix. Et cette fois, j'ai des capotes, bordel. Je fonds sur elle et empoigne ses seins en possédant sa bouche.

Elle gémit contre mes lèvres, les mordille et les lèche comme si elle en voulait plus.

Je m'écarte, la privant de la satisfaction dont elle a terriblement besoin.

Un autre coup entre ses jambes. Le bruit du cuir contre le cuir est délicieux. Je fouette sa chatte, encore et encore.

« Plus fort », gémit-elle. Elle a l'air complètement droguée. Je peux imaginer qu'une humaine dans cet état puisse avoir un goût différent pour un suceur de sang. Aucun doute, elle plane. Mais je jure sur le ciel que si le moindre d'entre eux s'approche de cette louve, je les tuerai tous et je déclencherai la guerre qui mettra fin à toutes les guerres.

Du coin de l'œil, je vois que Nero s'attarde près de nous pour contempler la scène. Je montre les dents et gronde pour l'avertir de ne pas approcher, mais il se contente de rire à gorge déployée.

« Trey », pleurniche Sheridan. Sa voix est lourde de besoin.

« Pas encore, bébé. Je n'ai pas fini de fouetter ta chatte. Et quand j'aurai terminé, je devrai te retourner et réchauffer ton cul. Putain, tu as de la chance de porter cette combinaison et que je sois trop possessif pour laisser quelqu'un te voir sans. »

Elle humecte ses lèvres, son regard vitreux cherche le mien. « Et ensuite ? »

— Ensuite, j'envisagerai de te laisser jouir », dis-je en lui faisant un grand sourire.

Elle tire sur ses liens en grondant, une partie de sa

soumission s'estompe. J'éclate de rire et frappe l'intérieur de ses cuisses.

Puis sa chatte. Sa tête se balance de gauche à droite, sa poitrine se soulève rapidement. « Tu veux encore sentir ma ceinture ici, petite louve ?

— Oui ! Putain, oui, Trey. »

Mes yeux se révulsent. « Merde ! Tu l'as dit.

— Je l'ai dit, murmure-t-elle en se penchant vers moi. Maintenant, prends-moi. »

Je m'esclaffe, complètement abasourdi, et la récompense d'un baiser dur et exigeant. Je pose ma main libre sur son pubis et appuie fermement en ondulant.

Sa respiration s'accélère encore, devient pantelante. « S'il te plaît, Trey.

— Quand je pense que tu avais juste besoin d'être un peu stimulée. »

Elle tente de mordre mes lèvres. « Arrête de te moquer de moi. J'en ai besoin. »

J'arque un sourcil. « Besoin de quoi, ma belle ?

— De ça. Que tu continues. De toi, gémit-elle. J'ai besoin de tout ça. S'il te plaît, Trey. »

Je tends le bras et libère ses poignets, puis ses chevilles. Je la retourne sur la croix en commençant par presser son visage contre le rembourrage. Je lui remets les menottes pendant qu'elle remue ses hanches, comme si elle essayait de prendre son pied en se frottant sur le bois. Putain, ça doit être le truc le plus excitant que j'ai jamais vu.

« Petite coquine », dis-je sur un ton de réprimande avant d'abattre la ceinture sur son cul. Je constate qu'elle adore ça, parce qu'elle se cambre et me présente ses fesses pour que je recommence.

Je libère un peu plus de cuir et la frappe, encore et encore. Je me concentre sur le bas de ses fesses, puis m'occupe individuellement de chaque cuisse.

Ses gémissements deviennent plus forts et plus rapides, comme si cette séance de fessée était sur le point de la faire jouir. Mon érection est comprimée contre ma braguette. Ma vue commence à se rétrécir et mes canines s'allongent, prêtes à la marquer. Putain, je n'arriverai peut-être pas à résister.

Je jette un coup d'œil à la sangsue dans l'ombre pour reprendre le contrôle sur moi-même. Ça m'aide. J'inspire lentement par le nez sans cesser de frapper le cul de Sheridan. Lorsque ses cris prennent une tonalité désespérée, je vise son entrejambe.

Elle s'étrangle.

Je recommence.

Un geignement passionné.

Une autre tape sur son clito.

Elle crie et ses muscles se contractent, un magnifique frisson traverse son corps sensuel.

« C'est ça, bébé. » Je lâche la ceinture et la frappe avec ma main parce que j'ai besoin de la toucher, de sentir ses muscles se contracter pendant que son orgasme la fait voler en éclats après s'être fait fouetter la chatte. Je frappe et frappe en petits coups rapides, jusqu'à ce que le plaisir la submerge et qu'elle devienne molle contre ses liens.

Dès que je m'en rends compte, je la libère et l'enveloppe dans ma veste en cuir. « C'est bien, bébé. Tu étais tellement belle. » Je la fais tourner entre mes bras en ignorant les regards avides des sangsues qui nous entourent.

Dans l'immédiat, je me contrefous des relations entre la meute et les vampires ou de notre mission d'espionnage. J'ai juste besoin d'emmener Sheridan loin d'ici. De la ramener chez elle, puis de la mettre au lit.

Nue.

Et de m'allonger sur elle.

∼

SHERIDAN

JE SUIS DROGUÉE aux endorphines pendant tout le trajet du retour — je remarque à peine que Trey m'a installée sur le siège passager de ma voiture et a pris le volant. Je lève la tête vers le ciel quand on sort du véhicule, comme si j'étais sous ma forme de louve et que je m'apprêtais à hurler à la lune.

Celle-ci me baigne de sa jolie clarté ; elle est ronde et belle, son pouvoir féminin amplifiant le mien.

Les yeux de Trey ont un éclat argenté. Soudain, je n'arrive pas à croire qu'il ne m'a jamais marquée. Nos loups sont faits l'un pour l'autre. Comment avons-nous pu le nier pendant toutes ses années ? Je lui saute dessus, saisis son T-shirt entre mes doigts et écrase mes lèvres sur les siennes.

Un rire surpris éclate entre nous alors qu'il chancèle en arrière, puis il m'attire vers lui jusqu'à ce que je chevauche sa taille. Je mords son cou, lèche son oreille, frotte mes seins contre son torse. Dès qu'il parvient à nous faire rentrer dans la maison, on s'arrache mutuellement nos vêtements. Je déchire son T-shirt pendant qu'il m'enlève ma combinaison avec précipitation. Son jean et son boxer suivent.

Ma peau est chaude et picote toujours après qu'il m'a fouettée au Toxic, la pulsation insistante entre mes cuisses. Il avance, grand, nu, puissant. Des tatouages s'enroulent autour de ses avant-bras, sur ses épaules et son torse. Son énorme membre raide se dresse.

Je tends la main vers son sexe. Je n'ai couché avec personne depuis longtemps, douze ans pour être exacte, mais mon corps se souvient. Mon corps sait.

Trey attrape mon poignet avant que je puisse toucher

son érection. Il serre mes cheveux dans son autre main et me tire la tête en arrière. « Sois prudente, bébé, dit-il d'un ton rauque en approchant sa bouche de ma mâchoire. Si tu me chauffes trop, ce sera fini avant même qu'on commence. »

Je ris d'une voix tremblante. Trey tient ma taille d'une main et m'accompagne jusqu'au lit, où il me fait basculer sur le matelas avant de s'allonger sur moi.

Je ne peux pas attendre. Je ne veux pas ralentir. Je l'attire contre moi, mes ongles s'enfoncent dans son dos. Son gland s'approche de mon sexe et je balance mes hanches pour l'aider à me pénétrer.

« Attends… une seconde », s'étrangle-t-il. Il s'écarte et sort un préservatif de la poche de son jean. Je pince mes tétons et remue les jambes sur le bord du lit en attendant, ce qui lui tire un grondement animal. Il déchire l'emballage avec ses dents.

Va-t-il me marquer ?

Je refuse d'y penser, pourtant ma peau se couvre de chair de poule lorsque je vois ses canines s'allonger et l'éclat argenté de son loup dans ses yeux. À un certain niveau, je sais que ça va arriver. Il ne se retiendra pas.

J'ai mis son sang-froid trop sévèrement à l'épreuve.

Il déroule la capote sur son membre. Je viens à sa rencontre en me redressant sur mes genoux, mais il me repousse. Il pose un pouce sur mon cou, sans m'étrangler, juste assez pour me maintenir allongée.

Pour me montrer qui commande.

J'écarte les genoux et l'accueille entre mes jambes. Quand il frotte son gland contre mon sexe, je me cambre en luttant pour reprendre mon souffle. Par le ciel, je suis tellement sensible qu'il pourrait me faire jouir encore une fois simplement en *parlant* à mon clito.

Il appuie contre l'entrée mouillée de mon sexe et

m'étire alors que je le prends en moi. J'inspire brusquement lorsqu'il m'empale d'un coup de reins, puis se fige.

« Tu étais prête, chérie ? » Son inquiétude me tire presque des larmes. Il est toujours le même homme tendre et prévenant, celui à qui j'ai donné ma virginité il y a douze ans.

Je serre ses fesses pour le garder contre moi le temps de m'habituer à sa taille. « Ouais, dis-je en haletant. Ça faisait un moment, c'est tout. »

C'est un euphémisme.

J'ai du mal à me concentrer, mais lorsque je lève la tête, il me regarde avec tant d'intensité que je ne peux détourner les yeux. Je balance mon bas-ventre pour le faire bouger en moi.

« Il n'y a jamais eu personne d'autre pour moi. » Sa voix est rauque. Il soutient mon regard pendant qu'il s'écarte, puis replonge en moi avec force.

L'intensité me fait pousser un cri silencieux, à la fois celle de ses mots et celle de son coup de reins. « Tu veux dire… que tu n'as jamais *aimé* personne d'autre ? » Je tente de comprendre ce qu'il essaie de me dire. Il ne peut quand même pas parler de sexe ? Aucun mâle ne reste abstinent pendant douze ans.

Sa lèvre supérieure tressaute. Il recule et s'enfonce de nouveau en moi, me coupant le souffle. « Aimé. Baisé. Touché. *Il n'y a eu que toi.* »

C'est ridicule, mais incontrôlable : je fonds en larmes.

Parce que… *Trey.*

Mon Trey.

Il est toujours à moi. Il l'a toujours été.

« Mais, et… » Je dois poser la question, même si je n'en ai pas envie.

Il secoue brusquement la tête et change de rythme, donne maintenant de petits coups de bassin rapides. « J'étais obligé. Pour te faire partir. Tu devais aller à la fac. Faire quelque chose de ta vie. »

Je sanglote à présent sans retenue, mais je reste en totale synchronicité avec ses coups de reins. J'en ai toujours besoin, je suis toujours excitée.

« Je n'ai jamais été avec personne d'autre non plus », dis-je en un aveu enroué. Je me cale sur son rythme pour le prendre plus profondément en moi. « Pour moi aussi, il n'y avait que toi.

— Putain », lâche-t-il en fermant les yeux. Les veines ressortent sur son cou pendant qu'il me pilonne plus vite, plus fort. « Merde, Sheridan. Je suis désolé. Je n'ai jamais voulu te faire souffrir.

— Moi aussi, je suis désolée de t'avoir fait du mal. J'ai été une vraie connasse. »

Le temps ralentit. Se réorganise. Ou alors, on entre dans un espace où la notion de temps n'existe pas. Je n'ai conscience que du glissement délicieux, des claquements de ses reins, de la sensation d'être emplie, puis vidée… et pendant tout ce temps, d'être fermement étreinte. Vénérée. Honorée.

Des étincelles magiques crépitent entre nous. Nos loups se rencontrent au même niveau que nos humains : parfaitement assortis, parfaitement accordés.

Il rugit en donnant un tel coup de bassin que mes fesses rebondissent hors du matelas et que le lit est projeté contre le mur.

Un grondement, puis une douleur vive et satisfaisante.

L'odeur de mon sang mélangée au parfum de son essence. De mon désir. Du sexe.

De sa marque.

De l'amour.

L'odeur de l'amour.

Il s'effondre et je sanglote dans son cou — de glorieux sanglots de joie.

Il m'a revendiquée. Il n'a jamais voulu me faire de peine.

Je suis enfin à ma place. Nous le sommes.

Ensemble.

19

PRÉSENT

Sheridan

JE NE M'ÉTAIS encore jamais réveillée auprès d'un homme. C'est merveilleux. Le corps chaud de Trey est blotti autour de moi, son odeur emplit mes narines. Je me tourne dans ses bras et frotte mon nez dans son cou. Puis je touche le mien en me rappelant qu'il m'a marquée.

La blessure s'est déjà refermée. Je fais courir mon doigt sur la zone. Trey pose sa main sur la mienne et suit la marque de son pouce. « Dis-moi que ce n'était pas une erreur. » L'inquiétude brille dans son regard.

Il a toujours eu tendance à beaucoup réfléchir.

Et même à *trop* réfléchir dès que ça me concernait.

Il m'a laissée le haïr juste pour s'assurer que j'irais à Stanford !

Doux mâle exaspérant.

Mais quand je pense à ce que ça signifie, quand j'y pense *vraiment*, ma bouche devient sèche. Mes parents vont flipper. L'un de nous deux devra déménager. On vient à peine de reprendre le contact. Ouais, il a peut-être brûlé les étapes.

Si on peut qualifier ainsi le fait d'attendre douze ans.

« Ce n'était pas une erreur », dis-je cependant. Je ne peux pas croire que c'en était une. Je refuse de le faire. Nous n'aurions pas attendu douze ans une personne qui nous détestait si nous n'étions pas destinés à être ensemble.

Il appuie son front contre le mien.

« Ça ne change rien. Je portais déjà ta marque… sur mon cœur. »

Trey se détend. « Je portais la tienne aussi », dit-il en tapotant son torse. On reste silencieux un moment tandis qu'il caresse ma hanche nue de haut en bas.

« Je n'arrive pas à croire ce que tu portais hier soir, dit-il inopinément. Merde, ni ce que tu portais le soir du combat.

— Ah ouais ? » Je me redresse. « Tu aimes mes petits costumes ?

— C'est vraiment ce qu'ils sont ? Des costumes ? demande-t-il avec un regard perçant.

— Ben, ouais. Je veux dire, ce n'est pas ce que je porte au bureau. »

Il se contente de me regarder sans ciller. Je déglutis. Bien sûr, Trey perçoit trop de choses. Il voit clairement mon âme à travers mes mensonges. Après un long silence, je marmonne : « Toutes ces tenues, c'est pour m'amuser. Elles ne représentent pas qui je suis vraiment.

— Ah non ?

— Non. » Je fronce les sourcils en évitant son regard, mais il pose une main sur ma joue pour que je le regarde. « C'est juste pour m'amuser », dis-je faiblement.

Il pince les lèvres et soupire, puis c'est son tour de

détourner les yeux. Pour les poser sur mon placard, comme s'il pouvait voir tous les costumes déjantés que j'y cache.

« Quoi ?

— Je ne vois pas les choses de la même manière. Les costumes guindés que tu portes, jouer le rôle de la fille parfaite de ton père... je pense que c'est ça, le costume. Peut-être que tu es vraiment toi les soirs où tu te laisses aller. »

Je me rallonge sur le dos et serre le coussin dans mes bras. J'ai envie de cacher mon visage. « Je ne pense pas. »

Trey n'a pas bougé, il est toujours redressé sur un coude et me regarde, mais son expression devient tendre. « Moi, si. »

Je roule pour m'éloigner de lui en emportant le coussin, qui étouffe ma réponse. « Si tu le dis. »

Sa paume s'écrase sur ma fesse gauche.

Je me retourne en criant. « Hé ! »

Il éclate de rire et serre mes fesses dans ses mains avant de les masser lentement. « Tu ne peux pas te cacher devant moi.

— Je ne me cache pas, dis-je en faisant la moue.

— Pas devant moi. Jamais devant moi. » Il hausse un sourcil blond. « Je connais tous tes secrets, dit-il avant de baisser la tête et d'embrasser mon épaule. Ils... » Ses lèvres touchent la zone sensible sous mon oreille. « Sont... » Il attrape mon lobe entre ses dents et le tire. « Tous... » Il mordille le bord de mon oreille avec douceur. Je ferme les yeux. « À moi. »

Sa langue pénètre mon oreille et la sensation me traverse de part en part, détonant entre mes cuisses. J'essaie de me tortiller pour m'éloigner de lui, mais il me retient en me plaquant contre le matelas. Impuissante, je me tortille contre le drap tandis que mon désir s'embrase de plus belle chaque seconde.

Il écarte mes cuisses et fait remonter mes genoux vers mes épaules. Lorsqu'il me donne un coup de langue, je lutte pour me libérer, bien que je frissonne et prie pour qu'il continue.

« Trey… » Ma voix est rocailleuse.

« Tu as si bon goût, bébé. » Il fait claquer ses lèvres et se baisse pour me lécher encore. Il fait tourner sa langue autour de mes grandes lèvres, puis remonte sur mon clitoris.

Je gémis et me trémousse en poussant mes genoux dans ses mains, mais il continue sa torture, lèche mon clito, l'aspire dans sa bouche. Juste au moment où je vais perdre la raison, il s'interrompt et recule. « Tourne-toi sur le ventre. »

Je suis sur le point de lui demander pourquoi, ou de faire la difficile, mais je me souviens combien j'ai aimé qu'il me domine hier soir… je m'exécute. Instantanément, je me transforme en une boule de nerfs et l'anticipation m'étourdit. J'entends l'emballage d'un préservatif se déchirer, puis Trey monte sur moi et écarte mes jambes.

« J'ai douze ans à rattraper », gronde-t-il comme une promesse de punition avant de m'empaler. Il est toujours trop gros, mais je suis métamorphe : je ne suis pas irritée. Et j'adore cette position. Le bas-ventre de Trey est pressé contre mes fesses et son membre touche un point qui me fait gémir.

Je serre le drap de toutes mes forces pendant qu'il accélère le rythme, s'enfonçant plus profondément à chaque fois.

« Trey… par le ciel, Trey… »

Il accélère en poussant un juron, ses hanches claquent contre mes fesses et il me baise de plus en plus fort.

J'ai beau m'accrocher au drap, il me propulse vers le

haut du matelas. Je lève les bras pour me tenir à la tête de lit.

« Oh, ça, c'est sexy, bébé. » Trey s'écarte et soulève ma taille jusqu'à ce que je sois à quatre pattes, ma poitrine contre le matelas. Je me mets à gémir dès qu'il me pénètre dans cette position, totalement prête à jouir.

Apparemment, il aime ça aussi ; il serre mes hanches de plus en plus fort et sa respiration se transforme en grognements.

« Sheridan… putain ! » Il passe son bras sur mon ventre et frappe mon clito.

Je jouis en hurlant. Il rugit et m'aplatit sur le lit tandis qu'il me pilonne avec des coups de reins effrénés. Puis il ralentit, embrasse mon cou avec tendresse en se balançant lentement contre mes fesses. « Comment est-ce que j'ai pu te laisser partir ? » murmure-t-il.

Mon cœur se serre. Même si je comprends, je ne lui ai pas entièrement pardonné.

Je roule sur le dos quand il se lève pour jeter le préservatif. Mon ventre gargouille bruyamment. Je plaque une main dessus en pouffant.

« J'dois nourrir mon bébé, dit-il avant de déposer un baiser léger sur mes lèvres.

— J'adore les hommes qui cuisinent. » Pendant qu'il sort de la chambre, je suis ses muscles qui ondulent des yeux, subjuguée.

Une prise de conscience me frappe. Je n'ai pas à me cacher de Trey. Il m'aime telle que je suis.

Je sors du lit et enfile une culotte.

Alors comme ça, il aime mes costumes déjantés ? Autant le gratifier d'une autre tenue.

Je fouille du placard et compose un nouveau look, que j'appellerai *Sheridan à l'avant, salope à l'arrière,* quand une sonnerie me détourne de ma recherche du gilet parfait à porter avec mon petit short découpé et mon mini haut. Je fouille sous la couverture et finis par trouver le portable de Trey. Il revient dans la chambre au même moment.

« À table.

— Super. » Je lui donne le téléphone. L'appel se termine, mais le portable se remet immédiatement à sonner. « Tu es populaire. Ils n'ont même pas laissé de message.

— C'est Grizz, dit-il en consultant l'écran, sourcils froncés. Une seconde. » Un rai de lumière qui passe sous le store éclaire son visage alors qu'il accepte la communication. Je me blottis contre un oreiller en essayant de ne pas écouter sa conversation.

« Allô. » Ses épaules se tendent, chaque muscle de son corps est en alerte, tourmenté. Il se retourne, comme pour me protéger de son interlocuteur. « Non. Compris.

— Qu'est-ce qui ne va pas ? » Je tends la main, mais il tressaille et s'éloigne. Pas au point d'être hors de ma portée, pourtant si loin…

« Je dois y aller. Un cadavre a été découvert dans le Fight Club. »

Tout l'oxygène s'échappe de la pièce. « Un métamorphe ?

— Non. » Les yeux bleus de Trey sont lugubres. « Un humain. »

QUAND ON ARRIVE devant le club, Grizz monte la garde. Son visage couvert de cicatrices est immobile comme une statue. C'est une gargouille de taille humaine jusqu'à ce qu'on approche et qu'il avance à notre rencontre. « *Boss.*

— Où est le corps ? » demande sombrement Trey.

Grizz nous mène jusqu'à l'entrée à l'arrière. Le cadavre est avachi contre la porte, une douce chevelure rousse recouvrant son visage. Je me mords le poing pour étouffer un cri. La rousse du club… Est-ce que c'est elle ? A-t-elle disparu après sa séance avec le vampire, a-t-elle été victime de la soif de sang de Nero ? L'a-t-il fouettée, pris de frénésie, avant de l'entraîner dans une alcôve pour la vider de son sang parce qu'il était en colère contre moi ?

Cette mort est-elle ma faute ?

Trey se baisse et repousse le rideau de cheveux sur le côté. Ce n'est pas une femme, mais un jeune homme avec une chevelure rousse semblable. Ça ne me rassérène pas. Ça aurait pu être elle.

Je ferme les yeux en respirant profondément pour reprendre mes moyens. L'odeur du cadavre emplit mes narines. Sous la mort, je sens une subtile eau de Cologne, qui ne recouvre pas totalement le parfum froid d'un vampire.

« Il a des morsures dans le cou », confirme Trey. Il a l'air d'avoir dix ans de moins alors qu'il manipule le corps, ses grandes mains calleuses infiniment douces. « Il est raide. La rigidité cadavérique s'est déjà installée.

— Le meurtrier a dû attendre l'aube pour s'en débarrasser, dit Grizz. J'ai mis tout le monde dehors vers deux heures trente. Je suis parti une heure après en décidant de nettoyer ce matin. Si quelqu'un surveillait le club, il sait que je me lève tôt et que je suis de retour ici bien avant huit heures, même après un soir de combat. Il avait une fenêtre de deux heures, peut-être trois.

— Vous avez des caméras ? » La peur et la bile m'étranglent, mais je pose la question.

Ils secouent la tête.

« On n'en a pas besoin, grommelle Grizz. On sait qui est responsable. » *Les vampires.*

Je me dois de protester. « On doit savoir lequel. Frangelico semble estimer que son nid sait se nourrir sans tuer. Il ne cautionnerait pas un meurtre.

— Un bon vampire, c'est un vampire mort », grogne-t-il en secouant de nouveau la tête avant de me tourner le dos.

Je sursaute lorsqu'une moto arrive sur le parking en vrombissant et en projetant des gravillons. Jared en descend et nous rejoint à grands pas. Son expression s'assombrit à mesure qu'il approche. Il s'accroupit devant le corps et lève le nez en l'air. Il lui suffit de humer une seule fois pour comprendre.

« Putain ! » Il s'éloigne en se passant la main dans les cheveux.

De sa grande main, Trey me rapproche de lui. Je m'appuie contre son corps et frissonne, bien qu'il ne fasse pas froid. « Ça va ? murmure-t-il.

— Ça ira. » Jared revient vers nous.

« C'est n'importe quoi, bordel ! aboie-t-il. Ces foutus vampires et leurs jeux de merde. Je savais qu'on n'aurait pas dû leur faire confiance.

— On ne sait pas si c'était Frangelico, dis-je prudemment.

— Bien sûr que c'est lui ! Il nous a manipulés pour qu'on accepte un traité, et maintenant il fait ce genre de saloperie pour montrer qu'il est tout-puissant. »

J'ai envie de le contredire, d'expliquer qu'il pourrait s'agir d'un vampire agissant à l'insu Frangelico, mais je tiens ma langue. Ce n'est pas le moment.

Un grondement fait vibrer le torse de Trey. Je pose une main sur son cœur sans quitter Jared des yeux. « Peu importe qui est coupable. On doit agir. La police posera des questions si elle trouve le corps ici.

— On doit le déplacer, dit Jared.

— Je peux m'en occuper, propose Grizz. J'ai mon pickup.

— Je vais t'aider. » Trey me serre un instant dans ses bras, puis me lâche.

« Attendez. Vous entendez ? » demande Jared. Nous tendons l'oreille. Trey commence à lâcher des jurons alors que les sirènes perçantes des véhicules de police deviennent de plus en plus fortes.

Trey

JE RESTE sur le parking du Fight Club, mes mains ouvertes contre mes flancs. Mieux vaut ne pas serrer les poings ou avoir l'air en colère avec autant de flics dans les parages. Rester décontracté est un véritable effort.

Derrière moi, des agents posent des questions à Grizz et Jared. Ils ont déjà interrogé Sheridan et moi. J'ai appelé Garrett pour lui demander de prévenir Amber, sa compagne avocate, et qu'elle nous rejoigne ici au cas où les flics trouveraient une raison pour nous embarquer. De nous tous, c'est surtout de Grizz qu'ils se méfient. Ils lui lancent des regards soupçonneux et chuchotent entre eux. L'ours est le suspect le plus plausible : il n'est pas de cet État, il a découvert le corps et il a des antécédents judiciaires.

Quelqu'un nous a tendu un piège, putain. Les autorités ont été prévenues à huit heures et deux minutes, exactement au moment où je suis arrivé au club avec Sheridan.

Pas une seconde pour déplacer le corps. J'ai à peine eu le temps de fourrer les sacs poubelle dans la benne avant que les véhicules de police remplissent le parking en faisant hurler leurs sirènes. On n'a pas eu le temps de bouger ou de prendre la fuite, ni même de coordonner nos histoires.

Sheridan arrive derrière moi. Je sais que c'est elle grâce au doux parfum d'orange et de vanille porté par la brise. « J'ai appelé mon père, dit-elle en enlaçant sa taille. L'alpha Green et lui vont passer des coups de fil et ils fabriqueront une explication pour les morsures sur le cadavre. »

Je hoche sèchement la tête. Je déteste demander des services à qui que ce soit, mais la meute de Phoenix a plus d'influence auprès de la police que je n'en aurai jamais.

« On devrait aussi mettre Frangelico au courant. » Je me frotte la nuque. Le simple fait d'imaginer cette petite conversation me donne mal à la tête.

« Garrett devrait bientôt arriver. Amber est avec lui. » Sheridan se frotte les bras. Elle grelotte malgré sa veste, celle que je lui ai donnée. J'ai envie de la serrer contre moi, mais je ne pense pas qu'elle me laisserait faire. Au moins, elle porte quelque chose qui m'appartient.

On regarde des agents placer du ruban de police jaune sur la porte du club.

« C'est fini, alors. J'imagine que tu as eu ce que tu voulais », dis-je d'un ton plus amer que je n'en avais l'intention.

Elle écarquille les yeux. « Quoi ?

— Le Fight Club est officiellement fermé le temps de l'enquête. C'est ce que vous vouliez, non ? Toi et la meute de Phoenix. »

C'est un coup bas. Je ne devrais vraiment pas dire ça après l'avoir marquée et prise pour compagne. Nos loups se sont revendiqués mutuellement, mais les blessures de nos humains… elles ne sont pas totalement cicatrisées. Et on a encore un paquet de problèmes à résoudre.

« Ce n'est pas juste, rétorque-t-elle froidement. Tu crois que c'est ce que je voulais ? »

Merde.

« Non », dis-je en soupirant. Je suis fatigué et en colère, mais je ne devrais pas passer mes nerfs sur elle. « Je trouve le timing pourri, c'est tout.

— Je ne voulais pas qu'il y ait un autre cadavre. Je voulais empêcher que ça arrive. » Elle se mord la lèvre en fixant la scène de crime.

« Ouais. » J'ai perdu toute verve. Les agents ont déjà emporté le cadavre, mais au fond de moi, je verrai toujours la victime recroquevillée près de la porte de mon lieu de travail, ce lieu que je me suis démené à développer.

« Hé ! » Garrett traverse le parking avec Amber. Il s'arrête devant nous et caresse brièvement le dos de sa compagne, qui montre Grizz en murmurant quelque chose. Dès qu'il acquiesce, elle se dirige droit vers l'ours. Il dépasse d'une tête les agents qui s'agitent d'un air furibond autour de lui. Amber leur donne des coups de coude pour se frayer un chemin jusqu'à Grizz en disant des trucs comme « Mon client » et « la juridiction » d'une voix retentissante.

Je serre la main de mon alpha. Il me tape dans le dos. « Merci d'être venus.

— C'est normal. On va s'en sortir. »

Sheridan reste non loin de moi, sans que je puisse la toucher.

« Mon père est au courant ? demande Garrett.

— Ouais. Sheridan l'a prévenu. » On plisse tous les deux les yeux.

« D'accord, soupire-t-il. Je ferai mieux de l'appeler pour lui faire le topo. Courage. On va arranger ça.

— Ouais », dis-je en grommelant. Je sais aussi bien que lui que tout le monde est en danger par ma faute. Si la nouvelle que la victime a des morsures dans le cou s'ébruite, toutes les créatures surnaturelles courront le risque d'être exposées. Ce serait un foutoir inimaginable.

Merde. Comment tout est parti en vrille si vite ?

« Hé », murmure Sheridan près de mon coude. Bien qu'on n'ait eu que quelques minutes pour s'habiller avant de foncer ici, elle est belle et parfaite, sans un seul cheveu décoiffé. Sa place n'est définitivement pas dans ce parking pourri devenu une scène de crime.

C'est ma faute. Je l'ai emmenée ici, j'en ai fait une partie de sa vie. Je l'ai marquée et je l'ai liée à moi pour toujours. Comme dans le passé, je la tire vers le bas. Elle se réveillera bientôt et se rendra compte qu'elle en a assez de ce genre de vie. Ce n'est qu'une question de temps.

« Est-ce que ça va ? demande-t-elle en scrutant mon visage.

— Ouais. » Je n'arrive plus à la regarder.

« Bon… » Elle hésite, puis pose une main sur mon biceps. Sa légère caresse fait durcir ma bite. « Je ferais mieux d'y aller. »

J'ai envie de la retenir et de la prendre dans mes bras. De m'excuser d'être un con. Mais j'ai l'impression d'être revenu au lycée, avec son père qui me fait remarquer que je suis une mauvaise influence pour elle. Et maintenant, je l'ai marquée, mais on a encore tellement de conneries à régler… J'ai du mal à voir comment on résoudra tous ces problèmes un jour.

Je soupire. « Ouais, tu as raison. »

Elle semble surprise, comme si elle ne s'attendait pas à ce que je sois d'accord avec elle. Je prends son visage entre mes mains et caresse sa joue. « Tu ne devrais pas voir toutes ces horreurs. »

Son expression s'adoucit. « Je suis une grande fille », murmure-t-elle en me serrant le bras. Je ne tourne pas la tête vers elle, je ne la regarde pas s'en aller lentement.

Tout mon univers s'écroule. Et une fois de plus, elle est là pour y assister. Si je cherchais des arguments qui démontrent qu'on n'est pas faits pour être ensemble, c'en est un.

20

PRÉSENT

Sheridan

LA VOITURE noire est de retour. Je l'observe derrière le rideau pendant qu'elle passe lentement devant ma maison. Je sais que c'est Nero. Cet abruti de vampire a envie de mourir.

Il va découvrir que je ne suis pas une victime.

Mon portable sonne, un numéro inconnu à Tucson. Pourrait-ce être Trey ? Je l'ai appelé plusieurs fois aujourd'-hui, mais il ne m'a répondu que de courts messages pour me dire qu'il était occupé et qu'il m'appellerait plus tard.

J'ai le souffle court quand je décroche. « Allô ?

— Sheridan. »

Mes épaules s'affaissent. « Papa. »

Une minute. J'écarte le téléphone de mon oreille pour consulter l'écran de nouveau. « Qu'est-ce que tu fais à Tucson ?

— Je suis là pour affaires. Concernant la meute. Je viens réparer les dégâts des loups de Garrett.

— Hé ! Ça n'avait rien à voir avec sa meute. Ce sont les vampires qui leur cherchent des ennuis. N'accuse pas Garrett ou ses loups. Ils ne le méritent pas.

— C'est ce que tu dis, lâche mon père. Mais ça nous concerne tous, maintenant. En fait, je t'appelle parce que j'ai entendu des rumeurs inquiétantes sur ton comportement.

— Mon comportement ? » J'ai chaud, puis froid. *Arrête, Sheridan.* Je suis une adulte. Je ne devrais plus redouter de contrarier mon papa.

« Oui, Sheridan. J'ai entendu dire que tu passes du temps avec le jeune Robson.

— Ce n'est plus un adolescent, papa. C'est un homme. » Jusqu'au bout des ongles. « Et je suis une louve adulte. Je peux fréquenter qui je veux.

— Pas si tu as envie que la meute te considère comme quelqu'un de responsable.

— Quelle importance, ce que les gens pensent ? Je suis responsable. Et puis, ça ne regarde personne.

— Moi, ça me regarde. » Il prend son ton *fais ce que je dis quand je le dis.* « Je suis ton père.

— Oui, mais tu ne peux pas me dire quel compagnon choisir. »

Il retient sa respiration. « C'est sérieux à ce point, alors ?

— Peut-être. » Trey ne m'a pas rappelée de la journée, mais mon père n'a pas besoin de le savoir. « Je croyais que tu voulais devenir grand-père et avoir des petits-louveteaux.

— Oui, que tu aies des petits avec un loup respectable. Pas le… le…

— Le fils d'une ouvrière ? »

Mon père grogne en guise de réponse.

« Le propriétaire d'un club de combat pour métamorphes ? » Je commence à bouillir. Il est grand temps que je pointe du doigt l'obsession de mon père pour la hiérarchie de la meute. « Ou est-ce que c'est le fait qu'il soit tatoué et qu'il conduise une moto qui te dérange ? Parce que tu sais qui avait aussi des tatouages et une moto ? Ton fils. » Je me tais avant de dire quelque chose que je pourrais regretter. Ce n'est pas la faute de mes parents si mon frère avait un caractère rebelle. Ni s'il est mort sur sa moto, en faisant ce qu'il aimait.

« Je le sais bien, siffle mon père. Ce n'est pas pour ça. Robson n'est pas assez bien pour toi.

— Peut-être pas. » Je m'avachis sur mon bureau, soudain fatiguée. Pourquoi défendre quelqu'un qui m'a marquée, mais ne m'a toujours pas pardonnée ? « Il possède sa propre entreprise et c'est un membre loyal de sa meute. Il a pris des risques pour réaliser son rêve. Ça ne compte pas pour quelque chose ? C'est mieux que moi. Je suis allée à la fac et j'ai obtenu mon poste parce que mon père a fait jouer ses relations. Quelles que soient mes qualifications ou mes diplômes, j'ai eu cet emploi parce que je suis ta fille, et c'est aussi pour ça que je décroche des promotions. Je me démène, mais si je ne m'appelais pas Green, je devrais travailler deux fois plus dur pour progresser. » Et c'est ce que Trey a fait. « Je devrais peut-être quitter la brasserie et accepter un poste de débutante dans une autre entreprise. Je commencerais peut-être en bas de l'échelle, mais au moins, je saurais que je mérite ma place.

— Je ne te laisserai pas gaspiller ton éducation », rétorque mon père.

Je bouge contre le bureau et laisse le silence répondre à ma place.

Après un moment, il soupire. « Chérie, tu sais que je t'aime. Je veux le meilleur pour toi.

— Je sais. » Je m'aperçois que je tripote le calendrier de

citations de sagesse. Je n'ai pas déchiré les pages quoti-
diennes depuis plus d'une semaine. Je le repousse.
« Écoute, laisse-moi accomplir ma mission ici, d'accord ?
Je fais de mon mieux. Est-ce que tu me fais confiance ? »

Lorsque mon père raccroche enfin, j'envoie un message
à Trey. *Tu viens ce soir ?* Je fixe le téléphone pendant une
minute, mais il ne me répond pas. La morsure sur mon
épaule me lance. Je la frotte pour apaiser la douleur.
*Détends-toi, ça ne fait qu'une minute. Il n'a pas eu l'occasion de voir
ton message, c'est tout.*

Je regarde par la fenêtre en mordillant ma lèvre. La
voiture noire est partie. Ce qui me rappelle que quelqu'un
doit se rendre au Toxic pour annoncer officiellement à
Frangelico ce qui s'est passé aujourd'hui. Même si ses
espions lui ont déjà rapporté tous les détails, la meute doit
le contacter. Et c'est moi qui devrais m'en charger, parce
que j'ai déjà visité le Toxic. Garrett est certainement bien
assez occupé avec son père. J'envoie un message à mon
cousin. Le temps que je sélectionne une tenue, une jupe
noire simple et un haut que je pourrais porter à l'ONU ou
à son équivalent surnaturel, Garrett m'a répondu pour me
donner le feu vert. *Bonne idée. N'y va pas seule.*

Bien sûr. Bonne idée. Je vais appeler Trey. Ce n'est pas
comme si c'était compliqué entre nous.

La marque sur mon épaule palpite pendant que son
téléphone sonne, puis que mon appel est transféré sur le
répondeur. Sur le répondeur ? Sérieusement ?

Je raccroche et pose doucement le téléphone au lieu de
le balancer à travers la pièce. Voilà. Calme et professionnelle. Inutile de piquer une crise. Ce n'est pas comme s'il
m'évitait.

Je passe un long moment à sécher mes cheveux. Je suis
sur le point de commencer à me maquiller quand mon
portable émet un bip. Je le ramasse avec des mains trem-

blantes. *Vraiment, Sheridan, tu es désespérée à ce point ?* C'est un email que Garrett a envoyé à sa meute pour les avertir d'une réunion. C'est sympa de sa part de m'avoir ajoutée aux destinataires. Je le transfère à mon père et le préviens que j'y assisterai pour représenter la meute de Phoenix. L'affaire est close.

Trey ne m'a toujours pas envoyé de message. Devrais-je réessayer de le contacter ? Ou lui laisser encore quelques minutes pour répondre à mes précédentes tentatives ? Je relis les messages de la journée, les miens devenant de plus en plus inquiets, les siens de plus en plus brefs, jusqu'à ce qu'il ne réponde plus.

C'est alors que je comprends. J'ai été manipulée. Par Trey. Je peux l'entendre dans ma tête : *c'est compliqué pour moi en ce moment, chérie. J'ai besoin qu'on y aille doucement. Je ne suis pas encore prêt à me poser.* Qu'est-ce que je m'imaginais ? Pourquoi coucher avec un mec pour qui le concept d'être autoentrepreneur consiste à vendre de la bière en marge de combats illégaux dans un entrepôt délabré ? Je suis plus intelligente que ça. J'ai un fichu master.

Je pose lourdement mon téléphone et prends mon mascara. J'écarquille les yeux et l'applique avec des gestes agressifs. Alors comme ça, Trey s'imagine qu'il peut coucher avec moi, puis me *ghoster ?* Après tout, ce n'est pas si grave, ce n'est pas comme s'il m'avait marquée… oh, une minute. Si, il l'a fait. Je suis sa compagne. Il m'a marquée et je suis sa compagne, pourtant moins de vingt-quatre heures plus tard, il ne répond même pas au téléphone lorsque j'ai besoin de lui.

Bon, du calme. Je me regarde dans le miroir en clignant des yeux, mais mes cils se collent les uns aux autres. Trop de mascara. Il ne faut jamais en appliquer quand on est en pétard. Trop de couches donnent l'impression d'avoir des oursins à la place des cils.

Je me montre absurde, je sais. Mais cette journée a été pleine d'émotions. Et je n'aime pas qu'un type me promette de rester avec moi pour toujours en me marquant de façon permanente, puis disparaisse. Il a des excuses ; son entreprise et sa source de revenus sont menacées. C'est difficile. Mais si j'étais vraiment sa compagne, ne voudrait-il pas être avec moi dans un moment pareil ?

Je lave mon visage. Je n'ai pas le temps d'y réfléchir, j'ai rendez-vous avec Frangelico.

J'espère que les vampires aiment l'ombre à paupières et le mascara à outrance, parce que ce soir, j'ai opté pour un look grunge. Je troque ma jupe élégante contre une autre plus courte et mes chaussures confortables pour des Dr. Martens. Au dernier moment, je mets la veste en cuir de Trey. Même si je suis prête à lui rouler dessus avec ma Mercedes, j'ai quand même envie d'être enveloppée dans son odeur. Fichu instinct métamorphe.

À l'instant où j'entre dans le donjon BDSM secret sous le club des vampires, je sais que j'ai commis une erreur. Il y a des suceurs de sang partout, vêtus de costumes sombres, leurs canines visibles. Ils déambulent, certains enchaînent leurs victimes à des murs, d'autres les attachent à des tables ou les allongent sur des bancs. Les humains soupirent, gémissent et se vautrent dans la soumission. J'ai envie de les secouer, de leur crier de fuir. De faire sortir tous les humains et de faire cramer le club. *L'amour n'est pas réel. Et même s'il l'était, vous ne le trouveriez pas avec un fichu vampire ! Oui, les vampires existent, et vous êtes sur le point de les laisser vous sucer le sang. Attendez, laissez-moi enfoncer un pieu dans le cœur de l'un d'entre eux pour que vous puissiez le voir brûler.*

Cette sombre pensée me réconforte pendant que je me déplace dans la salle pour trouver le roi.

Je finis par le repérer, assis sur un lourd trône en bois au milieu de la pièce. Il observe deux soumises tremblantes, attachées à des croix. Un homme massif qui porte un ras-de-cou noir et un harnais en cuir les fouette avec une canne violette.

Un véritable trône. Bien sûr. Je me dirige vers lui en levant les yeux au ciel et m'arrête à sa hauteur. « Il faut qu'on parle. » J'ai utilisé mes dernières réserves de tact en essayant de joindre Trey.

Le roi hausse un sourcil, mais il fait un signe à l'homme, qui baisse son instrument.

« Ici ? Ou devrions-nous aller dans mon bureau ? »

Je préférerais de l'intimité, mais je n'ai vraiment pas envie de me retrouver avec un vampire derrière une porte close. Lucius doit lire l'hésitation sur mon visage ; il se lève en entrelaçant ses mains. « Marchons ensemble. »

Je suis surprise de le voir descendre de l'estrade et me rejoindre. Il ne m'offre pas son bras, le ciel soit loué, et ça ne semble pas le déranger que je garde mes distances, ni que je reste un peu en retrait pour le garder dans mon champ de vision. Nous sommes presque revenus à l'avant de la pièce, où une partie des équipements a été déplacée pour faire de la place à un canapé, deux fauteuils et quelques tables d'appoint, lorsque je me rends compte que je marche derrière lui comme une soumise.

Oh, bah. Après tout, ce n'est pas comme si j'étais vraiment sa soumise. S'il pense que je vais lui obéir, il se fourre le doigt dans l'œil.

« Quelles sont les nouvelles ? » demande Frangelico une fois que nous sommes assis et que j'ai refusé sa proposition de boire un verre. Je suis assez fière de moi ; je n'ai pas frémi. Quelles boissons les vampires proposent-ils à leurs invités ? Des Bloody Mary ?

M'installant au fond de mon fauteuil, je lui parle du corps découvert au Fight Club et de l'enquête des humains. Toute la sombre histoire.

Frangelico écoute mon récit entièrement sans m'inter-rompre, ce qui est tout à son honneur. Il ne change pas vraiment d'expression non plus. Je parie qu'il est au courant pour le cadavre — il a des espions partout — mais il joue le jeu. Ou peut-être qu'il est curieux de savoir comment la meute métamorphe réagit et ce que les humains pensent de l'incident. Les vampires ont beau être puissants, ils ne se reproduisent pas rapidement. C'est pour ça que les humains représentent une menace pour les êtres surnaturels. Sur le long terme, les vampires comme les métamorphes sont en sous-nombre.

Lorsque je termine, j'attends quelques instants pendant qu'il semble réfléchir à mes paroles.

« Alors, pourquoi venir me voir ? Cette enquête, vous souhaitez que j'y mette un terme ?

— Non, non, dis-je précipitamment. On va s'en occu-per. Mon chef de meute, l'alpha Green, s'en charge en ce moment même. » Je ne veux pas lâcher les vampires sur les services de police. « J'aimerais simplement qu'on ne découvre plus de victimes avec des morsures. Est-ce que l'un des vôtres pourrait… hum, aller trop loin quand il se nourrit ?

— Mes enfants sont trop bien élevés. Certains rechignent face à mes restrictions, mais ils n'oseraient pas enfreindre mes règles. » La voix du roi devient effrayante. « S'ils l'ont fait, ils n'aimeront pas les conséquences. »

J'attends que mon ventre revienne à sa place avant de reprendre la parole. « Je n'accuse personne. Mais si ce n'est pas un membre de votre nid, c'est qu'il y a un vampire soli-taire dans la nature. J'imagine que ça ne vous plairait pas.

— Non, siffle presque Lucius. Ça ne me plairait pas.

— Bonsoir, petite louve. »

Je tourne la tête et vois Nero me faire un sourire en coin. « Oh, salut. »

Le lieutenant fait le tour de mon fauteuil pour s'incliner rapidement devant moi. Frangelico le salue en levant imperceptiblement son index. Son visage semble encore plus impassible que tout à l'heure. Est-il heureux de cette interruption ?

« Notre invitée me dit qu'un cadavre portant nos marques a été trouvé dans le club métamorphe. Es-tu au courant de quelque chose à ce sujet ?

— Bien sûr, répond Nero en s'inclinant de nouveau. J'ai reçu des comptes-rendus un peu plus tôt et je surveille la situation. Quand nous aurons plus d'informations, nous pourrons trouver celui qui a transgressé vos lois.

— Si c'est l'un des miens, c'était un acte volontaire. » Lucius s'est exprimé avec un calme parfait, mais tous mes poils se hérissent. « Une manière de se moquer délibérément de la paix que j'ai ordonnée avec les loups. »

Nero s'incline. Il vaut peut-être mieux tenir sa langue lorsque le roi est en colère. Je serre mes mains sur mes genoux et observe les vampires tout en évitant leurs regards. Nero porte l'un de ses habituels costumes et des bottes de cowboy, mais il n'a pas mis sa veste. Ses manches sont enroulées comme s'il sortait d'une scène de film. S'il n'était pas une sangsue, il serait canon.

« Nous pouvons peut-être trouver un moyen de consolider notre trêve », propose-t-il. Je n'arrive pas à croire qu'il a parlé pendant que son roi est fou de rage. Il se tourne vers moi et s'incline, aussi fluide qu'une porte bien huilée. Non que ses politesses fonctionnent sur moi. « Tu as démontré ton enthousiasme pour interagir avec notre nid. J'aimerais que tu m'accompagnes à un évènement parrainé par notre club dans le centre-ville. »

Feignant la nonchalance à l'idée d'être invitée par un vampire, je demande sèchement : « Quoi ? Un don du sang ? »

Lucius et Nero éclatent de rire, des sons abominables.

« Ton sens de l'humour est exquis. » Nero en rajoute en s'essuyant les yeux avec un mouchoir en dentelle. « Non, pas un don du sang. Un concert nocturne gratuit organisé par l'un de nos plus talentueux… euh… protégés. »

Je reste coite. Je ne sais pas ce qui me perturbe le plus : son invitation, le fait que le Toxic finance un concert pour les humains ou qu'ils aient des protégés. Cet évènement a tout d'un piège pour des victimes qui ne se doutent de rien.

« Ta compagnie m'honorerait », continue Nero.

Je penche la tête de côté en tentant de saisir sa logique. Je ne la comprends toujours pas. « C'est-à-dire, comme un rencard ?

— Si tu veux.

— Je ne suis pas l'une de tes victimes », dis-je en grondant. Qu'est-ce qu'il croit, qu'il va m'inviter au resto avant de me persuader de revenir au club pour faire de moi son repas ?

« Bien sûr que non. » Son sourire affirme le contraire. « Ce serait une simple expérience. Nous pourrions prouver que les vampires et les loups peuvent aimer se fréquenter. On serait vus ensemble, sur un pied d'égalité. »

Je pince les lèvres en me demandant où il veut en venir. Nero est obsédé par moi. Si je m'affiche en ville avec lui, comment la meute le prendra-t-elle ? Comme une stratégie pour consolider la paix, ou comme le signe que je suis sous la coupe des sangsues ? Qu'en penseront Garrett et sa meute ?

Et surtout, qu'en pensera Trey ?

« Dis-moi si je comprends bien. Tu m'invites à un concert, on s'y rendrait tous les deux pour être vus ensemble. Et ensuite ?

— On verra bien où la soirée nous mène. » Nero esquisse un geste éloquent de la main.

Je secoue la tête. Je commence à me sentir un peu confuse. « On dirait un rencard.

— Ça peut en être un, dit-il d'une voix qui m'hypnotise. Si tu en as envie. »

Je suis sur le point de répondre quand une ombre s'abat entre nous.

« Putain, hors de question ! » Depuis l'escalier, un grand type fonce dans notre direction. Son odeur me frappe de plein fouet dès qu'il s'avance sous la lumière. Il est livide, chaque angle de son visage est crispé.

« Trey. » Il s'interpose entre le vampire et moi. Ils sont grands tous les deux, mais Trey le dépasse et il est plus massif. Il est également plus furieux qu'un loup qui aurait manqué sa proie.

Son parfum sature mes sens et ma brume mentale se dissipe.

« Qu'est-ce que tu crois que tu es en train de faire, la sangsue ? gronde-t-il.

— Je converse poliment avec une dame. Qu'est-ce que ça peut te faire, chien ?

— Elle n'ira nulle part avec toi. Elle est à moi. »

Lorsque je touche sa marque sur mon épaule, de la chaleur m'envahit. Ainsi que l'impression que les choses sont à leur place. Mes idées deviennent encore plus claires.

Ils se foudroient mutuellement du regard. Derrière eux, Frangelico n'a pas bougé. Il semble presque amusé.

Nero a l'air content de lui. « Ce n'est pas toi que j'ai invité, c'est la dame.

— Ça suffit, grogne Trey. Tu vas payer. Je te provoque en duel.

— Trey, qu'est-ce que tu fais ? » Maintenant qu'il est

là, puissant et téméraire, toute ma colère s'est envolée. C'est vraiment dingue, les émotions.

Le rire de Nero pourrait faire cailler du lait. « Toi, tu provoques un vampire ? Comme c'est comique.

— Dans une heure, lâche-t-il entre ses dents. Dans l'arroyo.

— Quoi ! Non, c'est idiot…

— Entendu », me coupe Nero. Il se volatilise et réapparaît derrière le siège de son roi.

« Je ne permets pas à mes enfants de se battre », dit celui-ci. Son visage est plus blafard que d'ordinaire. Peut-être qu'il n'est pas plus heureux des frasques de Nero que moi. « Mais il peut désigner un remplaçant.

— Je ne combattrai pas une de tes pauvres victimes.

— Oh, ne t'inquiète pas, loup, s'esclaffe Nero. Ton adversaire sera un métamorphe. Un combattant de ton niveau, ou plus fort que toi. »

~

Trey

Je sais que c'est débile, mais quand j'ai lancé un défi au vampire, que je l'ai fait reculer et qu'il s'est planqué derrière son roi ? Ça m'a fait du bien. Ce suceur de sang cherche les ennuis. Je meurs d'envie de lui planter un pieu dans le cœur depuis qu'il s'est approché de Sheridan au Fight Club.

Il l'avait presque ensorcelée, par le ciel. Je devais agir avant qu'il ne plonge ses canines là où elles n'ont rien à y faire. On a beau être en froid avec Sheridan, elle est à moi.

« Tu n'as pas été invité, grommelle Nero.

— Ma place est auprès de Sheridan. Je vais là où elle va. Elle est sous ma protection.

— Je n'aurais pas deviné, chien. »

Je gronde, mais Sheridan me prend le bras. « Trey, non. Ça n'en vaut pas la peine. »

Je me dégage, prêt à attaquer la sangsue. Il fera moins le malin quand je lui aurai arraché la gorge avec mes crocs. D'accord, il peut disparaître et réapparaître comme par magie, mais ce petit tour de passe-passe finira par le fatiguer. Et lorsque ça arrivera, je serai prêt.

« Trey, s'il te plaît. » Sheridan touche mon dos. Sa voix se brise. « Fais-moi sortir d'ici. Je veux m'en aller. »

Merde. Je ne peux pas refuser. « Ce n'est pas terminé », dis-je à Nero en le montrant du doigt. Il se contente de rire. Frangelico tourne son visage blanc comme un linge vers son lieutenant et lui murmure quelque chose avant de disparaître.

Je regarde fixement l'endroit où se trouvait le roi quelques secondes plus tôt. « Putain, c'est flippant. Allez, viens, Sheridan. » Je passe mon bras sur ses épaules, qui s'affaissent de soulagement. On monte l'escalier et on sort du club en silence. Une fois que nous sommes arrivés devant sa voiture, elle se retourne et s'appuie contre la portière.

Je pose la main sur sa hanche. « Ça va ?

— Oui. Et toi ?

— Ouais.

— Le ciel soit loué. » Elle touche ma joue comme pour vérifier que je ne suis pas blessé, puis me donne une claque.

« Merde, qu'est-ce qui te prend ? » Je ravale un éclat de rire en voyant qu'elle est vraiment en colère. Et puis, c'est vraiment mignon qu'elle s'inquiète pour moi.

« Qu'est-ce tu as fichu ? Tu ignores mes appels toute la

journée, puis tu débarques pendant ma réunion et tu défies un vampire ? Tu es dingue ? »

Je serre les dents. J'avais envie de répondre à tous ces appels et ces messages, surtout celui dans lequel elle me demande si je veux dormir chez elle. Mais je ne pouvais pas. Je ne suis pas le mec qu'il faut à Sheridan. Si je prends mes distances, elle s'en rendra compte. « Je te protège.

— Je peux me protéger toute seule, proteste-t-elle en tapant du pied. C'est pour ça que ma meute m'a envoyée. Tu te souviens ? »

Mon amusement disparaît, remplacé par la nausée qui me retourne les tripes depuis ce matin, lorsque j'ai été averti pour le cadavre. « Oh, je n'ai pas oublié dans quel camp tu es.

— C'est gonflé. On ne parle pas de diplomatie entre les meutes. Je suis de ton côté, Trey. J'essaie simplement d'éviter de nous faire tuer par des sangsues. Bien sûr, c'est plus difficile quand tu te portes volontaire.

— Il t'a touchée. Je ne pouvais pas le laisser faire. » Je me retiens de dire *tu m'appartiens,* mais elle plisse les yeux comme si elle m'avait entendu. « J'avais la situation sous contrôle. Lucius ne le laisserait pas me faire du mal. »

Je montre les dents en l'entendant appeler la sangsue par son prénom. « Tu fais drôlement confiance à ce vampire.

— On était les deux seuls à être sains d'esprit tout à l'heure. » Elle secoue la tête, son regard étincelant. Merde, elle est sexy quand elle est énervée. « Au fait, comment est-ce que tu savais que j'étais là ?

— J'ai activé la localisation de ton portable. »

Sa mâchoire se décroche.

« On peut apprendre quelques trucs sans aller à la fac, dis-je en haussant les épaules.

— Je ne doute pas de ton intelligence. Du moins, ça ne

m'était jamais arrivé avant que tu déboules au Toxic et que tu provoques une sangsue en duel. Mais qu'est-ce qui t'a pris ? »

À cause de mon loup toujours à cran et possessif, je ne peux m'empêcher de rétorquer : « Tu veux dire que je ne sais pas me battre ?

— Non, Trey, soupire-t-elle. Ce n'est pas une question d'égo. Nero est dangereux. »

Ça m'est égal. Si Nero se pointe, j'aurai de l'ail et un pieu sur moi.

« Je n'arrive pas à y croire ! s'exclame-t-elle en levant les mains. Il pourrait te tuer !

— Je croyais que Lucius ne le laisserait pas faire, d'après toi. »

Elle gronde.

« J'ai la situation sous contrôle, mon cœur. » En fait, pas vraiment, mais imaginer des façons de faire souffrir le vampire apaisera un peu la soif de sang de mon loup. « Ça me touche que tu t'inquiètes.

— Ouais, c'est ça. » Elle croise les bras, ce qui fait malheureusement remonter ses seins. « Ce combat n'aura pas lieu. Aucun métamorphe n'accepterait de se battre pour un vampire.

— On verra. Je dois y aller. Je ne voudrais pas être en retard au duel que j'ai réclamé.

— Trey, c'est stupide !

— C'est pour mon honneur et pour toi. » J'enfourche ma moto et la regarde. Mon expression la fait tressaillir. « À mes yeux, ce n'est pas stupide. »

DOUZE ANS PLUS TÔT

Trey

Rompre avec Sheridan — lui faire du mal — me donne envie de vomir. Le lendemain, je m'enferme dans ma chambre et je passe la journée à fumer de l'herbe pour tenter d'oublier.

Ma mère frappe plusieurs fois à la porte, mais je ne la laisse pas entrer.

Elle sait ce qui se passe. Ce que j'ai fait… pour elle.

Enfin, ce n'est pas seulement pour elle. C'est aussi pour Sheridan. Je me le rappelle chaque fois que je revois ses yeux emplis de larmes. Elle a envoyé sa lettre d'admission à Stanford, mais elle ne voulait pas y aller.

Je dois le faire. Pas parce que son père est un trou du cul ou que la place de ma mère au sein de la meute est menacée. Parce que c'est ce qu'il faut faire pour Sheridan. Elle se relèvera de ce chagrin et s'assurera un bel avenir. Cette épreuve la rendra plus forte.

Vers seize heures, elle m'envoie un message : *C'est à cause de Stanford ??*

Merde. Elle est trop intelligente… elle sait ce que je fais.

Merde, merde, merde.

Je dois écrabouiller la part de moi qui jubile parce qu'elle a compris. Qui est soulagée qu'elle garde foi en moi, qu'elle sache que je ne la ferais jamais souffrir à moins d'y être obligé.

Si je la laisse croire que je suis un type bien, elle ne partira pas. Ma mère sera toujours dans la merde.

Je me force à me lever. Une nouvelle stratégie se forme dans mon esprit. Elle me rend physiquement malade, ce qui m'indique qu'elle fonctionnera.

22

PRÉSENT

Sheridan

Encore une fois, je me retrouve à descendre la paroi abrupte du bras de fleuve asséché au beau milieu de la nuit. L'équivalent d'un duel au pistolet à l'aube pour les métamorphes.

Je perds l'équilibre et glisse sur des cailloux.

« Besoin d'aide ? » Une voix soudaine près de mon coude me fait sursauter. Nero apparaît à côté de moi.

« Non », dis-je d'un ton sec. C'est la faute de cet idiot si je suis ici à rayer le cuir de mes Docs. Enfin, la sienne et celle de Trey.

Stupides loups. Ils se sentent obligés de marquer leur territoire pour montrer ce qui leur appartient.

« Il ne pissera pas sur moi, dis-je en marmonnant.

— Pardon ? » Le vampire descend dans l'arroyo avec grâce, ses santiags en peau de serpent semblant ne jamais toucher le sol.

« Rien. » Une fois arrivée dans le lit du fleuve, je

regarde autour de moi. Quelques humains sont là. Ils ressemblent à des étudiants membres de fraternité. Rassemblés autour d'un feu qui brûle dans un bidon métallique, ils discutent en riant et se font passer une bouteille d'alcool bon marché. L'entourage des vampires. Trey et Jared se tiennent en face d'eux, silencieux. Grizz projette une ombre menaçante dans leur dos.

« Qui a besoin du Fight Club, quand on a ça ? » dit Nero en écartant les bras pour embrasser la scène.

Je m'arrête et plisse le nez devant le paysage aride, qui m'évoque une planète extraterrestre. À côté, le Fight Club déborde de charme.

« Bon, la sangsue ! crie Trey alors qu'on s'approche. Comment ça va se passer ? Tu es prêt à te battre ? »

Nero disparaît et se matérialise quelques mètres plus loin, plus près de Trey. Je contrôle ma réaction et oblige mon cœur à ralentir. Je déteste quand les vampires font ce genre de choses. Ils n'en sont pas tous capables, mais Lucius et ses enfants semblent particulièrement puissants.

« Je ne me battrai pas. Tu as entendu mon maître. » Est-ce mon imagination, ou Nero a-t-il grimacé lorsqu'il a dit *maître ?* L'empire de Frangelico est peut-être menacé par un coup d'État.

« Qu'est-ce que je fais ici, alors ? Je perds mon temps ? » Trey écarte les bras en une imitation moqueuse du geste du vampire.

Ne provoque pas le suceur de sang. Ce n'est pas une citation de mon calendrier de sagesse, mais elle devrait y figurer. *Ne te moque jamais d'un vampire.* Un conseil judicieux de la part de Dracula.

« Non. J'ai un adversaire pour toi. Tu auras peut-être moins hâte de l'affronter quand tu comprendras qui c'est.

— Comme si tu pouvais trouver un métamorphe pour faire ton sale boulot. »

Nero s'éclaircit la gorge.

Pendant un moment, je ne vois pas de qui parle Nero. Ma gorge se noue lorsque je comprends.

Grizz contourne lentement Trey et Jared, puis il va prendre place en face d'eux, à côté du vampire.

« Non, dis-je à voix basse.

— Désolé, *boss.* » Le grizzly frotte ses joues couvertes de citatrices. Son expression torturée trahit son conflit intérieur.

« Grizz ? »

Je ne peux pas voir le visage de Trey, mais mon cœur se brise en entendant l'abattement dans sa voix.

« Depuis combien de temps ? » veut savoir Jared en avançant. Trey pose la main sur le torse de son ami pour l'empêcher de se jeter sur le grizzly. « Depuis combien de temps tu bosses pour les vampires ?

— Je travaillais déjà pour eux avant de vous connaître. » Sans regarder personne, Grizz entrelace ses mains. Nero lui jette un coup d'œil avec un sourire amusé.

Trey secoue la tête. La tristesse sur ses traits me rend malade. Je connais cette expression. Je l'ai vue la nuit où l'alpha Green les a bannis parce qu'ils avaient vendu de l'herbe et déshonoré la meute. La nuit où je l'ai trahi.

« Trey. » Je m'approche de lui, mais il ne m'accorde pas un regard.

« Finissons-en », grogne Jared. Grizz prend place entre les rochers. Jared énumère une liste de règles et montre les limites du ring, délimité par de grosses pierres.

Trey baisse la tête et fait craquer ses mains. Grizz est une montagne de muscles. Même si son visage marqué n'affiche que de la lassitude, je sens qu'il n'a pas envie d'être là. Quel moyen de pression les vampires ont-ils sur l'ours solitaire pour le tenir sous leur contrôle ?

Jared recule quand il a fini de parler, il cesse de s'interposer entre les combattants. Nero et moi sommes face à face, de chaque côté du ring. Les humains s'approchent de la zone de combat. Ils rient et huent jusqu'à ce que je leur grogne dessus.

Trey et Grizz ignorent tout le monde à l'exception de Jared pour attendre qu'il signale le début du combat. Ils se concentrent alors l'un sur l'autre, si résolus que je m'attends à voir de l'électricité crépiter entre eux. Trey parcourt lentement un cercle imaginaire. L'un des humains jette une canette de bière, qui atterrit sur le rocher marquant la limite du ring avec un craquement rappelant un éclair. Ni Trey ni Grizz ne bougent.

Pitié, pitié, que ce soit bientôt terminé. Je lutte pour détendre mes épaules et desserrer mes poings. Trey me jette un coup d'œil. Pendant une seconde, je crois qu'il va mettre un terme à cette folie et annuler le combat.

Mais il s'élance et fonce sur Grizz pendant que ce dernier rugit assez fort pour faire trembler le sol. Leurs poings volent, et Trey pivote à la dernière seconde pour faire atterrir un coup inutile sur le bras massif du grizzly. J'ai le cœur au bord des lèvres et je manque de vomir alors que Grizz se met à pourchasser Trey. Il se déplace lourdement, comme l'ours qu'il est, mais à une vitesse incroyable. Les coups produisent d'horribles bruits sourds. Je ferme un instant les yeux, mais sentir l'odeur du sang et l'excitation des spectateurs est plus difficile à supporter que contempler le combat. Je me couvre les oreilles à la place.

Les combattants échangent coup sur coup. Ça n'a rien à voir avec la danse gracieuse à laquelle j'ai assisté quand Trey s'est battu l'autre soir. C'est brutal, deux prédateurs dominants qui cherchent à se mutiler par tous les moyens. Certes, les métamorphes peuvent régénérer, mais se rétablir d'un os cassé peut prendre un moment, et c'est douloureux. Très douloureux.

« Ça suffit ! » hurle quelqu'un. J'ai traversé la limite invisible et je me suis placée entre les combattants avant de me rendre compte que c'est moi ; c'est moi qui ai crié. Je me tourne vers Trey avec un regard suppliant. « Assez.

— Sheridan, pousse-toi, bébé. » Il me fait signe de m'écarter. Son visage est entaillé et enflé. Avec tout ce que son corps a enduré, il mettra plus longtemps à guérir.

« Je ne peux pas. Je ne peux pas continuer à regarder ça. Je ne peux pas te laisser faire !

— Mon cœur, murmure-t-il. S'il te plaît. »

Un mouvement derrière moi me pousse à faire volte-face, juste à temps pour voir cent quatre-vingts kilos de grizzly enragé me charger.

Au dernier moment, je pivote en passant sous ses griffes, je plante mon épaule dans ses abdos et je le fais rouler sur mon dos. Il s'écrase contre la terre. Les rochers qui nous entourent frémissent.

Plus ils sont gros, plus ils tombent lourdement.

Les encouragements s'interrompent d'un seul coup comme si quelqu'un avait appuyé sur un interrupteur. Les humains me regardent fixement. On dirait qu'ils n'arrivent pas à croire ce que je viens de faire.

« Ça suffit, dis-je à nouveau. C'est terminé. Tout le monde… Rentrez chez vous. »

Un sifflement fend l'air, me rappelant de la vapeur sous pression. Lorsque je me tourne vers Nero, je dois me retenir de baisser la tête ou de rentrer ma queue entre mes jambes. Son visage s'est subtilement transformé, il est devenu la caricature monstrueuse d'un être qui a été humain un jour. Est-ce à ça que ressemblent réellement les vampires ? « Ce n'est pas terminé, loup », lâche-t-il avant de disparaître.

Grizz se relève lentement.

« Est-ce que ça va ? » Il m'ignore. Un caillou a ouvert

une vilaine plaie à l'arrière de son crâne, qui commence déjà à se refermer. Il n'y prête aucune attention.

« Ça n'avait rien de personnel », dit-il à Trey et Jared.

Sourcils froncés, Trey prend le bras de Jared et ils repartent ensemble dans la direction d'où ils sont venus. Les gamins qui étaient rassemblés autour du bidon ont déjà filé.

« Trey, attends ! » Il s'arrête. Jared se retourne, puis il secoue la tête en regardant Grizz et moi. Il ne dit rien, mais je sais ce qu'ils pensent.

L'un des leurs les a trahis. Encore une fois.

Je les rejoins et veux toucher les blessures sur le visage de Trey, mais il s'écarte d'un bond. « Trey, je suis désolée. »

Il secoue la tête. La fatigue marque ses traits, rend ses bleus et ses coupures encore plus impressionnantes. Je n'arrive pas à croire qu'il a affronté un grizzly.

« Tu ne devrais pas te retrouver mêlée à tous ces trucs », dit-il. Je ne reconnais pas sa voix. Il a l'air centenaire. Mort. Il se passe une main sur le visage. « Tu te faisais ensorceler par le vampire dans le club, et maintenant tu te retrouves au milieu d'un combat de métamorphes dans un foutu arroyo. Tu mérites bien mieux que cette vie sordide. »

J'écarquille les yeux, alarmée. Que dit-il ? Mince, on dirait qu'il rompt avec moi. Et il ne m'a marquée qu'hier.

J'en ai assez que d'autres personnes décident comment devrait être ma vie. Je ne suis pas née pour prendre la tête d'une meute. Ce rôle revenait à mon frère. Ou à Garrett. Mon père m'a poussée à prendre la place de mon frère, mais ça ne signifie pas que c'est ma place pour autant. Ouais, je fais de l'excellent travail, mais ça ne veut pas dire que j'ai envie de continuer.

Je n'ai pas été heureuse depuis… par le ciel, depuis que Trey et moi avons rompu il y a douze ans.

Depuis la première fois qu'il a décidé qu'il savait mieux que moi ce que je devais faire de ma vie.

Je perds mon calme. « Tu sais quoi, Robson ? »

Ma colère attire son attention, le fait sortir de sa stupeur. « Quoi ? » Maintenant qu'il sait que je vais péter un câble, son ton est méfiant.

« Tu ne peux pas décider à ma place. C'est *ma* vie, dis-je en pointant ma poitrine. Ce n'est pas à toi de dire ce qui est bon pour moi et ce qui ne l'est pas. Ni à quoi je devrais être mêlée, ou *dans quelle fac je devrais aller.* »

Il a un mouvement de recul lorsque je mentionne notre première rupture. Sa peau devient blême sous le clair de lune, son regard hanté. « Je suis désolé, Sheridan. Je sais que je t'ai fait du mal… je nous en ai fait. Mais… » Il lève les yeux vers la montagne qui porte une lettre A géante en l'honneur de l'université de l'Arizona et secoue la tête. « Si c'était à refaire, je recommencerais. Je ferais tout ce qu'il faut pour m'assurer que tu as la vie qu'une louve de ton potentiel mérite. »

Des larmes de rage emplissent mes yeux et je repousse son torse. Quand sa respiration devient sifflante, je m'aperçois avec horreur qu'il a sans doute des côtes cassées. Je m'écarte de lui en trébuchant. Ne pourra-t-on jamais être ensemble sans se faire souffrir ?

« Tu ne m'écoutes pas, Trey. *Ce n'est pas à toi de décider pour moi.* Et tant que tu ne le comprendras pas, aucun avenir entre nous ne sera possible.

— Ouais, ben, c'est peut-être mieux comme ça. » Ses lèvres ensanglantées remuent à peine.

Des larmes brûlent mes joues. Je lui tourne le dos et crie par-dessus mon épaule en partant vers ma voiture : « Tu es un idiot, Trey Robson ! »

23

DOUZE ANS PLUS TÔT

Sheridan

JE SUIS TROP AGITÉE pour réfléchir. Je dois réviser pour les examens de mi-trimestre, pourtant je passe toute la journée de samedi à penser à Trey. J'ai compris ce qu'il fait et je le déteste.

Mais je ne pourrais jamais réellement le haïr, encore moins maintenant que je sais qu'il le fait par amour.

Pour moi.

Stupides loups protecteurs.

Même si je ramasse mon portable toutes les dix minutes avec l'intention de l'appeler ou de lui envoyer un message, je me suis promis de lui laisser un peu de temps. De laisser passer une semaine ou deux. Quand il se rendra compte qu'on est incapables de rester loin l'un de l'autre, quand il se sentira aussi brisé et seul que moi, il changera d'avis.

Je promettrai d'aller à Stanford. J'arriverai peut-être à le convaincre de m'accompagner. Je sais qu'il aide sa mère financièrement, mais il pourrait lui envoyer de l'argent depuis la Californie.

Ne supportant plus de rester enfermée dans la maison, je prends la direction de la mésa. Mes amies y sont, elles m'ont écrit pour me proposer de rejoindre nos camarades de classe.

Mon instinct se met en alerte dès que j'arrive.

La moto de Trey est garée avec les autres. Ça ne devrait pas m'affecter, pas vraiment, mais c'est le cas. Je regarde aux alentours pour essayer de comprendre ce qui me met sur mes gardes, pourquoi ma louve gronde.

Pam, l'une de mes meilleures amies, vient vers moi en courant. Son visage est pincé alors qu'elle me prend par le bras. « Viens, on s'en va, dit-elle en me tirant vers ma voiture.

— Pourquoi ?

— Je t'expliquerai après. Fais-moi confiance, tu ne veux pas rester ici. »

Je m'arrête, le volume des alarmes qui hurlent sous mon crâne redouble. « Tu dois me dire ce qui se passe. » Ma voix est ferme, ma femelle alpha sort et domine mon amie plus effacée.

Elle regarde par-dessus son épaule. « Vous avez rompu avec Trey ? » Elle semble apeurée, comme si j'allais lui arracher la gorge pour avoir posé la question.

Je ravale les larmes qui apparaissent dans mes yeux au moment où elle prononce son prénom. « Ouais, en quelque sorte. Pourquoi ?

— Il est là-bas, avec Kaylee Ryder », dit-elle avec un signe de tête.

Un grondement s'échappe de ma gorge. Je fonce dans la direction qu'a montrée Pam et elle m'emboîte le pas.

En effet, Trey est allongé sur une table de piquenique — sur *notre* table de piquenique. Son bras est passé autour de la taille de Kaylee, sa main posée sur ses fesses. Il tient une bière de l'autre main, qui gesticule pour ponctuer l'histoire apparemment fascinante qu'il raconte.

Kaylee est suspendue à ses lèvres, hilare.

Quelle *pouffiasse.*

Je n'avais jamais même pensé ce mot, mais tout de suite, j'aimerais mordre le flanc de Kaylee, plonger mes crocs dans ses pattes arrière et lui montrer qui est la plus dominante de nous deux.

Mais ce n'est pas ainsi que ça marche. Je suis sous forme humaine et je dois résister à mes pulsions de châtiment corporel.

Oh, et puis merde.

J'avance pour pousser le torse de Trey. Je ne sais pas quelle réaction j'attendais, mais il ne bouge pas. Il n'a pas non plus l'air particulièrement surpris ou bouleversé de me voir. Il me fixe de ses yeux bleu glace, indéchiffrables.

Je prends mon élan et envoie mon poing dans sa mâchoire. Il se frotte le visage en grognant, toujours sans dire un mot, sans la moindre réaction.

« Salaud, dis-je entre mes dents. Tu le regretteras. » Je me retourne et m'éloigne à grands pas. Pam le foudroie du regard avant de me suivre.

Je rends mes tripes lorsque j'arrive chez moi. Puis, une fois que je n'ai plus rien à vomir, je m'effondre sur mon lit et je me prépare à détruire Trey.

PRÉSENT

Trey

JE SUIS COMPLÈTEMENT engourdi pendant tout le trajet jusqu'à mon appartement. Je ne sais même pas comment je rentre. Tout ce que je sais, c'est que je me suis débrouillé pour que l'histoire se répète. Je viens à nouveau de briser le cœur de Sheridan.

Ou vient-elle de briser le mien ?

Je ne sais pas vraiment ce qui s'est passé.

Comment cette journée a pu déraper à ce point.

Et je sais que ça va encore empirer quand mon portable sonne et que je vois un numéro avec l'indicatif de la région de Phoenix.

« Allô ? » Je prends mon ton le plus revêche. Il est plus de minuit, putain. Je ne sais pas qui appelle, mais ça ne peut pas être de bonnes nouvelles.

Je ne me trompe pas.

« Trey Robson ? demande une voix glacée. Ici monsieur Green. Le père de Sheridan. »

J'inspire profondément. « Qu'est-ce que vous voulez ? » Je pose la question, mais je connais la réponse. J'ai eu une conversation exactement comme celle-ci avec ce trouduc il y a douze ans.

« J'appelle pour te donner un avertissement. Ne t'approche plus de ma fille. Tu as déjà failli foutre sa vie en l'air une fois et je ne compte pas te laisser recommencer.

— Avec tout le respect que je vous dois, dis-je même si je ne lui dois rien du tout, Sheridan est une louve adulte. Elle peut prendre ses propres décisions.

— C'est pour ça que j'appelle. Elle ne veut pas te contacter. J'ai parlé avec elle et elle rentre à la maison demain à la première heure. »

Je laisse tomber ma main pendant que Green continue sa tirade dans le combiné. Il parle de fermer le Fight Club, de chasser les sangsues et de ramener la meute de Tucson dans le droit chemin, mais après une minute, il n'y a plus que la douleur dans ma poitrine et le bourdonnement dans mes oreilles.

J'ai lutté si longtemps et si fort, mais je suis revenu au même point : je dois laisser Sheridan Green partir. La laisser gâcher ma vie.

M'arracher le cœur.

Encore une fois.

～

SHERIDAN

JE DÉPRIME dans la minuscule maison, mon corps me paraît deux fois plus lourd et quatre fois plus pataud que d'ordinaire. C'est parce que ma louve est en grève. Elle n'a pas voulu se lever du tout aujourd'hui.

Je n'ai accepté aucun appel. Ni de mon père, ni de ma mère, ni de Trey. J'écoute leurs messages, mais ils ne changent rien.

Trey s'est excusé, mais sans reconnaître que c'est à moi de choisir ma vie. Mon père insiste toujours pour que je rentre à Phoenix. Et, bien sûr, il a recruté ma mère pour qu'elle joigne ses efforts aux siens.

Je me mouche, puis me regarde dans le miroir. J'ai une tête à faire peur. Mes yeux sont rouges à force de pleurer et des cernes sombres les soulignent à cause du manque de sommeil.

Je reçois un message de l'alpha Green m'avertissant que mon père et lui prévoient d'assister à la réunion de la meute de Tucson ce soir, et qu'il veut un compte-rendu détaillé à son arrivée en ville.

Dommage pour lui. Je ne me mettrai plus entre les deux meutes. Accepter cette mission était une idée peu judicieuse étant donné mon passif avec ces loups. Mais bon, c'est probablement pour ça que j'ai accepté. Je croyais que j'allais débarquer et montrer à Trey tout ce qu'il avait perdu, mais en vérité, je voulais juste le revoir. J'avais besoin d'une conclusion à notre histoire.

Maintenant, j'ai eu les deux, mais nous avons fait un tour complet et nous sommes revenus au point de départ. Trey me repousse parce qu'il est persuadé de ne pas être assez bien pour moi. Il est prêt à nous faire souffrir tous les deux, soi-disant pour me protéger.

Ben, s'il n'est pas capable de se sortir la tête des fesses, tant pis pour lui. Je ne suis pas de l'argile qu'il peut modeler à sa guise.

Cependant, ma louve proteste en hurlant. Sa marque palpite sur mon épaule.

Et zut. Je m'approche du placard et m'habille. Je dois sortir d'ici avant que ma louve perde les pédales.

J'ai besoin de retourner là où Trey m'a emmenée courir le jour de l'anniversaire de la mort de Zach.

De me soigner dans le désert.

~

Trey

Le Fight Club sent le renfermé et le moisi alors qu'il n'est fermé que depuis un jour.

Merde, cet endroit est un taudis. Pas étonnant que Sheridan le déteste. Ça me gêne un peu qu'elle ait vu le club, mais c'était sa faute. Je ne lui ai pas demandé de venir me coller aux basques, de réveiller mon loup, de boucler la boucle. J'ai beau essayer, je ne la déteste pas. C'est moi que je hais.

Lorsque des graviers crissent à l'extérieur, je me crispe jusqu'à ce que je sente Jared. Mon meilleur ami entre à pas lourds en ignorant les rubans jaunes placés par la police.

« Salut », dis-je.

Il s'arrête et met les mains dans ses poches.

« Tu comptes te morfondre encore longtemps comme un chiot qui a perdu sa peluche préférée ?

— De quoi tu parles, putain ? » Je serre les poings. « Viens me le dire plus près, si tu l'oses.

— Je veux bien, mais tu n'as pas l'air en forme, rétorque Jared en haussant les épaules. Qu'est-ce qui se passe, mec, tu ne régénères pas aussi vite que d'habitude ?

— Tu sais que ça prend plus longtemps quand il y a des dégâts internes. Cet enfoiré m'a brisé des côtes. » Ça ne m'a pas fait aussi mal que la trahison de Grizz.

« Ouais, à propos. Tu veux envoyer la meute pour le faire payer ?

— Nan. Je ne sais pas ce que les sangsues ont sur lui pour le contrôler, mais c'est une punition plus terrible que tout ce qu'on pourrait lui faire subir. »

Jared hausse de nouveau les épaules, comme s'il s'en fichait. « Et Sheridan ? Qu'est-ce que tu vas faire à propos d'elle, à part rester là à pleurnicher ?

— Je t'emmerde. Je me rappelle comment tu étais avec Angelina.

— Ouais, et maintenant, j'ai une compagne sublime et je baise tous les soirs. C'est quoi le problème, mon frère ? C'est la deuxième fois que cette louve te met dans cet état. » Mon ami incline la tête de côté, soudain sérieux. « C'est la bonne, celle qui doit être ta compagne, je me trompe ?

— Ouais, dis-je en un soupir. Je… je l'ai déjà marquée, en fait. Mais…

— Mais quoi ? »

J'englobe la pièce d'un geste impatient de la main. « Qu'est-ce que j'ai à lui offrir ? Un gros tas d'emmerdes. Ça n'a pas changé.

— Tu ne crois pas que tu la sous-estimes un peu ? Ses parents sont peut-être de gros snobinards, mais Sheridan n'a jamais été comme ça. Tu crois qu'elle servirait des verres ici ou qu'elle se pavanerait sur le territoire des vampires si elle n'adorait pas s'encanailler avec toi ? »

Son choix de mot me fait grimacer. Je hausse les épaules.

« Mec. Tu dois aller la retrouver.

— Ce n'est pas si simple.

— Si, ça l'est. Tu es un loup, putain. Tu l'as marquée. Ça veut dire qu'elle est tienne. Si elle ne te supporte pas, tu l'attaches au lit et tu la fais jouir jusqu'à ce qu'elle change d'avis. »

Le conseil cru de Jared me tire un sourire involontaire.

Ma bite approuve totalement ce plan.

Elle y croit dur comme fer.

Ouais, dure comme fer…

Attacher Sheridan me donnerait l'occasion de découvrir tous les costumes déjantés dans son placard. Peut-être que je ne la libérerai qu'une fois qu'elle aura promis de les passer pour me les montrer. « Bien sûr, elle pourrait me tuer quand j'aurai le dos tourné.

— C'est pour ça que tu la fais jouir, abruti, lâche Jared en levant les yeux au ciel. Si tu la fais grimper aux rideaux, elle n'aura pas envie de te faire mal. Ajoute quelques punitions, et avant que tu le saches, elle te suppliera pour en avoir plus. » Mon ami croise les bras derrière sa tête avec le sourire satisfait d'un homme qui baise, et qui baise souvent. « Ensuite, tu lui apprends à te sucer. »

Sheridan attachée qui m'implore, qui ouvre sa petite bouche chaude… Aww, merde, maintenant, je bande comme un dingue. « En fait, ce n'est pas une mauvaise idée.

— Je t'ai dit que je suis un génie.

— Attends, et la meute ?

— Quoi, la meute ?

— C'est Sheridan. Tout le monde se rappelle ce qu'elle nous a fait. Même Garrett ne lui a pas pardonné, pourtant c'est sa cousine.

— Garrett a choisi une humaine pour compagne. Tu te souviens comment on l'a pris, au début ? On ne lui a pas vraiment déroulé le tapis rouge. Voilà comment je vois les choses : si tu veux cette louve, tu la revendiques. Tu mets les choses au clair, tu t'assures qu'elle te soutienne et réciproquement. Ça finira par se tasser avec la meute.

— Tu crois ? »

Il hausse les épaules. « Ça vaut mieux que te voir déprimer comme si tu avais tes règles.

— Va te faire enculer. » Je lui fais un doigt d'honneur, mais je souris.

« Non merci, mon frère. Je préfère le faire à Angelina. » Il sourit jusqu'aux oreilles et ajoute pendant que je grogne : « Réunion de la meute au club ce soir. Garrett voulait être sûr que tu sois au courant. Tu ne réponds pas au téléphone.

— Il est éteint. » Je le sors de ma poche et le lui montre avant de l'allumer. « J'avais besoin d'être un peu tranquille, c'est tout.

— Ouais, je capte, dit-il en me donnant une claque dans le dos. Bon retour parmi les vivants.

— Merci. » Je secoue la main et carre les épaules. Maintenant, je dois juste trouver un moyen d'arranger ce bordel avec Sheridan.

Une bonne fois pour toutes.

DOUZE ANS PLUS TÔT

Trey

Sɪɴᴄᴇ̀ʀᴇᴍᴇɴᴛ, j'aurais pensé que ça arriverait avant. Quand je rentre de chez Garrett et que je trouve Lance Green chez moi, je m'aperçois que j'attendais ce moment depuis la première fois que j'ai embrassé sa fille.

Il est assis sur notre canapé minable, un verre d'eau qu'il n'a pas touché est posé sur la table basse devant lui. Ma mère se lève du fauteuil en un bond avec de la peur et de la panique dans les yeux.

Qui pourrait le lui reprocher ? M. Green est le direc-teur des finances de la brasserie de Wolf Ridge et il est situé au sommet de la meute, juste après Emmett Green, le père de Garrett. Ma mère occupe le rang le plus bas : c'est une oméga. Donc, rendre Lance heureux figure très haut dans sa liste de priorités, et j'ai tout fait foirer.

« Trey, mon chéri, dit-elle d'une voix aiguë en tordant ses mains usées par le travail. M. Green est venu te voir. »

Je me suis figé dès que je suis entré, mais je me force à incliner la tête en direction du loup.

Il s'approche de moi. « J'ai deux mots à te dire », marmonne-t-il en continuant vers la porte sans s'arrêter.

Après avoir tenté d'esquisser un sourire rassurant à ma mère, je le suis dehors.

Il descend les marches du perron et s'arrête à côté de ma moto en croisant les bras. Il la regarde avec colère, comme si c'était elle le monstre qui sort avec sa fille, et non moi. Ou comme si c'était la moto qui a tué son fils.

« Elle a été acceptée à Stanford.

— Oui, monsieur, je sais. »

Il redresse brusquement la tête, de la fureur brillant dans ses yeux. « Elle ne veut pas y aller, dit-il entre ses dents. À cause de toi, évidemment. »

Je déglutis avec difficulté. « Je me suis assuré qu'elle réponde à la lettre d'admission. » Je ne sais pas pourquoi je le lui dis. Il ne faut pas rêver, ce n'est pas comme s'il allait soudain me prendre pour un héros.

Il ricane comme s'il ne me croyait pas. « Mets un terme à votre relation. Quitte-la tout de suite, pour qu'elle puisse partir à l'université et se concentrer sur ce qui est important : son éducation. Je ne te laisserai pas gâcher sa vie, petit con. »

Malgré le fait qu'il soit bien plus haut placé que moi, je serre les poings. Pas à cause de l'insulte, mais parce que mon loup ne supporte pas qu'on remette en question sa revendication. Même si notre union n'a pas encore eu lieu.

Sans savoir comment, je réussis à empêcher ma lèvre supérieure de se retrousser et je me retiens de montrer les dents. « Je ne peux pas faire ça, monsieur Green. »

Il me plaque au sol en un clin d'œil, sa main autour de ma gorge. J'entends ma mère pousser un petit cri à la porte, et c'est ce son qui me rappelle que je ne dois pas riposter. Que je dois me soumettre.

« Si tu ne veux pas que je bannisse ta mère et toi de la meute, tu feras ce que je te dis, gamin. *Quitte-la.* Tu as une semaine. »

Je le foudroie du regard, mais je lève le menton pour montrer ma gorge pendant qu'il continue de m'étrangler. C'est un geste de soumission. Le seul que je puisse lui offrir.

Il serre plus fort, m'empêche de respirer. Je refuse de me débattre ou de montrer des signes de détresse. Je me contente de regarder fixement ses yeux jaunes.

Enfoiré.

« Je ne te laisserai pas gâcher sa vie », répète-t-il avant de me lâcher. Il se relève, monte dans sa voiture et part sans un regard en arrière.

Une fois rentré dans la maison, je prends ma mère tremblante et en pleurs dans mes bras. « Tout va bien, maman, dis-je contre ses cheveux. Tu n'as pas à t'inquiéter. J'ai déjà rompu avec elle. »

26

PRÉSENT

Sheridan

Le club de la meute, c'est-à-dire la boîte de nuit de Garrett, l'Éclipse, est plein à craquer, rempli de loups vêtus de cuir. Je me faufile vers le fond de la salle en me blottissant dans la veste de Trey sans prêter attention aux regards mauvais. J'espérais que les loups de Tucson m'auraient presque tous pardonné ce que je leur ai fait il y a douze ans. J'imagine que je me trompais.

« Qu'est-ce qu'elle fout là ? » grommelle l'un à ses amis. Un autre secoue la tête en me regardant droit dans les yeux, sans prendre la peine de dissimuler son dégoût. « C'est triste de voir un loup se comporter comme un rat. »

La meute de Wolf Ridge s'est tiré une balle dans le pied lorsqu'elle a banni Garrett, Trey et Jared, parce que presque tous les mâles de notre génération et de la suivante les ont suivis à Tucson. C'est en partie la raison pour laquelle je suis placée si haut dans la meute, bien que je sois une femelle. Il y a quinze ans, ça aurait été impensable.

C'est Garrett qui aurait dû se préparer à prendre la tête de la brasserie et de la meute.

Sans me laisser abattre, je me fraie un chemin jusqu'à l'avant pour mieux voir. Mon cousin Garrett est sur la scène, ses pouces glissés dans les passants de sa ceinture. Tank, son bras droit, se tient légèrement derrière lui, ses bras massifs croisés sur son torse. Ils n'ont pas l'air contents.

« Silence », dit Garrett, et tout le monde se tait. Il ne crie pas ; il n'a pas besoin de le faire. L'autorité imprègne sa voix. « Nous sommes réunis pour parler de ce qui s'est passé au Fight Club et du traité proposé par les sangsues.

— Qu'on les brûle ! crie quelqu'un pendant que d'autres marmonnent leur assentiment.

— La ferme », gronde Tank. Le silence retombe.

Garrett continue : « Le problème, c'est qu'on avait conclu un accord et qu'ils ne l'ont pas respecté quelques jours plus tard.

— Pas officiellement », dit Jared. Il est juste à côté de l'estrade, un pied posé sur les planches. « On ne sait pas à quelle sangsue on doit ce cadavre.

— Non, c'est vrai, admet Garrett. Mais on sait que c'était un vampire. Que Frangelico ait puni le crime ou non, c'est arrivé après le traité et dans l'établissement d'un métamorphe. Même si ce quartier n'est pas officiellement notre territoire, Trey et Jared sont nos frères. On les protège.

— Merci, *boss* », marmonne Jared.

Garrett hoche la tête. « Que ça nous plaise ou non, on doit faire quelque chose. » Il se tourne vers Tank, qui s'avance en direction du public. « Vous avez la parole, annonce-t-il. Dites ce que vous avez à dire. Restez courtois, sinon je vous mets dehors. »

Immédiatement, un loup qui n'a pas l'air commode

déclare : « Je suis pour la guerre. Qu'on les élimine. » Quelques grommellements approbateurs font écho à ces mots. Jared secoue la tête.

« Une guerre implique des morts et des dégâts collatéraux. On ne veut pas que les vampires s'en prennent à des innocents.

— Ils le font déjà », proteste quelqu'un, soutenu par la foule.

Jared reprend plus fort en montant sur l'estrade : « J'aurais peut-être été en faveur de me battre jusqu'à la mort pour la gloire il y a quelques années, mais j'ai une compagne maintenant. S'il y a un moyen pour que ce traité fonctionne, je vote pour.

— Mais les vampires n'ont pas respecté le traité, répond le loup dur à cuire.

— Pas Frangelico, dis-je en poussant les auditeurs pour m'approcher. Je l'ai rencontré et je ne pense pas qu'il est responsable.

— Rappelle-moi en quoi ça te concerne, traîtresse ? » crache un loup.

Je me retourne et montre les dents, mais Garrett aboie : « Sheridan, viens ici. Tout de suite. »

J'obéis en baissant la tête. Mon cousin a l'air en rogne.

« Tu as rencontré Frangelico, c'est bien ça ? Comment est-ce qu'il a réagi ?

— Il n'est pas content non plus d'apprendre que quelqu'un est mort. » Il semblait plus contrarié que quelqu'un lui ait désobéi que par le fait qu'un homme soit mort, mais je ne le précise pas. « Je pense qu'un de ses lieutenants agit peut-être à l'encontre de ses ordres. Ce n'est qu'une intuition, dis-je à la hâte. Nero… hum, m'aime bien. Il paraissait prêt à semer la zizanie. »

Un coup d'œil autour de la salle m'indique que les loups ne me croient pas. Pourquoi en serait-il autrement ?

Je ne fais pas partie de leur meute et je les ai déjà trahis une fois. « Trey », dis-je avant de pouvoir me retenir. Je regrette de ne pas pouvoir revenir en arrière en voyant Garrett hausser un sourcil. Trey ne mérite pas de se faire entraîner dans cette histoire.

« Trey, quoi ? » m'encourage Garrett.

Mince. « Trey était avec moi. Il pourra vous en dire plus.

— Où est Trey ? demande-t-il en haussant la voix.

— Ici. » La voix rauque de Trey fait manquer un battement à mon cœur. Sa silhouette musclée se fraie un chemin dans la foule. Quand il monte sur l'estrade, la lumière éclaire les hématomes sur son visage et quelques métamorphes étouffent un cri.

« Qu'est-ce qui s'est passé ? demande Garrett en grondant.

— J'ai eu un petit différend avec une sangsue et je me suis battu. » L'expression de Trey est impénitente.

« Tu devais être salement amoché pour qu'il te reste des bleus », remarque Tank. Trey hausse les épaules.

« Dis-moi si je comprends bien. Tu t'es battu contre un vampire ? demande Garrett en fronçant les sourcils.

— Non, contre un de ses sbires. Frangelico interdit à ses sangsues de se battre. Mais je pense que Sheridan a raison. » Mon cœur s'accélère en entendant Trey prendre mon parti, puis je m'aperçois qu'il ne m'a pas regardée une seule fois. « Je pense qu'un, voire plusieurs des lieutenants de Frangelico se rebellent contre ses lois.

— Si c'est le cas, Frangelico devrait vouloir découvrir qui a enfreint le traité autant que nous, dit Tank.

— Les loups et le roi des sangsues du même côté ? » Le ton de Garrett est dubitatif, mais il hausse les épaules.

D'autres loups commencent à donner leur avis et se

bousculent en criant. Lorsque quelqu'un me pousse, je pousse en retour, luttant pour rester sur mes pieds.

« Assez ! » rugit Tank. Garrett lève la main pour réclamer le silence, et l'obtient sans tarder.

« Bon, la discussion est terminée. Ce n'est pas une démocratie. On est une meute et je suis l'alpha. Si je décide de traiter avec les vampires, c'est ce qu'on fera. On reste sur nos positions pour éviter une guerre ouverte. On continue à chercher le meurtrier et on espère que Frangelico fera la même chose. »

Alors qu'ils étaient au bord de l'émeute un instant plus tôt, les loups qui m'entourent acquiescent en silence. Je m'autorise à me détendre.

C'est à ce moment que mon père et l'alpha Green entrent.

Mon cœur se serre.

Ils ont choisi d'entrer par une porte dérobée qui les fait arriver derrière la scène. Tank se tourne le premier et saute au bas de la plateforme pour laisser passer le père de Garrett, l'alpha de Wolf Ridge. Mon alpha. Le père et le fils se font face avec des visages impassibles. Ils se ressemblent énormément, l'aîné reconnaissable aux quelques touches grises dans sa chevelure.

Garrett parle en premier. « Papa.

— Mon fils. » La voix de l'alpha Green est juste un peu plus grave que celle de son fils. Sa posture est circonspecte, mais c'est lui qui n'est pas à sa place ici : la plupart des loups présents sont ceux de Garrett. La séparation des meutes s'est principalement déroulée en paix, mais ça pourrait changer.

Par le ciel, j'espère que non. Une guerre entre meutes serait pire qu'une guerre contre les vampires.

« Nous sommes là parce que vous avez un petit problème avec les humains.

— C'est un problème avec les vampires, en fait. » Garrett s'approche de son père et se tient bien droit. « Mais on a la situation sous contrôle. »

L'alpha Green hausse un sourcil, exactement comme le fait son fils quand il est sceptique. « Je viens de passer les dernières vingt-quatre heures à appeler mes contacts au FBI et à la police pour leur demander de me rendre des services. Ils vont faire passer le décès pour une overdose. Des traces d'une substance toxique ont été trouvées dans le sang de la victime. Ils ont aussi accepté de ne pas diffuser les détails étranges dans les médias humains. Pour le moment. »

Toute la pièce semble pousser un soupir de soulagement. Garrett hoche la tête. « Merci pour ton aide. De la part de toute la communauté métamorphe.

— J'ai fait le nécessaire pour protéger notre espèce, répond l'alpha Green. La question, c'est : le fais-tu ? »

Garrett se hérisse, mais il paraît faire appel à sa patience. « On traite avec les vampires. On a des raisons de penser que ce décès a été causé par une sangsue qui agit en roue libre. Si on trouve qui c'est et qu'on le livre à Frangelico, ça mettra un terme aux morts et ça maintiendra la paix. »

L'alpha Green opine lentement du chef.

« Et le Fight Club ? » Mon père montre les dents comme s'il sentait l'odeur d'une proie. « Ce club nous cause des problèmes depuis son ouverture. Manifestement, c'est un point faible pour les loups. Les autorités avaient déjà enquêté sur les combats et les trafics de drogue, et maintenant ce cadavre ! Il me semble que nous n'aurons pas vraiment le temps de vous soutenir contre les vampires si nous avons trop à faire pour dissimuler des preuves aux humains. Pour réparer vos dégâts.

— Alors, fils ? demande l'alpha Green à Garrett. Que comptes-tu faire à propos du Fight Club ?

— Je peux répondre à cette question », déclare Trey. Tous les regards se tournent vers lui alors qu'il monte sur l'estrade et fait face à mon père, qui grimace en découvrant le visage tuméfié et couvert de coupures de Trey. « C'était surtout mon idée.

— La mienne aussi », se hâte d'ajouter Jared. Mais Trey secoue la tête.

« C'était mon idée de laisser le champ libre aux vampires dans le club. Et c'est aussi moi qui ai engagé Grizz. Il s'est battu pour nous, je pensais qu'il était fiable. Maintenant, je me rends compte qu'on s'est retrouvés mêlés à quelque chose de plus gros. Possiblement une révolte parmi les vampires. Je ne veux pas que la meute soit en péril par ma faute. Si mon alpha pense que c'est ce qu'il y a de mieux à faire, je suis prêt à fermer le club. » Il regarde Garrett, montrant clairement qu'il ne parle pas de l'alpha Green.

Un sourire satisfait flotte sur les lèvres de mon père pendant le discours de Trey. Je serre les poings.

« Fermer ? demande Garrett. C'est ce que vous voulez ? »

Trey hausse les épaules. Jared secoue la tête, mais il marmonne quelque chose du genre : « On fera ce que tu penses être le mieux. »

Maintenant, mon père exulte ouvertement. « Le mieux pour la meute serait de fermer le Fight Club. De façon permanente. » Un murmure parcourt la pièce, ainsi que des grommellements mécontents. Le Fight Club est populaire. Il a attiré de nombreux nouveaux loups en ville, de nouveaux membres de la meute. Si Trey essayait de le défendre, il se rendrait compte du nombre de personnes prêtes à se ranger de son côté dans la salle, mais il regarde fixement par la fenêtre, ses bras croisés.

J'ai envie de courir vers lui pour le forcer à me regarder et à oublier mon père. *Pourquoi tu ne te défends pas ?* J'ai envie de crier.

« Je pense que vous savez ce qu'il vous reste à faire », dit l'alpha Green à son fils. Garrett plisse les yeux, mais il ne répond pas. D'après ce que je sais de mon cousin, il réfléchit encore. Sa décision pourrait briser les rêves de Trey. Et pourquoi ? Parce que mon père s'est servi de son influence et a déformé la réalité pour laisser entendre que tout est la faute de mon père.

Ce n'est pas juste. Mais suis-je assez courageuse pour me dresser contre ma meute ? Et surtout, contre mon père ?

Être profondément aimé vous donne des forces, alors qu'aimer profondément quelqu'un vous donne du courage. Pas maintenant, Lao Tseu.

Je m'approche de l'estrade. Je me fige lorsque mon père me remarque.

La vie rétrécit ou s'étend proportionnellement à notre courage — Anaïs Nin.

Super. J'ai tellement peur que ma vie défile devant mes yeux, et elle consiste entièrement en des citations de sagesse ringardes.

Trey descend de la plateforme et commence à s'éloigner. C'est maintenant ou jamais. Je monte sur l'estrade au moment où il s'apprête à franchir la porte.

Je m'entends dire : « Attendez une minute. »

∾

Trey

. . .

Je n'arrive pas à y croire. Sheridan monte sur l'estrade avec assurance. Il commence à y avoir du monde là-haut, pourtant elle plante ses mains sur ses hanches en une pose à la Wonder Woman. « Ce n'est pas normal, et vous le savez. »

Son père s'agace, mais l'alpha Green lève la main. « Dis ce que tu as à dire.

— Frangelico a décidé d'emménager ici et il a déclaré que la ville est son territoire. Il est vieux, il est puissant, personne ne peut l'arrêter sans faire couler beaucoup de sang. Pour le moment, le traité s'est déroulé dans la paix. Le Fight Club n'avait rien à voir avec le cadavre. En fait, le club était une cible. Au lieu de le fermer, on devrait le défendre. Parce qu'on a besoin d'un endroit comme ça. Un lieu où les vampires et les métamorphes peuvent interagir. Quelqu'un a vu cette possibilité et a décidé de l'attaquer. Si vous le faites fermer, vous réagissez exactement comme les meurtriers l'espèrent. »

La salle est silencieuse et l'alpha Green semble plongé dans ses pensées. Le père de Sheridan est furieux, mais personne ne prendra la parole avant qu'un alpha ne le fasse.

Garrett pose sa main sur l'épaule de Sheridan. « Elle a raison. Au début, j'étais sceptique quand le Fight Club a ouvert. Mais depuis son ouverture, il y a moins de violence au sein de la meute, que ce soit entre membres ou avec d'autres espèces. N'importe quel métamorphe peut aller s'y défouler et régler ses comptes. Et comme il n'est pas sous le contrôle de la meute, on n'a pas à jouer les arbitres et on n'est pas responsables des morts. »

Sheridan regarde son cousin, qui lève le menton en un geste approbateur avant de baisser sa main.

« Mais c'est dangereux, proteste le père de Sheridan.

N'importe quel humain pourrait y entrer. Les autorités surveillent le club de près.

— Déplaçons-le, dans ce cas. Ou alors, on peut rester discrets pendant quelques mois en n'organisant que des combats humains. Le concept reste le même. Il est bon, dit Garrett en croisant les bras avant de se tourner vers son père. Je n'aime pas plus que toi que les vampires soient ici, mais Frangelico ne compte aller nulle part. Et il n'a pas déclenché la guerre en arrivant. Il a l'air prêt à cohabiter.

— Sheridan, tu me surprends », dit son père. Celle-ci tressaille, cependant elle ne bat pas en retraite.

« Hé, intervient Garrett. Vous l'avez envoyée pour analyser la situation. Vous lui faites confiance, ou pas ? »

Le père de Garrett hausse les sourcils. Ils se regardent un moment dans les yeux. L'alpha Green détourne le regard le premier, mais il semble presque fier. « C'est à toi de décider, mon fils. C'est ton territoire. Phoenix se rangera à ton avis.

— Le Fight Club reste ouvert », déclare Garrett. Un cri de victoire s'élève. Quelqu'un me donne une tape dans le dos.

« On n'a pas encore terminé, grogne Tank. On doit élucider le crime. Découvrir la vérité sur les vampires. On n'a pas beaucoup de temps. »

Garrett et lui commencent à donner des ordres tandis que Sheridan descend de l'estrade et se mêle à la foule. Possiblement pour se cacher de son père. Je ne le lui reproche pas. Il fallait du cran pour s'opposer à lui.

Elle va s'en aller, et c'est pour le mieux. Elle mérite une belle vie, une existence que je ne peux pas lui donner.

Sur cette pensée, je me dirige vers la sortie. Il est temps pour moi de prendre ma moto et d'aller faire un tour, de me changer les idées. Si Sheridan est partie quand je reviens, je saurai à quoi m'en tenir. Au moins, j'aurai le

Fight Club pour m'occuper. Et je pourrai me rappeler la tête de M. Green au moment où sa précieuse fille chérie est devenue grande et lui a dit ses quatre vérités.

« Robson », siffle quelqu'un derrière moi.

Lance Green s'avance lentement, une lueur métamorphe brillant dans ses yeux. « Ne t'approche pas de ma fille. »

Je soutiens son regard. Comment ai-je pu être intimidé par ce type un jour ? Je peux simplement faire déménager ma mère. De toute façon, elle sera probablement mieux à Tucson, loin de ces loups snobinards.

« Si tu essaies de la retenir ici, je te détruirai, toi et ton petit club minable, gronde M. Green. Tu as compris ?

— Non. »

Une veine bondit pratiquement de son front. « Pardon ?

— J'ai dit *non*. Écoute, l'ancien. Sheridan est adulte. Elle peut prendre ses décisions par elle-même. Elle vient d'être très claire là-dessus. Si tu refuses de l'accepter, c'est entre vous deux. Je sais que tu veux la protéger, mais si tu crois que me menacer fonctionnera encore une fois, tu te fourres le doigt dans l'œil.

— Tu ne peux pas me parler comme ça, espèce de sale…

— La ferme. » J'enfonce mon doigt dans l'épaule du loup. Il est peut-être plus âgé que moi, mais je suis plus gros, plus fort et plus grand, et j'ai atteint les limites de ma patience. « Sheridan fait ses propres choix. Je sais qu'elle a une bonne situation à Phoenix et je ne lui demanderai pas de l'abandonner pour moi. Mais je ne ferai plus jamais de courbettes devant toi. Je me suis soumis une fois. Ça n'arrivera plus. » Je m'éloigne à grands pas vers ma moto.

« Comment oses-tu me parler comme… »

Il pile net quand je gronde dans sa direction. « C'est

terminé. Si tu veux te battre, inscris-toi sur le planning du club. Je me bats presque tous les vendredis, » dis-je en démarrant ma moto. Le rugissement du moteur déchire l'air entre nous. « Encore une chose. Si j'apprends que tu as encore menacé ma mère ou que tu essaies de la faire virer de la brasserie, je t'affronterai pour te faire perdre ta place. » Ces derniers mots le font pâlir. Un tel combat renverserait l'équilibre de la meute de Phoenix, mais ça m'est égal. Il était temps que quelqu'un le fasse descendre de son piédestal et pointe ses agissements douteux du doigt. « Je me fous du nombre de loups que je devrai affronter pour ça. Je suis jeune et costaud, j'ai une chance de gagner. » Sur ces mots, j'accélère et je me barre à toute vitesse sans prendre la peine de regarder en arrière.

SHERIDAN

GARRETT EST sur le point de terminer son discours lorsque je vois mon père sortir juste après Trey. Ça ne peut pas être bon signe. Je pousse les loups pour gagner la porte, puis je cours jusqu'au parking juste à temps pour entendre Trey crier mon prénom.

« Sheridan fait ses propres choix. Je sais qu'elle a une bonne situation à Phoenix et je ne lui demanderai pas de l'abandonner pour moi. » Il enfonce son index dans le torse de mon père. « Mais je ne ferai plus jamais de cour-bettes devant toi. Je me suis soumis une fois. Ça n'arrivera plus. »

Hein ? Que veut dire Trey ? Je tiens ma langue et me plaque contre le mur.

Mon père paraît insulté et fulmine. Il marmonne

pendant que Trey s'éloigne, mais ce dernier ne laisse pas passer son attitude.

« C'est terminé. Si tu veux te battre, inscris-toi sur le planning du club. Je me bats presque tous les vendredis. » Il démarre sa moto. Je sors de l'ombre, bien décidée à tirer tout ça au clair, quand les dernières paroles de Trey me pétrifient.

« Encore une chose. Si j'apprends que tu as encore menacé ma mère ou que tu essaies de la faire virer de la brasserie… » Le reste est noyé par le sifflement dans mes oreilles.

Mon père a menacé sa mère. C'est pour ça que Trey m'a trompée. C'est pour ça qu'il a rompu avec moi. C'est pour ça qu'il s'en va, une fois de plus.

« Arrête ! » Je crie, mais c'est trop tard. Trey est parti, sa moto s'éloigne en vrombissant sur la route. Il ne se retourne pas. Je ne le ferais pas, à sa place. Que lui ont jamais apporté les Green, à part de la souffrance ? « Non ! » Je tape dans un caillou, qui rebondit contre le mur. Ce n'est pas suffisant. « Putain », dis-je entre mes dents. C'est mieux.

« Sheridan. » Mon père se retourne, à la fois sévère et apaisant, prêt à me servir une nouvelle leçon de morale. Je le vois sur son visage.

Je ne suis pas d'humeur. « Putain, c'est quoi ce *foutu bordel ?* »

Il recule en sursautant. « Attention, jeune fille…

— Tu as menacé sa mère ? » Des bruits de pas dans mon dos m'indiquent que nous ne sommes plus seuls.

« Couz' ? » La voix de Garrett me parvient à peine. Je fais un pas en avant, mes poings serrés. Je ne frapperai pas mon père, mais je compte bien lui dire ce que je pense.

« Sheridan…, commence-t-il.

— Je n'arrive pas à y croire. J'ai eu de bonnes notes et

j'ai toujours obéi, et qu'est-ce que tu as fait ? Tu t'en es pris à mon petit ami au lycée ? Et pas seulement à lui, mais à sa famille ? Putain, mais c'est quoi ton problème ? »

Mon père s'avance, mais je le pousse. « Laisse Trey tranquille. Et sa mère ! Tu ne peux pas abuser de ton influence dans la meute pour décider avec qui je dois sortir. Tu n'as pas ton mot à dire sur la personne avec qui je sors. Ou avec qui je m'*unis*, d'ailleurs, dis-je en tirant sur le col de mon haut pour révéler la marque de Trey.

— Sheridan », dit quelqu'un d'autre. L'alpha Green. Je devrais me montrer soumise et lui obéir, mais je ne veux plus faire semblant. La vraie Sheridan est là et elle refuse de se cacher. Je peux être aussi alpha qu'eux, si j'en ai envie.

« C'est terminé. Je quitte officiellement la meute de Wolf Ridge. » Quelque chose se brise en moi dès que je prononce ces mots, comme si les liens qui m'unissaient à la meute venaient d'être détruits à coups de masse.

« Sheridan, s'alarme mon père. Tu ne peux pas...

— Tu ne peux pas m'en empêcher », dis-je en un siffle-ment avant de partir vers ma Mercedes. J'aurais préféré une autre sortie que m'en aller dans la voiture offerte par mon père, mais bon. Je paie l'assurance et l'essence ; elle est à moi.

« Où iras-tu ? » demande l'alpha Green dans mon dos. Je sais qu'il a également senti mes liens avec la meute se défaire.

« N'importe où, sauf à Wolf Ridge. À part ça, je ne sais pas. » En fait, si, je sais. Je vais rentrer faire mes valises, puis je téléphonerai à Trey et le supplierai de me pardon-ner. Je hanterai le Fight Club. Je dormirai sur le perron, s'il le faut. Enfin, un cadavre vient d'y être retrouvé, donc je trouverai peut-être autre chose.

Je démarre la voiture et pars sans me retourner. Garrett

et sa meute ne veulent sûrement pas de moi, mais ce n'est pas grave.

Il n'y a que Trey qui compte. Je lui appartiens. Trey est ma meute, mon foyer.

∿

Trey

JE FONCE sur l'autoroute en direction de la sortie de la ville. De toute manière, j'emmerde Tucson.

Quelque chose me pousse à m'arrêter, bien que je ne sente pas de danger aux alentours. Je ne vois pas ce qu'essaie de me dire mon loup, mais je sors mon portable et réécoute de vieux messages. Il y en a un paquet de Sheridan, la plupart pour me demander de la rappeler. J'écoute chacun d'entre eux en tentant de déchiffrer le sens de ses mots. Son ton est cassant et professionnel, ni désespéré ni larmoyant. Mais c'est Sheridan. Elle ne va pas s'effondrer à cause d'un mec. Ce qui s'est passé entre nous n'était peut-être dû qu'à son désir de revivre sa jeunesse, de se lâcher un peu.

Elle est venue ici parce qu'on lui a donné une mission, et celle-ci est terminée. Elle n'a aucune raison de rester ici, à part moi. Mais je ne compte pas. Je ne peux pas lui donner la vie qu'elle est censée mener.

« Merde », dis-je dans ma barbe. Je suis tenté de balancer le téléphone, mais une intuition m'en empêche. Je crois que mon loup espère qu'elle nous contactera.

Je m'avachis sur la moto. Je donnerais n'importe quoi pour qu'elle me téléphone. Je pourrai me retenir et la libérer si je garde mes distances assez longtemps pour qu'elle s'en aille ; mais si elle m'appelle pour me choisir, je suis à elle.

J'ai toujours été à elle.

~

SHERIDAN

JE JETTE le fichu calendrier de citations à la poubelle dès que je rentre chez moi. La sagesse, c'est bien beau, mais cette fois, j'ai suivi mes tripes.

J'appelle ensuite Garrett. Il répond à la première sonnerie. « Couz' ?

— Je demande l'asile auprès de ta meute.

— Je m'y attendais », soupire-t-il. Les voix et le brou-haha en arrière-plan diminuent. Une porte se ferme, puis il reprend plus fort : « Pour combien de temps ?

— Je ne sais pas. Je… Laisse-moi quelques jours pour retomber sur mes pieds. Ta meute ne sera sûrement pas contente que je reste après que je les ai tous faits virer de Phoenix, dis-je sans reprendre mon souffle. Garrett, je suis vraiment désolée pour ça… de vous avoir trahis. J'étais terrifiée à l'idée que l'un d'entre vous ait de gros ennuis à cause de ces drogues débiles, mais… » Je m'interromps. Ce n'est pas la première fois que je m'excuse, mais ce sera la première fois que je dirai l'entière vérité. « J'ai cru mourir quand Trey a rompu avec moi, mais quand il est sorti avec Kaylee… quelque chose a lâché en moi. Je me suis brisée, *moi*. J'étais folle de rage. Et je sais que ça n'excuse pas ce que j'ai fait, mais…

— Peut-être pas, dit-il lentement. Je ne vais pas te mentir en te disant que ça ne nous a pas fait du mal… c'était difficile. Mais ce n'était peut-être pas uniquement ta faute. C'était peut-être notre destin que les choses se passent comme ça. Si tu ne nous avais pas trahis, on n'aurait pas été bannis et on ne serait pas venus à Tucson pour former une nouvelle meute. La nôtre. La plupart des loups sont contents de leur vie ici. Certains diraient même que c'est une meilleure vie que les miettes pour lesquelles ils auraient dû se battre à Phoenix. Mais ce n'est pas pour autant qu'ils te pardonneront aussi facilement que moi. Si tu demandes à rejoindre ma meute, ils ne te faciliteront pas les choses.

— Je sais. Je le mérite.

— Écoute, cousine. Je t'accorde l'asile aussi longtemps que tu en as besoin. Tant que tu es sur notre territoire, personne ne te cherchera d'emmerdes. Mais pour faire partie de notre meute, tu dois être parrainée.

— Parrainée ?

— Ouais. Et je ne fais confiance qu'à une seule personne pour veiller sur toi. »

Trey. Mon cœur bondit dans ma poitrine, puis retombe lourdement. « Il ne m'adresse plus la parole.

— Tu as tenu tête à ton père et au mien ce soir. Sans parler de la façon dont tu as géré la situation avec les vampires. Si Trey a envie que tu nous rejoignes, tu nous serais utile.

— Merci, couz'. » Je lâche le téléphone après avoir raccroché. Maintenant, je dois simplement aller trouver Trey et le supplier à genoux. Et pour ce faire, j'ai besoin de la bonne tenue…

J'entends un grattement étrange à la fenêtre et je vois une silhouette se déplacer dans l'ombre. Je tire le rideau et foudroie du regard le vampire derrière la vitre.

« Nero. » Je le savais. Bien sûr, sa voiture noire est garée contre le trottoir.

« Bonsoir, petite louve », dit-il en faisant glisser ses

ongles contre le carreau. L'horrible grincement me fait grimacer. Je referme le rideau, puis j'ouvre le tiroir de mon bureau pour en sortir la petite surprise que je gardais à portée de main.

Lorsque j'ouvre, Nero m'attend devant la porte.

Il repousse ses cheveux blonds soyeux et humecte ses lèvres. Ses crocs apparaissent alors qu'il caresse l'air entre nous comme si un mur l'empêchait de passer la porte. « Petite louve, petite louve, laisse-moi entrer.

— Non, aucune chance. » Une idée me vient. J'espère être crédible. « Mais si tu me dis qui a laissé ce cadavre au Fight Club, je sortirai.

— Pourquoi veux-tu le savoir ? demande Nero en haussant un sourcil.

— Je suis impressionnée. Lucius est tellement vieux qu'il est pratiquement tout-puissant. Celui qui a osé lui désobéir doit être très fort.

— Oh, je le suis, dame louve. Je te montrerai à quel point. »

Je penche la tête sur le côté. « Alors, c'était toi ?

— Oui, dit-il avec mépris.

— Pourquoi ?

— Frangelico est vieux, mais il a oublié notre raison d'être. Les vampires sont faits pour régner. Mes frères et moi, nous respectons la tradition.

— Tes frères ? » Mince, il n'est pas le seul à bafouer les lois de Lucius. Ils n'ont pas encore fait grand-chose, mais ce n'est peut-être que le début.

« Tu en sauras bientôt davantage. Le monde entier saura. » Nero se lèche les lèvres. L'ai-je vraiment trouvé séduisant un jour ? « Maintenant, sors, petite louve.

— D'accord. Mais d'abord... » Je repousse le pan de mon peignoir et lève le Glock que j'ai acheté après avoir corrigé cet étudiant. « Dis bonjour à mon pote », dis-je en visant l'entrejambe du vampire.

Trey

MON PORTABLE se met à sonner alors que je suis sur le point de reprendre la route. Le numéro de Sheridan s'affiche sur l'écran comme si je l'avais invoquée. Je fais presque tomber le téléphone dans ma précipitation pour répondre.

« Trey ? » La voix de Sheridan tremblote, et je suis prêt à me battre. Tous mes sens se mettent en alerte et mes muscles se bandent.

« Qu'est-ce qui ne va pas, mon cœur ? » Si son père lui a passé un savon, je jure que…

« J'ai un problème de… sangsue. »

J'ai relevé la béquille de ma moto avant qu'elle soit arrivée à la moitié de la phrase. « Où es-tu ?

— À la maison.

— Reste là. Ne bouge pas.

— Je pense que je maîtrise la situation, mais…

— Fais ce que je dis », dis-je avec autorité avant de démarrer la moto.

J'arrive chez Sheridan en un temps record. Ma moto passe en trombe dans le vieux quartier hispanique et je me gare derrière une berline noire qui sent le vampire.

Vêtue d'un peignoir, Sheridan est assise sur le pas de la porte, son regard vide. Elle me fait un sourire forcé.

Je pose un genou à terre. « Ça va ?

— Ouais.

— Qu'est-ce qui s'est passé ?

— J'ai eu un visiteur, dit-elle en désignant du menton la voiture noire garée devant la maison. Je lui ai tiré dessus. » Elle repousse un pan de son peignoir et me montre un pistolet à canon long.

« Whoa. » Je tends la main. Je veux savoir ce qui s'est passé, mais Sheridan est tellement bizarre qu'il vaut mieux ne pas la brusquer. Je prends l'arme et l'examine. Elle a une drôle d'odeur.

« Personne n'a appelé les flics ? » Les maisons autour de nous sont plongées dans le noir et tout est silencieux. Personne n'épie sa voisine en peignoir derrière un rideau. Ce qui est une bonne chose, sinon ils verraient aussi un gros biker effrayant et armé.

« J'avais un silencieux.

— Je n'arrive pas à y croire.

— L'idée, c'est de ne pas payer de mine et d'avoir un gros flingue, dit-elle en haussant les épaules.

— D'accord. Où est le corps ?

— En sécurité. C'est Nero.

— Tu as tiré sur un vampire ? » Maintenant que j'y pense, le pistolet sent l'ail.

« Et je lui ai à moitié planté un pieu dans le cœur. Ça ne le neutralisera pas éternellement, mais ça nous laisse un peu de temps.

— Pour quoi faire ? »

Elle se lève et détache sa queue de cheval. « Je dois d'abord m'habiller. Ensuite, j'aurai besoin d'une escorte.

— D'une escorte ? » Je ne comprends rien. Tout va trop vite.

« Ouais, dit-elle en s'arrêtant devant la porte. Il a avoué le meurtre de la victime retrouvée au Fight Club, donc on doit le livrer à Frangelico. »

J'attrape sa main avant qu'elle disparaisse dans la

maison. Il n'y a pas une minute à perdre, mais je dois dire quelque chose. « Attends, Sheridan. Ça va, vraiment ?

— J'étais un peu sous le choc, mais ça va mieux maintenant. Tu es là. » Elle m'embrasse légèrement sur les lèvres et fait de nouveau mine de s'éloigner, mais une fois de plus, je la retiens.

« On n'a pas le temps d'en parler maintenant, mais tu m'as appelé quand tu étais en danger.

— Oui.

— Tu m'as choisi. »

Son expression s'adoucit. « Oui.

— Va te changer, dis-je après l'avoir embrassée. Fais vite. On discutera plus tard. »

Elle sourit et disparaît dans la maison. Ma petite chasseuse de vampires.

27

PRÉSENT

Trey

ON SE GARE devant le Toxic une heure avant l'aube. Frangelico approche, vêtu d'un smoking et de gants blancs. Je lèverais bien les yeux au ciel, mais la tenue de Sheridan est assortie à la sienne : elle porte une robe rouge bouffante qui s'évase en un cercle de soixante centimètres et bruisse quand elle marche. Je lui enlèverai tous ces froufrous plus tard, pour voir si le corset peut survivre sans. Il rend ses seins incroyables.

Je m'éclaircis la gorge pendant que le roi approche, entouré par deux types baraqués. Je me demande si Grizz travaille ici, maintenant que tout le monde sait qu'il est à leur botte. Je n'admettrai jamais à quel point sa trahison m'a blessé, mais ma poitrine se comprime chaque fois que j'y pense. Au moins, il n'est pas là.

Frangelico claque des doigts et ses gardes s'arrêtent, le laissant parcourir seul les derniers mètres.

« Pas de lieutenants, cette fois ? »

Frangelico montre les dents. Pour sourire ou me menacer, je ne suis pas sûr. Sans doute les deux. « Loup, tu apprendras que je suis capable de me défendre seul.

— Pas ce soir, dit Sheridan. On ne veut pas se battre.

— Très bien. » Lucius s'incline et elle lui fait une révérence en retour. Je lève les yeux au ciel. Ces sangsues débiles adorent ces conneries vieux jeu ; le roi vampire est aux anges. Je me rapproche de Sheridan.

Lucius regarde l'horizon d'un air dramatique. « Peut-être pourrions-nous entrer dans le vif du sujet, dans ce cas ? L'aube approche.

— Ouais, dis-je en grommelant. Ce serait dommage que tu crames. »

Sheridan me donne un coup de coude avant de s'éloigner vers sa Mercedes.

« Nous avons quelque chose qui vous appartient. » Elle montre le coffre et attend la permission du roi vampire, qui hoche la tête. Elle l'ouvre lentement, puis fait un pas en arrière. Lucius s'approche, la tête penchée. Son visage devient livide lorsqu'il voit qui est à l'intérieur.

« Ah. En effet, ça m'appartient. Dis-moi, louve, comment mon enfant se retrouve-t-il dans ton coffre avec un pieu dans le cœur ?

— Il me harcelait. Il a essayé d'entrer chez moi et il m'a avoué que c'est lui qui a laissé le corps devant la porte du Fight Club. Il a parlé de respecter la tradition et de montrer au monde comment sont réellement les vampires. Lui et ses *frères* », dit-elle en formant des guillemets imaginaires alors qu'elle prononce le dernier mot. L'expression de Lucius devient effrayante. « Enfin bref, continue Sheridan, je lui ai tiré dessus et je lui ai enfoncé un pieu dans le cœur. Mais seulement à moitié. J'ai pensé que vous voudriez vous occuper personnellement de la situation. »

Je retiens ma respiration pendant que Frangelico

regarde ma louve, sa voiture et son lieutenant neutralisé. Nous allons voir s'il respecte ses propres lois.

Le sourire qui apparaît sur ses lèvres me fait frissonner. « Eh bien, merci, ma chère. C'est si agréable de rencontrer une louve qui respecte un traité. » Il fait signe à ses gardes du corps, qui s'approchent lourdement, sortent le vampire inconscient du coffre et le traînent pour l'emmener derrière le bâtiment. Ils ne prennent pas la peine de le ménager.

« Pauvre Nero, si passionné et prometteur. Je vais devoir le punir. Et tirer au clair cette histoire de rébellion. » Lucius touche ses canines de la pointe de sa langue. Il n'a pas du tout l'air contrarié.

« Je dirai à mon alpha que le traité tient toujours », dis-je en tirant Sheridan par le bras. Il vaut mieux qu'on y aille, au cas où le vampire déciderait finalement qu'il est en colère et qu'il doit punir d'autres personnes en plus de Nero.

Avant qu'elle puisse se retourner pour me suivre, Lucius dit : « J'ai toujours adoré les louves. »

Je me retourne d'un bloc, une insulte au bord des lèvres, mais Sheridan m'arrête en posant sa main sur mon torse. « Je m'en occupe », dit-elle d'une voix douce.

Elle sourit au vampire en montrant ses crocs. « Attention. Même si nous apprécions votre bonne volonté pour mener une action concertée, nous n'aimons pas beaucoup les vampires et nous n'avons aucune envie de devenir des victimes. Je ne voudrais pas que vous vous fassiez décapiter parce que vous avez un peu trop reluqué une louve. »

Je me raidis, prêt au combat. Sheridan vient d'insulter un roi vampire avec une menace à peine voilée.

Frangelico renverse sa tête en arrière et éclate de rire. Putain, je n'ai jamais rien vu de plus flippant que la colonne pâle de sa gorge.

« Adorable, dit la sangsue en secouant joyeusement la tête. Tout simplement adorable. Allez-y, avant que je décide de te garder. »

～

Au lieu de rentrer à la maison, je prends la direction de Gates Pass et roule jusqu'à un point de panorama. Le jour se lève. On ne parle pas pendant un moment, on se contente d'observer la lumière et les couleurs qui déferlent sur la vallée. Sheridan glisse sa main dans la mienne. Merde, tout aurait pu se passer tellement plus mal. Mais pour l'instant, j'ai la femme de ma vie à portée de main et une belle journée se profile.

Elle passe une main dans mes cheveux. Je la capture et mordille ses doigts jusqu'à ce qu'elle éclate de rire.

« On a réussi », soupire-t-elle. Sa robe extravagante bruisse autour d'elle.

« *Tu* as réussi. » J'embrasse ses doigts. « *Une action concertée ?* Laisse-moi deviner, encore ton calendrier avec un mot par jour ? » En plus de me donner la réponse, son sourire fait tressauter ma bite.

Ouais, j'ai envie de la pencher sur le capot de la voiture et de la baiser sans même lui enlever sa robe, mais on a besoin de souffler tous les deux. Je veux d'abord contempler le lever de soleil avec mon amour, la détendre et la réconforter. Ensuite, je pourrai l'attacher au lit et la faire jouir jusqu'à ce qu'elle accepte de ne jamais me quitter.

« Le club ouvrira bientôt, dis-je. La police n'a plus aucune raison de le garder fermé.

— Tant mieux. J'ai de grands projets pour lui. »

Mon esprit est si plein de fouets, de chaînes et de quel genre de corde serait le mieux contre ses poignets fins que j'ai besoin de répéter mentalement ses paroles pour les comprendre. Je me les repasse encore une fois. « Pardon ?

— Tu m'as entendue, dit-elle en fronçant le nez. Le concept est bon, mais il reste encore beaucoup de chemin à parcourir au niveau de l'exécution. Le Fight Club pourrait être un établissement super et respecté si on met simplement quelques mesures en place. »

Je m'adosse au banc, stupéfait. « Alors, tu vas rester ?

— Garrett dit que je ne peux rester que si tu me parraines. Qu'en penses-tu ? »

Je souris jusqu'aux oreilles. « Tu es sûre ?

— Je ne me suis jamais sentie à ma place dans la meute de Wolf Ridge, dit-elle avec un haussement d'épaules. Je faisais bien semblant, c'est tout. » Malgré son immense robe, elle grimpe sur mes genoux. Je referme mes bras autour d'elle et c'est comme si elle était faite pour se trouver à cette place. « Je n'ai pas à faire semblant avec toi.

— C'est bien vrai. »

Elle rit doucement. « Tu es d'accord pour que je reste ici ?

— Oh que oui, dis-je en la serrant plus fort. Au moins, je n'ai plus besoin de mettre mon autre plan à exécution pour te faire rester.

— Quel plan ?

— Je ne compte pas te le dire. Il pourrait m'être utile si tu changes d'avis.

— J'ai pris ma décision. Je ne changerai pas d'avis.

— Dans ce cas, je te ferai la surprise plus tard. » Je glisse ma main sous le corset moulant de la robe. « Mais si tu veux vraiment savoir, ça concerne le collier, la laisse et le bâillon-boule.

— Génial », pouffe-t-elle. Elle se blottit contre moi, sa tête sous mon menton.

« Donc, tu veux travailler au Fight Club ?

— J'y travaille déjà. » Elle se colle plus près, et il me faut un instant pour me souvenir de quoi on parlait. « Je vais m'occuper de la compta, mais je ne peux pas arrêter de servir au bar avant d'avoir appris à Luka à rendre la monnaie. Tu as besoin de moi.

— Putain, c'est clair, dis-je à voix basse en me délectant de la sentir dans mes bras. Je crois que l'idée d'être ton patron me plaît.

— Mon patron ? Non. J'ai un master en commerce. C'est moi qui serai ta patronne. » Elle se redresse et soutient férocement mon regard.

« Tu es sérieuse ?

— Putain, oui. » Je souris malgré moi.

« Tu es mignonne quand tu dis des vulgarités. Dis-le encore.

— Non. » Elle se réinstalle sur mes genoux en soupirant.

« Je parie que je peux arriver à te le faire dire encore », dis-je en une sombre promesse.

Elle éclate de rire. « J'ai hâte de te voir essayer. »

Sheridan

Une lumière dorée illumine le visage de Trey. Je pousse un soupir heureux. Je ne sais pas ce dont je lui suis le plus reconnaissante : m'avoir aidée à assurer la paix avec les vampires ou m'avoir encouragée à tenir tête à mon père. Maintenant, je peux être en sa compagnie quand le soleil se lève et se couche, ainsi que toutes les heures entre les deux. Il est ma récompense.

« On peut s'arrêter au club avant de rentrer ? J'aimerais prendre des mesures. » Lorsqu'il me regarde fixement, j'ajoute : « Pour le nouvel agencement que je vais concevoir. Ne t'inquiète pas, on ne changera pas tout d'un coup. On commencera par de petites améliorations que les clients apprécieront. La première, c'est un nouveau parking. J'appelle une entreprise demain.

— La baise, grogne Trey.

— Oh, c'est aussi prévu. Si tu es sage et qu'il n'y a personne, tu pourras me baiser contre le grillage autour du ring. »

Il se fige, puis serre mon sein sans douceur. « C'est une promesse ?

— Je travaille dur, j'ai besoin de me détendre.

— Allons-y, gronde-t-il. Je veux voir les dessous sexy que tu portes sous cette robe.

— D'accord. » Je lui souris et pose la main sur sa cuisse pendant qu'il démarre ma voiture. Incapable de résister, j'attends qu'il soit sur le point d'entrer sur la route pour me pencher et lui murmurer à l'oreille : « Je ne porte rien du tout. »

ÉPILOGUE

Trey

FONÇANT SUR MA MOTO, j'évite de lents poids lourds et me penche dans chaque virage avec une rapidité de réflexes dont seul un métamorphe peut faire preuve. Je me détends dès que je vois le Fight Club et sa porte libérée du ruban de police jaune. Le ciel soit loué, les emmerdes avec la police et les sangsues sont derrière nous. La meute ne risque plus rien, le Fight Club a réouvert et Sheridan prend ses marques sans problème. Tout est mieux qu'avant.

Beaucoup mieux.

J'entre sur le parking et j'accélère lors des dernières centaines de mètres sur le goudron neuf. C'était la première modification de Sheridan, et je dois reconnaître que c'est bien mieux que les graviers et le béton fissuré qu'il y avait avant. Un marquage au sol désigne même une partie du parking réservée aux propriétaires du club. La Mercedes de Sheridan y est déjà garée. Je jure que certains jours, elle passe plus de temps ici que Jared ou moi.

« Chérie, je suis rentré », dis-je d'une voix forte en passant la porte. Le bar et les tables surmontés de bois brillent ; Sheridan a ajouté des tables entourées de solides tabourets en métal et installé des lampes chics avec des ampoules à nu, qui collent à l'ambiance tout en baignant la salle de lumière. Le meilleur éclairage donne l'impression que la pièce est plus spacieuse. Au lieu d'être une usine lugubre, c'est à présent un bar accueillant.

Même Jared a reconnu que les changements sont de bonnes idées. Au départ, on était tous les deux nerveux à l'idée qu'elle dépense une tonne de fric pour installer un tas de fanfreluches, mais elle a su conserver l'esprit masculin du club. Elle s'est autorisé une déco féminine dans les toilettes des femmes, mais ça ne nous pose aucun problème parce que Jared et moi n'y mettons jamais les pieds. Les affaires tournent, les bénéfices sont en hausse et, surtout, ce qui est le plus important, Sheridan est heureuse.

Et quand elle est heureuse, elle me suce. Tout le monde s'y retrouve.

Lorsque le parfum de Sheridan flotte jusqu'à moi, je lèche mes canines en me dirigeant vers le bureau au fond de la salle, où je suis certain de la trouver. Des voix me parviennent et je reconnais une odeur familière : des pins, une fourrure épaisse, de l'huile de moteur… un ours métamorphe. Grizzly.

Putain, pas question. Je contourne la cage de combat et trouve Sheridan avec un grand type en bomber qui la dépasse de plusieurs têtes. L'ours me tourne le dos, mais il se retourne en sentant mon odeur. Ses yeux scintillent sur sa figure couverte de cicatrices. Je ne sais pas ce que Grizz faisait avant de gagner sa vie avec ses poings et de trahir ses amis en se rangeant du côté des vampires, mais c'est l'un des meilleurs combattants que j'ai pu affronter. En plus d'être massif, il est intelligent. Le prendre par surprise est presque impossible.

Je suis à deux doigts de taper d'abord et de poser des questions ensuite. Je devrai demander à la meute de me soutenir. Je le pointe du doigt.

« Barre-toi, dis-je avec autorité. Dégage, putain.

— Trey… » Je m'interpose entre eux sans laisser Sheridan finir.

« Hé, le loup, je ne cherche pas d'ennuis, dit Grizz en reculant, ses mains levées. Je passais voir comment tu vas, c'est tout.

— On va bien, mais pas grâce à toi. Tu pensais que j'oublierais ta trahison ? »

Grizz soupire. « C'était pas une trahison, grommelle-t-il d'une voix grave. Je faisais mon boulot, rien de plus. Je ne vous ai jamais espionnés pour le compte des vampires.

— Non, tu travailles juste pour eux. Je m'attendais à plus de loyauté de ta part. » Mais au moment où je prononce ces mots, je me rends compte que c'est absurde. Grizz est un combattant qui a proposé d'être notre videur en extra. Ce n'est pas sa faute si Jared et moi avons de plus en plus compté sur lui. Il n'a jamais manqué le travail et il était fiable, mais ce n'est pas comme si on avait vérifié ses antécédents. On savait seulement que c'est un solitaire qui gravite dans le milieu des combats, quelqu'un qui utilise sa taille et sa force pour arrondir ses fins de mois sur le ring. Pas une personne de confiance.

Pourtant, sa trahison me blesse.

Grizz secoue la tête avec un regard dur. « Je ne fais pas partie de votre meute. La loyauté, c'est pour les loups.

— Tu ferais mieux de te méfier, ours. »

À ma grande surprise, il éclate de rire. « Sinon, quoi ? Tu vas lâcher tes loups sur moi ? Tu m'as affronté. Tu sais que je peux démolir une armée.

— C'est pour ça que les vampires te gardent ? Tu es leur chien d'attaque ? »

Il rougit et ses yeux commencent à luire.

Sheridan me prend le bras. « Trey, arrête. Ça n'en vaut pas la peine.

— D'accord, dis-je après un moment. Mais que je ne te revoie plus ici.

— Je veux toujours me battre. » Il passe ses pouces dans sa ceinture, pourtant ça lui donne un air aussi menaçant que s'il avait levé les poings en l'air. « Je travaille peut-être avec les vampires, mais je n'appartiens à personne, loup. »

Je réponds par un grondement.

« Ça suffit, dit Sheridan en se plaçant entre nous. Vous pourrez régler vos problèmes sur le ring. Grizz, tu sais quand sont les inscriptions. Je dirai à… hum, quelqu'un de te contacter. »

Je pousse un autre grondement, toujours furieux, jusqu'à ce que Sheridan se tourne vers moi et presse son corps doux contre le mien. « Trey, ça ne vaut pas la peine. Tu te souviens du traité ? »

Merde. Je grimace. « Ouais. Je m'en souviens. Tu peux y aller, dis-je à Grizz. Mais tiens-toi à carreau. »

Il hoche la tête, tourne les talons et s'éloigne vers la porte, plutôt rapidement pour un mec avec sa carrure. Il s'arrête avant de sortir. « Tu as vu Nero, ces derniers temps ? »

J'ouvre la bouche, mais Sheridan pose une main sur mon torse et répond à ma place : « Non. Frangelico a dit qu'il le punirait pour honorer le traité. On n'a pas revu Nero depuis. J'ai posé la question à Lucius il y a deux jours quand on est allés au Toxic, et il a dit que son lieutenant prenait des *vacances prolongées*. Tu as une idée de ce que ça signifie ? »

Grizz hausse les épaules, son expression maussade. « Si Nero n'est pas mort, il regrette sûrement de ne pas l'être. Personne ne survit après avoir désobéi à Frangelico », dit-il avant de pousser la porte et de disparaître.

J'entoure les épaules de Sheridan de mon bras lorsque je la sens frissonner.

« Foutu ours.

— C'est un grizzly, rectifie-t-elle. Et un bon combattant. Il est plutôt populaire.

— Ouais ? Ben, j'ai vu une louve le mettre par terre.

— J'ai eu de la chance. Je l'ai pris par surprise. » Elle tire sur les pans de ma veste en cuir pour m'attirer contre elle. « On obtiendra plus de sa part si on reste courtois. Tu te rappelles l'adage, *on n'attrape pas les mouches avec du vinaigre ?*

— Qui a envie d'attraper des mouches, putain ? » Mais elle sourit, et ma colère fond. Grizz est parti, ma compagne est en sécurité et tout est paisible. Pour le moment.

« Alors, qu'en penses-tu ? demande-t-elle en désignant le Fight Club d'un geste, changeant de sujet.

— C'est génial, mon cœur. Vraiment, vraiment génial. Je t'ai déjà remerciée pour tout ce que tu as fait ?

— Une ou deux fois, dit-elle avec un sourire en coin. Vous aviez tellement peur avec Jared, au début.

— Ouais, mais tu as fait du bon boulot. Tu as gardé l'esprit industriel, tout ça.

— Le style industriel.

— Ouais. » J'approche ma bouche de la sienne. « Je pense qu'il est temps que je te remercie comme il se doit. Et puis, on doit inaugurer le club.

— L'inaugurer ? Avec une bouteille de champagne ?

— Si tu veux, dis-je en jouant avec une mèche de cheveux à l'odeur de vanille. Je pensais plutôt te baiser sur toutes les surfaces disponibles.

— Pouah ! Trey, non ! » Elle me repousse, mais je la serre dans mes bras et j'éclate de rire en touchant ses fesses.

« Tu n'en as pas envie ? » Je frotte ma bite contre elle — elle est raide comme un piquet depuis que je suis seul avec Sheridan. Sa respiration s'accélère, comme je savais qu'elle le ferait.

Elle plisse le nez. « Pas ici, le ménage vient d'être fait. Qu'est-ce que tu comptes faire, me baiser dans la cage ? »

Je pousse un grognement affirmatif en l'imaginant s'accrocher au grillage métallique pendant que je la pilonne par-derrière.

« Hum, non. Des gens saignent là-dedans. » Elle est si mignonne quand elle est dégoûtée. Je referme ma main dans ses cheveux et lui donne un baiser mémorable.

Lorsque je m'écarte, elle me regarde d'un air heureux et hébété, ses lèvres gonflées par mon baiser punitif. « D'accord. On n'est pas obligés de baiser ici. » Pas aujourd'hui, en tout cas. Mais bientôt, j'ouvrirai une bouteille de champagne et je prendrai Sheridan sur le bureau. Peut-être après un combat. Inutile de passer dans la cage tout de suite ; on pourra y arriver progressivement. C'est bien d'avoir des objectifs.

« J'ai terminé, laisse-moi prendre mon sac et on peut y aller, dit-elle.

— Ça marche. » Je regarde son cul remuer sous sa jupe tandis qu'elle s'éloigne sur ses chaussures à talons. Putain, je vais devoir réaliser ce fantasme du patron et de la secrétaire le plus tôt possible.

À son retour, elle a passé un jean, une veste en cuir et des bottes de moto. « Tu es venu en moto, n'est-ce pas ? Je me disais qu'on pourrait laisser ma voiture. Je reviendrai la chercher plus tard.

— Tu es sûre que ça ne risque rien ? » Je déteste admettre que ce quartier est dangereux, mais je ne voudrais pas que ma compagne se fasse voler son véhicule.

« Ouais. » Elle avoue en se mordant la lèvre : « Frangelico m'a dit qu'une de ses équipes veille à la sécurité du club. Une précaution pour garantir le bon déroulement du traité.

— Merde. » Saloperies de sangsues, à fourrer leurs canines où elles n'ont rien à y faire.

« Je pense que c'est une bonne chose, dit-elle. Il souhaite la paix. Comme nous tous.

— C'est vrai. » Je tends le bras, incapable de me retenir de la toucher plus longtemps. Même si l'idée que les sangsues surveillent mon club me fout les jetons, Sheridan a sans doute raison. Il me faudra un moment pour m'y faire, mais je suis prêt à tolérer énormément de choses pour la protéger.

Elle se dérobe à mon étreinte avec un sourire et ouvre la veste en cuir, celle que je lui ai donnée. J'adore qu'elle porte mes affaires.

« Hé, regarde mon nouveau T-shirt.

— C'est joli », dis-je doucement avant de froncer les sourcils. Ce T-shirt me dit quelque chose. C'est celui avec l'inscription *Touche pas à mon popotin*, mais Sheridan a barré le mot *pas*.

« Ça te plaît ? demande-t-elle en se déhanchant. Je l'ai corrigé. » Elle me fait un clin d'œil.

Quand je pige enfin, je passe mes doigts dans les passants de son jean pour la serrer contre moi. « C'est un sous-entendu, mon cœur ?

— Non, Trey. C'est un signe. Littéralement écrit sur mes seins, dit-elle en levant les yeux au ciel. Idiot.

— Surveille ton langage. Les petites impertinentes reçoivent des fessées. »

Elle hausse les sourcils en souriant. « C'est promis ?

— Ça suffit. » Je fais mine de gronder et la jette sur mon épaule. Elle pousse un cri perçant, mais elle baisse le bras pour caresser mes fesses pendant que je passe la porte. Je presse le pas, prêt à la jeter sur ma moto et à foncer jusqu'à la maison.

Mon bébé veut qu'on s'occupe de ses fesses ? Avec plaisir. Je lui ferai tout ce qu'elle voudra, et plus encore.

～

Sheridan

TREY OUVRE la porte de notre nouveau chez-nous d'un coup de pied et entre en me portant. Il a attendu de déverrouiller la porte pour me soulever dans ses bras.

« Que veux-tu, je me sens traditionnel.

— Je ne savais pas que c'était une tradition de porter sa copine pour passer la porte avant de la sodomiser », dis-je en m'esclaffant.

Il sourit. « On en apprend tous les jours. »

Je suis toujours secouée par des éclats de rire alors qu'il me porte jusqu'à notre chambre. J'ai choisi des rideaux, un dessus de lit et des décorations en de chaleureuses teintes brunes. Il m'a laissée m'occuper de la déco, non qu'il ait eu le choix. En ce qui concerne ce que l'on fait dans la chambre, c'est lui qui décide tout, en revanche. J'adore ça.

« J'attends ça depuis longtemps, marmonne-t-il en sortant une grosse bouteille de lubrifiant de la boîte où nous gardons nos accessoires coquins. Je vais te donner du plaisir, mon cœur. Je te le jure.

— Je sais. » Je trépigne sur le lit sans le quitter des yeux. Ma chatte est déjà trempée.

« Mais d'abord… » Il se retourne et s'approche de

moi, je ne vois plus que sa grande silhouette vêtue de cuir. « J'ai quelque chose pour toi. » Il fait apparaître un petit sac élégant d'un bleu turquoise qui en dit long. *Tiffany & Co.* Mince, Trey m'a acheté quelque chose chez Tiffany. Un bijou ? Une bague ? Par le ciel, va-t-il me demander en mariage ? Pour les loups, c'est marquer sa compagne qui compte, mais ils sont aussi nombreux à adopter les traditions humaines des fiançailles et du mariage.

« J'ai conscience que c'est un peu tôt pour ça, murmure Trey, mais on sait tous les deux qu'on est faits pour être ensemble, et il est temps. »

Oh la la. Il va faire sa demande. Je serre les cuisses et tente de ne pas suffoquer. Zut, j'aurais aimé être mieux habillée. Je porte un débardeur qui parle de fesses. Je n'imaginais pas vraiment ma demande en mariage inoubliable de cette façon, mais bon. Ce sera bien quand même.

Trey s'arrête un instant pour me sourire. J'ai des étoiles dans les yeux et je souris comme une idiote. C'est un peu tôt, mais on est ensemble depuis longtemps et il m'a marquée, donc… c'est inévitable. Je ne suis peut-être pas entièrement prête pour un mariage officiel, mais s'il me fait sa demande, j'accepterai.

Mon père va péter un câble. Je ris toute seule en imaginant sa tête. Ce sera génial.

J'attends que Trey mette un genou à terre et me prenne la main ou quelque chose du genre, mais il se penche vers moi.

Il embrasse ma mâchoire, puis mes lèvres. *Mmmm.* Quand il se redresse, il montre le sol. « Bon, mon cœur. À genoux. »

Mon cœur bat à tout rompre. Ce n'est pas une demande en mariage. Alors que je reste assise en le regardant fixement, il pose sa grande main sur mon épaule pour repousser mes cheveux. « Maintenant, Sheridan. »

D'accoooord. Je m'exécute.

« Je sais qu'on n'est pas vraiment dans une relation dominant-soumise. Mais quand on va au Toxic ensemble, il y a quelque chose que j'aimerais que tu portes. » Il soulève le sac bleu, et des cloches nuptiales commencent à sonner sous mon crâne. C'est parfait. Enfin, je suis à genoux, je porte un haut qui parle d'anal et mon futur fiancé me fait la demande la plus bizarre qui soit, mais c'est Trey, donc c'est parfait.

Il toussote, manifestement nerveux. « On n'est peut-être pas encore prêts pour quelque chose d'aussi formel, mais c'est quelque chose que tu pourrais porter uniquement quand tu en auras envie.

—Je ne veux pas l'enlever. »

Pourquoi voudrais-je enlever ma bague ? Est-ce que ça veut dire qu'il pourrait enlever la sienne ? « Tu enlèverais la tienne dès que tu en as envie ? Ce n'est pas logique. À moins que… » Trey me lance un regard confus tandis que je m'écrie : « Tu es en train de me dire qu'on va pratiquer l'échangisme ?

— Quoi ? Non ! »

Je lui frappe la jambe. « Qu'est-ce que tu veux dire, alors ?

— J'essaie simplement de te faire un cadeau… Pourquoi tu parles d'échangisme ?

—Je ne sais pas ! Qu'est-ce qu'il y a dans le sac ? »

Il en sort une boîte. Une longue boîte. De toute évidence, ce n'est pas l'écrin d'une bague.

« Ce n'est pas une bague… Tu ne me demandes pas en mariage ?

— Hein ? » Il se pétrifie et écarquille les yeux. À son

expression, il se demande s'il n'a pas commis une erreur. Je sens un fou rire me gagner.

« Oh, ouf. J'étais morte de trouille ! »

Trey est aussi pâle que la lune. « Tu croyais que j'allais te demander en mariage ? Comme ça ? » Il fait un geste vers le sol, où je suis toujours agenouillée.

« C'est que… tu étais tellement sérieux que… oh, par le ciel. » Je ris si fort que je commence à pleurer. Je vais bien. Je ne suis pas déçue. Vraiment.

« Tu es sûre ? » Sa question me fait prendre conscience que j'ai dit les dernières phrases à voix haute. Il s'agenouille à côté de moi et m'entoure d'un bras en posant l'écrin à terre. « Mon cœur, j'en ai envie. Toi et moi, c'est pour toujours. Tu le sais.

— Oui. » Je m'essuie les yeux, ma crise passant lentement. « Oui, je sais. Je me disais la même chose. Mais c'est trop tôt. Je veux profiter de chaque étape de notre relation.

— C'est ça. » Il embrasse mon front et me serre contre lui. « Moi aussi.

— Je veux tout, dis-je à voix basse.

— Et je te le donnerai. » Nous restons enlacés un moment. Il me caresse le dos et frotte son nez contre ma tempe.

Après quelques minutes, je m'écarte. « Bon. Je vais mieux. Désolée d'avoir craqué.

— Ce n'est rien, mon cœur », dit-il immédiatement.

Je lui fais un petit sourire. « Je suis un peu difficile à vivre, hein ? »

Dans ses yeux, je vois qu'il se demande quelle est la bonne réponse. Je secoue la tête et lui tapote l'épaule. « Ça va, je sais que c'est vrai.

— Je t'aime, Sheridan. »

Bonne réponse. « Moi aussi, je t'aime. » Je le récompense d'un baiser, mon moment de faiblesse complètement

derrière moi. « Mais tu allais m'offrir quelque chose…
Qu'est-ce que c'est ? Je veux savoir. » J'essaie de prendre la
boîte, mais il est plus rapide.

« Je voulais quelque chose qui te rappelle à qui tu
appartiens, même si tu portes déjà ma veste. Dans la
meute, on n'est pas du genre à considérer nos poules
comme nos propriétés. On n'est pas un club de bikers
comme les autres. »

Il sourit pendant que je lui tape le bras. « Ne nous
appelle pas des *poules*. Et non, on ne vous laisserait pas nous
appeler des propriétés.

— Mais entre toi et moi, il y a quelque chose de
spécial, Sheridan, dit-il d'un ton soudain solennel. Avec
tout ce qu'on a traversé… on est faits pour être ensemble.
Tu m'appartiens.

— Oui. » Je hoche la tête. Mon cœur sait que c'est la
vérité. « Et toi, tu m'appartiens.

— Donc, je voulais… merde, je voulais quelque chose
qui le montre. »

Il ouvre la boîte et je pousse un cri en découvrant une
jolie chaîne en argent. Il m'a acheté un collier Tiffany.
« Un collier ! Je ne te taquinerai plus jamais en disant que
tu as mauvais goût. »

Il s'éclaircit la gorge. « Ce n'est pas juste un collier,
mon cœur. C'est un collier de soumise. »

Mon cœur fait une cabriole et mon entrejambe se
contracte. Par le ciel, je suis tellement excitée. Trey le lève
et l'approche de mon cou. « J'aimerais que tu le portes
quand on sort en club ensemble. Si on retourne au Toxic,
je veux que tout le monde sache que tu es à moi.

— Il est parfait. Je peux aussi le porter pendant la
journée. »

Il acquiesce, toujours sérieux. « Si tu veux.

— Oui, je le veux, dis-je d'une voix flûtée en enlaçant

son cou. Je l'adore. Je suis bien contente que ce ne soit pas une bague de fiançailles. Pas cette fois.

— Putain, je suis content qu'il te plaise vraiment.

— Oh, oui. Je peux le porter dès maintenant ?

— C'est l'idée. » Je soulève mes cheveux pour qu'il puisse l'attacher, puis il glisse son doigt sur mon cou pour vérifier qu'il n'est pas trop serré, me tirant un frisson. « C'est joli.

— Oui », dis-je en un couinement. Mes joues sont rouges et ma peau soudain brûlante.

Lorsqu'il se lève, mon cœur fait de nouvelles cabrioles. Je suis à genoux et il baisse les yeux vers moi, mon beau et puissant dominant. Je ne peux détacher mon regard du sien.

Il se penche, puis repousse les cheveux devant mon visage et dans mon cou avant de se redresser pour me contempler. Je reste immobile, mon dos bien droit malgré mes entrailles qui frémissent, afin de me montrer sous mon meilleur jour à mon maître.

« Tu porteras ce collier quand je baiserai ton cul, ordonne-t-il.

— Oui. » Je suis essoufflée. Oh, par le ciel, oui.

Il passe ses doigts sous mon nouveau ras-de-cou en argent et me fait lever. « Déshabille-toi et monte sur le lit. À quatre pattes. »

Tremblante, je m'exécute. Une fois nue, je m'installe à quatre pattes sur le lit. Le collier est froid contre ma peau, mais ce n'est pas pour ça que je frissonne. Trey se dresse derrière moi. J'ai invité un monstre dans mon lit : gros, puissant et effrayant. Ses mains rendues rugueuses par les combats caressent mes flancs.

« Du calme, Sheridan. Détends-toi. Tu sais que je te donnerai du plaisir. »

Et tout à coup, mon corps se décrispe. Je cambre le dos

sous sa main et lève le derrière. Il me gratifie d'un :
« Bonne fille » avant d'empoigner mes fesses et de les écarter. L'humiliation et l'excitation me nouent le ventre
pendant que Trey m'examine. Mon arrière-train est en
l'air et il peut tout voir. Il me touche comme si je lui appar-
tenais. Lorsque je remue sur le lit, il frappe mes fesses.

« Ne bouge pas. »

Je soupire et baisse la tête en signe d'obéissance. Le
désir fait bouillir mon sang. Quelques légères caresses sur
mon clito suffiraient à me faire jouir, simplement parce que
j'ai l'impression d'être la chose de Trey.

« Tellement belle. » Il caresse ma fesse droite du pouce,
et tout mon bas-ventre se contracte de besoin. Je coule sur
le lit. « Si petit et serré. Ça va être tellement bon. »

Après une dernière tape, il se déplace sur le matelas
pour s'approcher de moi. Ses légères caresses de haut en
bas sur mon flanc me poussent à me redresser, à me
cambrer entre ses mains et à lui présenter mon entrejambe.
Il touche mes seins qui se balancent, joue avec eux jusqu'à
ce que j'aie du mal à respirer. Avec un rire sombre, il fait
lentement descendre ses doigts le long de mon corps
pendant que je retiens mon souffle, espérant qu'il passera
entre mes jambes et apaisera le brasier qui y fait rage.

« C'est ça que tu veux ? » demande-t-il en frottant mes
grandes lèvres avec la légèreté d'une plume. Je me colle
contre sa main pour l'encourager, mais il écarte la sienne
— non ! — et sa paume s'abat sur ma fesse gauche. Il
alterne entre des fessées et des caresses sur ma chatte aux
abois jusqu'à ce que je ne sois qu'une boule de nerfs
confuse, tremblante et gémissante.

« À qui appartient ce cul ? À qui est-ce que tu
appartiens ?

— À toi ! » Ses doigts reviennent se poser sur mon clito
et appuient juste au bon endroit.

« Jouis pour moi, mon cœur. » J'explose dès qu'il prononce son ordre, mon buste s'effondre sur le lit. Trey profite de ma position offerte pour étaler une ligne fraîche de lubrifiant entre mes fesses. Je gémis quand il me pénètre avec un doigt.

« Détends-toi, bébé. Laisse-moi entrer. Voilà, comme ça. » Son long doigt me fouille et je grimace. Il a déjà joué avec mon cul, mais c'est différent. Tout de suite, il ne joue pas, il me doigte dans un but précis. Chaque molécule de mon cœur est éveillée et consciente de son noir dessein.

Je me colle contre le matelas et garde les fesses en l'air, je tente de me détendre comme il me le demande. Molle et souple après mon orgasme, je dois tout de même me retenir de me crisper à cause de l'intrusion inhabituelle. C'est inconfortable et ça me met mal à l'aise, mais ça ne fait pas mal, même lorsque Trey ajoute un deuxième doigt après avoir massé le petit cercle serré de muscles pour que je l'accepte. Il m'ouvre lentement jusqu'à ce que je halète et me balance contre ses doigts.

« C'est bien, murmure-t-il. Bonne fille. » Je me baise moi-même sur ses doigts, accélérant le rythme sans prêter attention à la légère brûlure. C'est comme ça que je montre mon amour : je me donne entièrement à mon compagnon, peu importe la gêne ou l'inconfort.

« Bon », finit-il par dire en s'installant derrière moi. Le lit penche sous son poids, je recule vers Trey alors qu'il enlève ses doigts, puis place son membre devant l'entrée de mon anus. J'écarte davantage les genoux et me prépare. Il appuie, mon petit trou brûle quand son gland le pénètre. Il est long et gros, mais son travail de préparation fonctionne. Après avoir dépassé l'entrée serrée, il glisse en moi et m'emplit au-delà de ce que je pensais possible. J'ai du mal à réfléchir, à comprendre cette intrusion. Ma chatte pleure, totalement ignorée.

Trey fait remonter sa main sur ma colonne vertébrale, m'apaisant et me stimulant en même temps. Il enfouit ses doigts dans mes cheveux, me tire la tête en arrière et saisit la chaîne autour de mon cou. Il va posséder mon cul en tirant sur mon collier. Par le ciel, c'est si excitant.

« Maintenant, je vais te baiser », annonce-t-il. Ma chatte est prise d'un spasme. Je savais que Trey réussirait à me donner du plaisir, mais je n'aurais jamais pensé que j'adorerais l'anal à ce point. Je ne me contente pas de le tolérer : j'en ai envie. Terriblement.

Il commence à bouger, de lents va-et-vient qui enfoncent profondément son érection en moi, en invasions répétées. Je serre le drap entre mes doigts, déterminée à tenir bon, mais Trey a autre chose en tête.

« Touche-toi, ordonne-t-il. Caresse-toi. » Il ne me laissera pas me faire baiser en serrant les dents. Il veut m'exciter, que je prenne du plaisir même quand il me pilonne le cul pour trouver le sien. Son membre chaud palpite, il m'envahit sans merci et échauffe mon corps. Je suis excitée malgré moi. Je fais ce qu'il me demande et me redresse sur un bras pour pouvoir glisser mes doigts entre mes lèvres trempées. Je me balance plus vite, je frotte la zone sensible près de mon clito pendant que mon désir gonfle comme un ballon, amplifié par le sexe qui plonge dans mon petit trou vierge. Des sons de plaisir s'échappent de ma gorge alors que mon orgasme est juste à portée de main, juste sur la brèche…

« Ne jouis pas sans ma permission », m'avertit Trey. Mes doigts s'immobilisent un instant, mon orgasme qui montait trébuche. J'ai envie de baisser la tête, mais le collier appuie sur ma gorge exposée et me maintient cambrée, offerte au plaisir de mon compagnon. Je geins tandis qu'il fait des allers-retours dans mon anus à présent décontracté. Ma chatte palpite, elle réclame d'être stimulée à grands cris. Je suis une si bonne fille, je mérite certainement de me caresser juste au bon endroit…

« Non, ordonne-t-il en s'écartant pour assener une tape brutale sur mon derrière. J'ai dit non. Ne jouis pas avant que je te le dise.

— Trey, dis-je d'un ton pleurnichant. S'il te plaît !

— Sois une bonne fille. » Il frotte mes fesses et me pénètre de nouveau, avec douceur. « Sois sage et je te laisserai jouir. Supplie-moi de t'enculer et de tirer sur ton collier.

— S'il te plaît. » Je serre les dents. Merde, il va m'obliger à le dire. « Encule-moi !

— Et ?

— Tire sur mon collier. » Mes épaules s'affaissent, je suis vaincue. « Je t'en prie, Trey, prends-moi.

— Aww, putain. » Il accélère et tire sur la chaîne en me pilonnant. Le collier se serre autour de ma gorge, plus fort qu'une étreinte. Il m'étrangle, me possède. Une décharge électrique se propage sur ma peau, jusqu'à mes tétons durs et ma chatte en manque. Tirant une dernière fois sur mon collier, Trey ordonne : « Jouis, mon cœur. Jouis pour moi. » Et c'est ce que je fais. Mes muscles ont des spasmes et mon anus se contracte autour du membre de Trey alors que des vagues d'un plaisir abrutissant déferlent sur moi. « Putain, bébé, oui », gronde-t-il. Il me tire en arrière pour plonger profondément en moi tandis qu'il emplit mon petit trou de sa semence. On s'écroule sur le lit en aspirant de grandes goulées d'air, nos respirations synchronisées.

« Bonne fille, dit Trey en me caressant le dos. Une si bonne fille. » Il s'écarte lentement de moi et je m'effondre sur le matelas.

« Reste ici », murmure-t-il avant de disparaître dans la salle de bains principale. Mes membres sont aussi mous que des spaghettis bien cuits ; je ne pourrais pas bouger même si j'essayais. Trey revient, son sexe saillant de son merveilleux corps nu. Il disparaît le temps de placer quelque chose de tiède et doux contre mes fesses, puis me nettoie avec délicatesse. Il rapporte le linge dans la salle de bains avant de revenir près de moi. Il s'allonge et me serre entre ses bras forts pendant que je me blottis contre lui et enfouis mon visage dans le creux de son cou. Il me fait lever la tête pour étudier un instant mon visage, ses beaux traits tranquilles. Le monstre est apaisé.

« À qui est-ce que tu appartiens, Sheridan ? demande-t-il en écartant les mèches mouillées de mon visage.

— À toi, Trey. Pour toujours. Je suis à toi. »

Fin

MERCI D'AVOIR LU *Le Fléau de l'Alpha !* Si vous avez apprécié ce livre, nous vous serions reconnaissantes de nous laisser vos commentaires ; ils sont très importants pour les auteurs indépendants. Découvrez bientôt le prochain livre de la série *Alpha Bad Boys* : *Le Secret de l'Alpha,* avec Grizz, le combattant grizzly, et Jordy, la renarde métamorphe rencontrée dans *Le Défi de l'Alpha.*

TENDRESSE ET MÉTAMORPHES GRONDANTS,
Renee et Lee

LE SECRET DE L'ALPHA ~
CHAPITRE UN

ELLE APPARTIENT À MON ENNEMI. JE N'AR-RÊTERAI PAS AVANT QU'ELLE SOIT MIENNE.

Je suis le prédateur par excellence. Je vis selon un code. Chasser ou être chassé. Tuer ou être tué.

Puis je la rencontre. À l'instant où je sens son parfum, je sais qu'elle est faite pour moi. Elle est née pour porter ma marque et je suis né pour la protéger.

Elle appartenait à mon ennemi jusqu'à ce que je la prenne avec moi. Il veut la récupérer. Il est prêt à partir en guerre pour la retrouver, mais personne ne me l'enlèvera.

Elle est mienne et je ne l'abandonnerai jamais.

**

Grizz

Foutus vampires tordus.

Le Toxic, la boîte BDSM des vampires, est à moitié un club, à moitié un donjon médiéval : tous les meubles sont en bois lourd et recouverts de velours rouge, et il est possible de s'égarer dans certains recoins obscurs. À un bout de la salle, un petit bar sert uniquement des alcools forts haut de gamme et des vins rares. Des verres tintent, un son civilisé qui sera bientôt noyé par d'autres bruits plus sinistres provenant du donjon.

Au-dessus de nos têtes, de la musique commence à vibrer à travers le plafond. Dans peu de temps, des couples commenceront à descendre de la boîte de nuit située au rez-de-chaussée.

Je me fraie un chemin à travers les différents espaces, en prenant soin de ne pas toucher un instrument de torture ou un des meubles construits sur mesure qui se dressent comme des monstres cauchemardesques dans la pénombre. La vue des bancs à fessée et des croix de Saint-André suffit à tirer des frissons à un soumis. À le faire panteler de désir. Bordel, ça n'a pas le moindre sens pour moi, mais je vois la situation se produire toutes les nuits.

J'attends dans l'ombre alors que les premiers couples descendent discrètement l'escalier. Certains se dirigent tout de suite vers leur instrument préféré ou leur alcôve privée ; d'autres se figent au pied des marches, regardant fixement le donjon avec un mélange de peur et de désir.

Les vampires aiment conserver une ambiance sombre en bas, possiblement pour cacher ce qu'ils sont. Ça fonctionne peut-être sur les faibles sens humains, mais en ce qui me concerne, je les sens dans tous les coins. En voilà un qui attache une jolie blonde au mur. Un autre est assis dans un espace salon, un homme mince sur ses genoux. Le vampire murmure quelque chose à l'oreille de son soumis, et l'homme ouvre des yeux ronds en fixant des accessoires présentés sous une lampe. Des instruments de torture, selon moi, même si les soumis ont l'air de les adorer. Merde, le désir irradie de celui-ci pendant que son maître vampire le tire vers le banc à fessée. Cet humain a hâte de se faire fouetter le cul.

Je ne pige pas. C'est un mystère pour moi, un rituel sexuel sans aucune logique.

Quand le vampire claque des doigts, une adorable rousse les rejoint. Elle s'approche du mur et décroche un martinet noir avant de revenir vers le vampire, qui attache son partenaire avec des gestes théâtraux. La rousse est un petit bout de femme vêtue d'une robe blanche qui ne cache presque rien, son string blanc clairement visible sous le fin tissu. Elle porte un ras-de-cou en cuir blanc. La tête baissée, elle présente l'instrument à son maître et garde une pose soumise jusqu'à ce qu'il lui prenne des mains. Lorsqu'il la renvoie d'un geste, elle recule pour attendre son prochain ordre. Quelques personnes se rassemblent pour voir le vampire fouetter son soumis, mais je n'ai d'yeux que pour la rousse. Une brise souffle dans le club, de l'air frais qui provient des bouches de climatisation. La peau de la petite rouquine se couvre de chair de poule et ses tétons durcissent. Merde, elle a froid. Je ne sais pas pourquoi ça me dérange, mais c'est le cas.

Je ne capte pas l'intérêt de tous ces apparats et ces cérémonials. Ce sont les pires préliminaires imaginables, compliqués et inutiles. Pas étonnant que les vampires les adorent. La moitié de ces connards ont grandi à l'époque victorienne.

La rousse, en revanche… Je comprends l'attrait. De délicates taches de rousseur parsèment son visage et ses pieds nus. Elle reste au bord de la scène, silencieuse et effacée pendant que son maître s'amuse avec un autre. Si j'étais son maître, je ne l'ignorerais pas. Putain, je ne m'amuserais certainement pas avec quelqu'un d'autre. Je la garderais près de moi, je l'attacherais jusqu'à ce qu'elle sache qu'elle m'appartient. Je la formerais pour qu'elle m'accueille quand je rentre, me fasse asseoir sur le canapé avec des mains avides, se mette à genoux entre mes jambes et me souhaite la bienvenue comme il se doit.

Et maintenant, je bande. Je me détourne de la rouquine. La regarder énerve mon ours, et j'ai besoin de garder la tête froide ce soir. J'ai accepté ce boulot parce que c'est un poste tranquille ; mais surtout, il me rapproche de ma proie.

Mes lourdes bottes émettent un rythme familier pendant que je fais le tour du club. Je peux me déplacer en silence, mais je préfère qu'ils me voient comme un gros balourd, l'ours employé par les vampires, le métamorphe au service du roi. La plupart des couples m'ignorent. Il faut un peu de temps pour s'habituer au club des vampires, mais c'est plutôt calme, contrairement au Fight Club, la boîte métamorphe où je bossais avant. Ici, la majorité des clients sont polis et se contentent de faire leur truc dans leur coin.

Une blonde approche d'une démarche chaloupée. Elle est nue, à l'exception d'un minuscule string en dentelle rose et d'un collier noir rattaché à une laisse qui passe entre ses seins nus. Elle me sourit en passant à côté de moi et repousse sa laisse sur une épaule, de façon à la faire pendre entre les globes rougis de son cul parfait.

Ouaip, taffer au club BDSM est un boulot assez tranquille. Certaines nuits sont plus sympas que d'autres.

Je tourne à un angle et vois la petite rousse, nue, ses bras levés au-dessus de sa tête. Le vampire fait la démonstration d'une espèce de technique de nouage de cordes et se sert de sa soumise comme d'un modèle. Sa robe blanche rassemblée à ses pieds, elle obéit avec une expression calme, presque absente. Sa poitrine se soulève et retombe en profondes respirations égales tandis que la corde la comprime. Ses cils papillonnent.

Le vampire achève la démonstration, puis il détache la fille et lui indique de ranger la corde avant de la congédier avec une tape sur les fesses. Un grondement se bloque dans ma gorge. Putain, je suis planté là depuis bien trop longtemps.

« Tu aimes ce que tu vois, métamorphe ? demande doucement un vampire à côté de moi. Tu devrais peut-être essayer. »

J'attends que la fille ait disparu dans une alcôve privée pour murmurer à mon partenaire de conversation non désiré : « D'acc', Benny. Pourquoi pas sur ton cadavre ? »

Le vampire retrousse les lèvres et montre ses canines. « Je m'appelle Benedict.

— Je sais. » Je penche la tête de côté, déjà lassé. Benedict est l'un des jeunes vampires, transformé depuis seulement un siècle. Pâle et maigre, on dirait qu'il va bientôt crever à cause d'une consommation de drogues dures. C'était peut-être le cas quand il était humain. « Je t'ai donné un surnom. Si j'avais le malheur de m'appeler Benedict, je serais ravi d'avoir une alternative, putain. »

Benny hausse les sourcils. J'évite son regard par prudence, mais je devine qu'il est contrarié à la façon dont son buste se soulève rapidement comme un soufflet.

« Méfie-toi, l'ours. Tu es peut-être dans les bons papiers du roi, mais tu ne fais pas le poids contre un vampire.

— Ça, c'est ce que tu penses », dis-je en marmonnant. Je secoue la tête lorsqu'il gronde. « Barre-toi, la tique.

— Espèce de… », s'offusque-t-il.

Je retrousse ma lèvre supérieure, puis me retourne et reste immobile une bonne seconde avant de m'éloigner. C'est la pire insulte pour un vampire : lui tourner le dos comme s'il n'était pas dangereux. La plupart des métamorphes ne s'y risqueraient jamais.

Je ne suis pas comme eux, mais les vampires n'en ont pas la moindre idée. Ils me rabaissent et se moquent de moi sans se douter de rien. Ils ignorent ce que je suis, ce dont je suis capable. Et quand le temps sera venu pour moi de les traquer, ils ne comprendront pas ce qui se passe. Pas avant qu'il ne soit trop tard.

Je repars vers le bar.

« Le roi veut te voir », m'annonce le barman avec un signe de tête en direction du trône au centre de la pièce. Ainsi, Frangelico a décidé de nous faire l'honneur de sa présence. Je pivote et m'approche lentement du patron.

Son siège est placé sur une estrade. C'est un véritable trône médiéval, importé d'Italie ou une connerie comme ça. Le bercail de Frangelico. Un vampire peut quitter le Moyen-Âge, mais le Moyen-Âge ne peut pas quitter un vampire.

Un jeune serveur élancé vêtu d'un pantalon de smoking noir, d'une large ceinture rouge et d'un ras-de-cou en velours noir me précède devant le trône. Il s'incline en se pliant en deux et propose son plateau de boissons.

Oh, bordel de merde. Je lève les yeux au ciel. C'est tellement pompeux. J'imagine qu'un immortel peut se permettre de perdre du temps avec toutes sortes de cérémonies.

Lorsque le serveur se retourne, il manque de tourner de l'œil en me voyant. Il blêmit et sa pomme d'Adam tressaute sous son collier. Les ras-de-cou en velours noir font partie de l'uniforme du club, mais je buterais le vampire qui tenterait de m'en faire porter un. Je suis un videur sous contrat, pas un putain d'esclave. Il est peut-être temps de le rappeler au roi.

Je contourne silencieusement l'énorme siège en bois et

croise le regard amusé de Frangelico. Impossible de surprendre le roi.

« Grizz. Merci de te joindre à nous. » Il fait un geste de la main et deux hommes portant des colliers apportent un autre siège décoré pour moi. Plus petit que le trône, bien sûr. M'y installer m'obligerait à avoir la tête une cinquantaine de centimètres plus bas que celle du roi vampire ; au lieu de m'asseoir, je pose ma botte sur le coussin. Frangelico soupire.

« Es-tu vraiment obligé de mettre tes pieds sur le mobilier ? Je suis sûr que nous pouvons te trouver un repose-pied, si tu aimes ça. » Il claque des doigts et fait signe à l'un des serviteurs. Je retiens l'homme par l'épaule avant qu'il ne s'installe à quatre pattes devant mon siège.

« Non, dis-je en grondant. Arrêtez. Vous savez que ces conneries, ce n'est pas mon truc.

— Bien sûr. » Un nouveau claquement de doigts du roi, et les hommes disparaissent. Frangelico se penche en avant. « J'oubliais que tu n'apprécies pas nos petits jeux de pouvoir. Mais qu'est-ce que le sexe, à part un rapport de forces ? »

Je secoue la tête. Je n'ai pas le temps pour ça. « Vous vouliez me voir ? »

Frangelico se réadosse à son trône et m'observe. Même en restant debout devant lui, il est un peu plus grand que moi. Ce vampire est plus massif qu'on pourrait le penser et, malgré toutes ses simagrées, il n'est pas idiot. Le pouvoir n'est pas un petit jeu pour lui. C'est l'*unique* jeu, et il joue pour gagner.

« En effet, mon ami. »

Ce terme me fait tressaillir. Merde, est-on amis ? Il m'a engagé pour effectuer la sécu dans son club et pour garder certaines de ses opérations à l'œil. En échange, il me fournit ce dont j'ai besoin pour accomplir ce que je dois faire.

« Tu es vexé que je t'appelle *ami ?* » On ne peut rien cacher à un foutu vampire.

« Je ne suis pas ici pour faire la causette et porter un bracelet d'amitié ou ce genre de trucs. On a un contrat, vous et moi.

— En effet, confirme-t-il. Mais nous pouvons sûrement le renégocier. Il doit y avoir d'autres besoins que tu aimerais satisfaire. Des désirs. Et nous pouvons certainement les combler ici, dans ce havre de plaisir. » Il écarte les bras pour désigner le club, puis fait un signe. La blonde que j'ai vue un peu plus tôt passe à côté de moi et s'approche de son maître vampire. Sur son invitation, elle s'assied sur l'accoudoir du trône en se cambrant pour mettre ses seins et ses cuisses en valeur. Frangelico fait remonter une main sur son mollet souple. « Entouré de tant de délices, tu as forcément déjà été tenté. »

J'ignore la blonde qui me sourit. Voir Frangelico la manipuler comme un morceau de viande me débecte. J'imagine que pour lui, tous les humains sont de la nourriture. « Vous savez ce que je veux. Vous l'avez su dès le départ.

— Ah, oui, dit-il en tapotant le genou de la soumise de ses longs doigts comme si elle faisait partie du meuble. Et as-tu progressé pour obtenir satisfaction ?

— C'est un jeu sur le long terme. » Frangelico est ma meilleure chance d'obtenir ce que je veux. Si ça doit me prendre le restant de mes jours, merde, qu'il en soit ainsi.

« Tu joues donc à des jeux, finalement ? » Il cesse de remuer les doigts.

Je soupire. « Putain, de quoi est-ce que vous parlez ? »

Frangelico lâche la blonde et la congédie. « Je me

demande ce qui se passe si ni toi ni moi n'obtenons ce que nous voulons.

— Nos chemins se séparent », dis-je en haussant les épaules. Ce n'est pas comme si quoi que ce soit me retenait à Tucson.

« Et si je ne veux pas que tu partes ?

— Ce serait fâcheux. »

Je ne regarde pas le vampire dans les yeux — je ne suis pas débile — mais je foudroie son menton du regard. Je n'ai jamais défié ou menacé le roi, du moins pas encore, mais il comprend le message et se rassied au fond du trône en soupirant. Son peignoir en velours retombe sur l'une de ses épaules, révélant des muscles puissants. Il a beau se comporter comme un playboy nonchalant, il serait un adversaire de taille dans un combat. Même sans ses réflexes surpuissants et ses pouvoirs de vampire.

« Alors, tu comprends pourquoi je voulais te parler. Je souhaite explorer des alternatives à notre accord. »

Merde. « Il n'y a qu'une seule chose qui m'intéresse. » Et si Frangelico ne peut pas me la donner, je ne sais pas ce que je ferai.

« Tu désires sûrement quelque chose d'autre. Ou quel-qu'un, peut-être. »

La rousse. Son visage apparaît dans mon esprit sans que je puisse l'empêcher. Son doux visage orné de taches de rousseur qui m'accueille quand je rentre à la maison et qu'elle vient m'embrasser.

Je me force à faire disparaître le fantasme. « Non. Rien. Je vous l'ai dit dès le début. C'est tout ou rien. » J'ai fait mon choix il y a longtemps.

Une femme crie. Je me raidis, mais ne me retourne pas. Je n'aime pas que ces bruits de souffrance soient devenus routiniers. Puis je fais volte-face lorsqu'une couleur fauve attire mon regard.

Benny a suspendu la rousse — ma rousse — à une corde au plafond et il abat un lourd martinet sur son dos, chaque coup du cuir laissant des marques écarlates. Nue, sur la pointe des pieds, elle tente d'échapper aux coups. Les lanières de cuir s'enroulent autour de sa hanche et tombent sur ses seins. Elle hurle. C'est de la peur que j'entends dans son timbre, pas les notes basses du plaisir.

Avant que je m'en rende compte, j'ai traversé la pièce et je me suis placé devant le vampire. Le martinet est au sol entre nous, cassé en deux.

La surprise passe sur les traits de Benedict, puis il la dissimule derrière un sourire méprisant. Il commence à se tourner vers la rousse tremblante, mais j'abats une main sur son bras.

« Non. Je ne te laisserai pas lui faire du mal.

— J'ai la permission », siffle-t-il. Quand je gronde en retour, il devient flou et réapparaît à l'autre bout du club. Putain de lâche.

Je regarde la fille, et découvre qu'un autre vampire a pris la place de Benny. Un grand vampire au visage aristocratique, celui qui lui donnait des ordres un peu plus tôt. Je ne vois son soumis nulle part.

« Qu'est-ce que ça signifie ? aboie-t-il en me prenant de haut, bien que je fasse presque sa taille. Benedict avait ma permission.

— Le spectacle est fini. Détachez-la. Elle a terminé.

— Elle est à moi, et c'est moi qui décide quand elle a terminé. » Le vampire fait un pas vers une table pleine d'accessoires, mais je m'interpose.

« Rappelez votre chien », dit-il à Frangelico.

Celui-ci arque un sourcil. On ne donne pas d'ordre au roi.

« Je ne suis pas un chien. Je suis un ours. » Mon ton devient menaçant. Mon grizzly est sur le point de sortir et de se battre dans le club. On verra si les meubles sont aussi solides qu'ils en ont l'air.

« Augustine », dit lentement Lucius avec une légère désapprobation. Je me crispe. Je ne l'avais jamais vu, mais je sais qu'Augustine est l'un des lieutenants de Frangelico. « Tu sais aussi bien que moi que je ne lui donne pas d'ordres. Et c'est pour ça que je l'ai engagé : il est là pour s'assurer que vous respectez les règles. » Sur ces mots, le roi vampire se détourne pour signifier que la conversation est terminée.

La lèvre supérieure d'Augustine se retrousse, révélant une canine. « Je n'ai pas enfreint les règles.

— Tu as prêté ta soumise à un vampire qui lui faisait du mal. » À côté de nous, la rousse tourne lentement au bout de la corde nouée autour de ses poignets. Merde, est-ce mauvais pour sa circulation sanguine ? Sa peau est couverte de marques, aussi nombreuses que ses taches de rousseur. Je remarque même des traces de sang. Benny n'y est vraiment pas allé de main morte.

« Si elle voulait arrêter, elle aurait dit le mot de sécurité », proteste le vampire. Il fait un geste impatient et un serveur lui propose un verre d'eau. Augustine le boit avec avidité, puis s'essuie les lèvres. Il n'en donne pas à sa soumise.

La rouquine est molle, ses yeux à demi fermés. Je regarde son visage avec attention et lui soulève délicatement une paupière pour examiner ses pupilles dilatées. « Elle n'est pas assez consciente pour dire son mot de sécurité. » Ce délire n'est peut-être pas mon truc, mais je sais comment les endorphines fonctionnent. Elles peuvent être libérées en excès jusqu'à ce que la personne soit trop hébétée pour parler.

« Elle aime ça. » Le vampire prend une cravache sur une table, mais je me place entre la rousse et lui. Entre le vampire et sa proie. C'est probablement la première fois que quelqu'un lui refuse quelque chose.

Augustine a l'air choqué. Ça lui va bien.

« J'ai dit non.

— Très bien. Il est l'heure de manger, de toute manière. » Il claque des doigts, et un autre employé du club s'approche pour détacher la corde autour des poignets de la jeune femme.

Elle s'avachit, une cascade de cheveux roux tombe sur son visage moucheté de taches de rousseur. Sa tête roule sur son épaule. Elle est complètement défoncée aux endorphines. Une autre sang-sucré : la victime soumise et consentante d'un vampire.

Ça ne me regarde pas. Je ne devrais pas m'en mêler. Mais la rousse entrouvre les lèvres, elle se tourne vers moi et son odeur me parvient…

Et je comprends soudain pourquoi elle a éveillé mon intérêt.

Je me penche en avant. C'est une métamorphe. Pas un loup ni un ours, mais un animal qui s'en rapproche. Une renarde, peut-être. Ça irait bien avec sa chevelure flamboyante. Je jette un coup d'œil entre ses cuisses. Elle est entièrement rasée, à l'exception d'une fine bande de poils. Une vraie rousse. Aucun doute, c'est une renarde.

Comment ai-je pu ne pas remarquer son animal avant ? Peut-être parce qu'il est timide, soumis. Sans compter toutes les odeurs écœurantes des vampires dans le club. Les proies ne font pas connaître leur présence à la façon des espèces dominantes. Et celle-ci est aussi douce qu'une proie peut l'être. Mon ours lutte pour se libérer et l'emmener loin d'ici, en sécurité dans un lieu sombre où il pourra la protéger.

Mon instinct me tiraille, mais je dois me souvenir pourquoi je suis ici. La gorge nouée, je fais un pas en arrière et feins le désintérêt, tel un videur qui s'inquiète plus de la réputation du club que de la protection d'une sang-sucré consentante. « Frangelico sait que tu te nourris sur une métamorphe ?

— Elle m'appartient.

— Les métamorphes n'appartiennent pas aux vampires.

— C'est le chien de garde du roi qui me dit ça ? »

Techniquement, le roi vampire et moi sommes en partenariat, mais je ne corrige pas son erreur.

Augustine claque des doigts avec un sourire mauvais. Une seconde plus tard, des employés du club ont apporté un siège et sa soumise à Augustine. Il la fait tourner entre ses bras pour placer son corps flasque sur ses genoux, presque tendrement, tandis que je ne les quitte pas des yeux. Je serre les poings quand Augustine écarte les cheveux roux de la femme et incline sa tête en arrière pour dégager sa gorge. Comme une vipère, il frappe sans cérémonie ni douceur et plonge ses crocs dans sa chair. Elle convulse, mais l'expression hagarde s'efface sur son visage et devient de l'extase.

Putain, ça suffit. Je tourne les talons et repars vers le trône.

« On peut leur faire aimer ça, tu sais », déclare Frangelico. Il tient une coupe emplie d'un liquide rouge. Un bel effet, mais ce n'est que du vin.

Je me retourne en entendant un cri. La rousse se débat entre les bras de son maître, le plaisir se mue en douleur. Augustine me jette un regard méchant. Il lui fait volontairement mal. Elle tambourine son torse de ses poings pendant que son sang tache la peau pâle du vampire et le col de sa chemise. Il en met partout.

Ses cris deviennent plus aigus et paniqués.

« Laisse-la tranquille, dis-je en un grondement.

— Augustine. » Frangelico l'appelle d'une voix douce. Le jeune vampire se retourne en grognant, mais il baisse les yeux. « Assez », ordonne le roi. Augustine incline la tête, puis il fait signe à un employé d'emporter la renarde.

« Tu ne pourras pas tous les sauver du sadisme de mon fils », murmure Frangelico. Je suis des yeux la rousse jusqu'à ce qu'elle disparaisse derrière le rideau d'une alcôve privée. Elle ne risque plus rien. Au cours de l'heure qui vient, elle sera blottie dans une couverture, on lui donnera du jus d'orange, du chocolat et tout ce dont elle a besoin pour se remettre de ses émotions. Je joue tout à coup avec l'idée de tirer le rideau, de virer l'employé du club et de prendre soin d'elle moi-même, mais je rejette cette pensée dès qu'elle se présente. La rouquine est mignonne, mais elle ne me concerne pas.

Mon ours proteste en rugissant.

Quand je me retourne, le roi vampire m'observe avec intérêt. Je secoue la tête. « Je ne compte pas les sauver. Comme vous l'avez dit, ils aiment ça. »

Il me contemple par-dessus ses doigts entrelacés. « Ce club existe pour répondre à toutes sortes de désirs. Certains aiment que leur plaisir soit mélangé à de la douleur. Nous avons un nom pour eux : les sang-sucré.

— Ouais, je sais. » Les vampires adorent les maso-chistes. La souffrance libère des endorphines, ce qui donne un goût sucré au sang, ou un truc comme ça. Je suis sur le point de dire à Frangelico où il peut se mettre son sadisme lorsqu'une nouvelle odeur entre dans mes narines. Des loups.

« Frangelico », le salue la louve vêtue de cuir qui approche, suivie d'un énorme loup avec un piercing au sourcil. Sheridan et Trey. J'accorde toute mon attention à ce dernier. On ne s'entend pas, tous les deux. J'étais videur au Fight Club, son club de combat, mais la situation a très vite tourné au vinaigre quand il a appris que je travaillais également ici.

Trey montre les dents dès qu'il me voit. La louve pose une main sur son bras et marmonne : « Tiens-toi bien.

— Ah, ma chère Sheridan, susurre le roi. Quel plaisir d'avoir ta visite, ainsi que celle de ton garde du corps.

— Mon compagnon », rectifie-t-elle. Sa main se pose automatiquement sur son épaule, là où il doit l'avoir marquée. Merde, elle est devenue sa compagne ? J'ouvre la bouche pour les féliciter, mais Trey me fusille du regard. Après ce que j'ai fait, il n'acceptera rien de ma part. Je me tais.

« Qu'est-ce qui vous amène dans notre petit club ? demande Frangelico. Êtes-vous ici pour affaires ou pour le plaisir ?

— Pour affaires », répond Sheridan, bien qu'elle jette un regard plein d'envie en direction du club. Je ne comprends pas ce qui attire les gens ici, mais ce ne sont pas mes affaires.

« Venez, dans ce cas. » Frangelico fait un geste pour que d'autres sièges soient approchés. Des serveurs apparaissent et proposent à boire aux loups.

« Nous sommes ici parce que nous avons entendu des rumeurs. Des métamorphes disparaissent dans la région.

— Des loups.

— Non, pas des loups. D'autres métamorphes. Des espèces qui ne sont pas protégées par une meute.

— De quels métamorphes parle-t-on ? Pardonnez-moi, je ne suis pas aussi versé dans le royaume animal que je devrais l'être. » Frangelico ment, bien sûr. Il se fait un devoir de tout savoir.

Sheridan déglutit et échange un regard avec Trey, qui hoche la tête. « Quelques félins solitaires qui n'appartenaient à aucun clan. Un léopard, un tigre. Mais aussi des métamorphes plus rares : des hiboux, des corbeaux, des aigles.

— Vraiment ? Certains métamorphes sont des oiseaux ? » Frangelico est un maître du bluff. Même moi, je ne peux sentir que son intérêt.

Sheridan acquiesce. « Ils restent discrets parce qu'ils sont moins nombreux que les loups et les gros félins. Et parce que ce sont des proies.

— Et quelqu'un les enlève ? N'était-ce pas déjà arrivé quand une entreprise capturait des métamorphes pour les soumettre à des expériences ?

— Cette entreprise n'existe plus. Nous avons détruit leurs locaux et éliminé les responsables. Mais il existe toujours un marché clandestin pour les métamorphes kidnappés, et nous pensons que ceux qui en font commerce ont trouvé de nouveaux clients. Des vampires. »

Frangelico tapote ses longs doigts sur l'accoudoir. Il n'a pas bronché au moment où Sheridan a lâché cette bombe. Après avoir attendu un instant, comme pour s'assurer qu'elle a terminé, il demande : « Et pourquoi des vampires voudraient-ils acheter des métamorphes ?

— On l'ignore. C'est pour ça que nous sommes là. » Avant que Sheridan puisse continuer, son grand compagnon tatoué s'avance.

« Vous avez tout intérêt à vous pencher sur la question, à moins que vous ayez envie que la meute vienne frapper à votre porte, dit-il sur un ton menaçant.

— Ce que mon compagnon veut dire, reprend Sheridan avec un sourire crispé, c'est qu'unir nos forces pour enquêter sur ces disparitions serait un bon moyen d'honorer l'alliance entre vos vampires et la meute de Tucson. Dans l'intérêt de la paix.

— En effet. » Frangelico pose les yeux sur Trey avant

de regarder Sheridan de nouveau. « Tu as un don pour la diplomatie, ma douce.

— Merci, répond-elle posément. Mais ne m'appelez pas *ma douce.* »

Le roi ignore son grondement. « Nous nous pencherons sur la question. » Il me décoche un regard en coin, et je lui réponds d'un hochement de tête. Quand le roi dit *nous*, il parle de *moi.* Ça ne me dérange pas de traquer les vampires qui ont acheté des métamorphes kidnappés, et je sais exactement où commencer : avec Augustine et sa petite soumise rousse.

« C'est entendu, déclare Frangelico. Maintenant que vos affaires sont terminées, je vous invite à profiter de mon club. Resterez-vous pour vous divertir ce soir ? »

Sheridan hésite, son regard parcourt la salle faiblement éclairée avec un intérêt qu'elle ne parvient à masquer.

« Oui, répond Trey en se plaçant entre le roi et elle. Tant que tout le monde se tient bien.

— Je suis sûr que mes vampires seront sages, répond Frangelico avec un reflet de canine.

— Et vos métamorphes de compagnie ? » Trey me regarde.

« Je n'ai aucun métamorphe de compagnie. Seulement des amis et des… partenaires de jeu.

— Et lui, qu'est-ce qu'il est ? veut savoir Trey, qui me dévisage toujours.

— Un associé, dis-je.

— Je suis certain que Grizz respectera également le règlement du club et tous ses membres. » Frangelico hausse un sourcil dans ma direction.

« Je n'ai aucun problème avec ces loups », dis-je en levant les mains. Ce n'est pas ma faute si les loups ont un problème avec moi.

« Bien. » Le roi frappe dans ses mains, faisant sursauter

Sheridan. Trey touche ses épaules en un geste rassurant et se penche pour lui murmurer quelque chose à l'oreille. Elle rougit. Trey la fait pivoter, la pousse gentiment vers une table libre et la regarde s'éloigner. Je dois avouer que si j'avais une aussi belle compagne, je la suivrais tout le temps des yeux, moi aussi.

Trey se retourne vers Frangelico, puis vers moi. Son expression devient dure.

« Hé, Grizz, tu te bats toujours vendredi ? demande-t-il d'un ton amer.

— La dernière fois que j'ai vérifié, j'étais toujours inscrit sur le planning. » Je ne travaille plus au Fight Club depuis quelques semaines, mais les combats font du bien à mon ours.

« Tant mieux, dit Trey avec un sourire lugubre qui découvre ses dents. On a un invité spécial pour toi. Prépare-toi. »

Je le regarde s'éloigner. Bien que ce soit un gros loup dur à cuire, il n'est pas aussi dangereux que moi. Pas seul, en tout cas. Mais les loups ne sont jamais seuls, ce qui est à leur avantage. Ils bénéficient de la force d'une meute.

« Si c'est tout, je vais y aller.

— Je te libère de tes fonctions pour le reste de la nuit, me répond Frangelico en opinant du chef. Demande à Peter d'appeler quelqu'un pour te remplacer. Je veillerai à la sécurité dans le club en attendant.

— Compris. » Il est temps pour moi de me mettre en chasse.

Je m'approche de la corde avec laquelle Augustine a attaché sa soumise métamorphe. La robe blanche qu'elle portait est toujours en tas par terre. Je la ramasse et la renifle longuement. Le parfum est épicé, avec une touche florale. Une renarde, c'est certain. Je ne peux pas suivre l'odeur du vampire, mais je peux au moins retrouver la métamorphe.

Quelques questions discrètes plus tard, j'ai appris que la rousse est partie avec Augustine. Son *maître*, comme les gens l'ont appelé. Je ne sais pas si ça signifie qu'elle lui appartient ou si c'est un jeu entre eux, mais je compte bien le découvrir. Je peux trouver son adresse dans les dossiers que tient Frangelico. Je suis l'une des rares personnes à qui il y donne accès. Il sait que je ne le trahirais jamais : j'ai trop besoin de lui.

À la moitié de l'escalier qui remonte vers le rez-de-chaussée, je m'arrête et balaie le club des yeux. Trey et Sheridan occupent déjà une table sous l'un des projecteurs. Trey a ouvert un sac de sport noir et en sort des accessoires. Sheridan se tient à côté de lui, sa peau nue luisante autour d'un harnais compliqué en cuir. L'excitation la fait légèrement chanceler.

Trey se tourne vers elle après avoir sorti les objets. Dès qu'il claque des doigts, elle tombe à genoux et lève la tête vers son compagnon. Je n'ai pas besoin de voir son visage pour savoir que ses yeux brillent. L'expression du loup s'attendrit alors qu'il la contemple. Un couple de plus échangeant un moment volé avant de commencer une danse compliquée de soumission et de domination. Je l'ai déjà vue un million de fois, mais bizarrement, elle n'est pas aussi grotesque avec des métamorphes. Ça ne veut pas dire que je comprends pour autant.

Je finis de monter les marches et donne un coup de poing dans la porte pour m'échapper de cet endroit.

Abonnez-vous à la newsletter de Renee

Abonnez-vous à la newsletter de Renee pour recevoir
livre gratuit, des scènes bonus gratuites et pour être averti ·e
de ses nouvelles parutions !

LIVRE GRATUIT DE RENEE ROSE

https://BookHip.com/QQAPBW

OUVRAGES DE RENEE ROSE PARUS EN FRANÇAIS

www.reneeroseromance.com/francaise/

Les Nuits de Vegas
Roi de carreau
Atout cœur
Valet de pique
As de cœur
Joker Mortel
Dame de trèfle
Cartes sur Table
Bonne Pioche

La Bratva de Chicago
Prélude
Le Directeur
Le Stratège
Possédée
L'Homme de Main
Le Soldat

Le Hacker
Le Bookie

Alpha Bad Boys

La Tentation de l'Alpha
Le Danger de l'Alpha
Le Trophée de l'Alpha
Le Défi de l'Alpha
L'Obsession de l'Alpha
L'Amour dans l'ascenseur (Histoire bonus de La Tentation de l'Alpha)
Le Désir de l'Alpha
La Guerre de l'Alpha
La Mission de l'Alpha
Le Fleau de l'Alpha

Le Ranch des Loups

Brut
Fauve
Féral
Sauvage
Féroce
Impitoyable

Deux Marques

Indomptée (libre)
Tentée

Maîtres Zandiens

Son Esclave Humaine
Sa Prisonnière Humaine
Le Dressage de Son Humaine
Sa Rebelle Humaine

Sa Vassale Humaine
Son Compagnon et Maître
Animal de Compagnie Zandien
Sa Possession Humaine

À PROPOS DE RENEE ROSE

RENEE ROSE, AUTEURE DE BEST-SELLERS D'APRÈS USA TODAY, adore les héros alpha dominants qui ne mâchent pas leurs mots ! Elle a vendu plus d'un million d'exemplaires de romans d'amour torrides, plus ou moins coquins (surtout plus). Ses livres ont figuré dans les catégories « Happily Ever After » et « Popsugar » de USA Today. Nommée *Meilleur nouvel auteur érotique* par Eroticon USA en 2013, elle a aussi remporté le prix d'*Auteur favori de science-fiction et d'anthologie* de Spunky and Sassy, e celui de *Meilleur roman historique* de The Romance Reviews. Elle a fait partie de la liste des meilleures ventes de USA Today sept fois avec ses livres Wolf Ranch et plusieurs anthologies.

Abonnez-vous à la newsletter de Renee pour recevoir des scènes bonus gratuites et pour être averti ·e de ses nouvelles parutions!

https://www.subscribepage.com/reneerosefr

À PROPOS DE LEE SAVINO

Lee Savino, auteure figurant sur la liste des bestsellers de USA Today, écrit des romans d'amour « brixy », c'est-à-dire « brillants et sexy ». Vous pouvez la trouver en train de rôder sur sa page d'auteure là : https://www.facebook.com/Lee-Savino-Auteur-110048237376905/

www.ingramcontent.com/pod-product-compliance
Lightning Source LLC
Chambersburg PA
CBHW020603110726
47899CB00002B/349